KUWEI
酷威文化
图书 影视

心有凌熙

莫里

著

江苏凤凰文艺出版社
JIANGSU PHOENIX LITERATURE AND
ART PUBLISHING

第一章

——

飞机初遇

——

凌熙是在地下通道里被星探发掘的。当时他穿着一身校服，抱着一把吉他，坐在一个自带的小马扎上，弹着他原创的歌曲。小伙子长得干干净净的，声音干干净净的，笑起来也干干净净的。

星探往他面前的琴箱里扔了二十块钱，与他搭讪，问他想不想做明星。

凌熙说："想啊。"

星探问他："哦，那你叫什么名字？"

凌熙把自己的名字告诉了他。

星探好奇："凌？这个姓还挺少见的呀。"

凌熙抬头看他，眼睛里一派天真："怎么会，凌波丽不就姓凌嘛。"

星探当即就拍板决定，这么个"智障"的孩子，他一定要收下。

过了没几天，凌熙被爸妈带着来到了经纪公司签约。凌家一家三口身上洋溢着一种一模一样的气息，可以叫随性天真，也可以叫漫不经心。凌爸爸翻了翻合约，没请专业的律师，也没提出什么异议，他转头跟凌熙说："儿子，签呗。"

凌熙说："唉。"

星探看着都着急了，问他们要不要修改一些什么条款——虽然他们提出的修改意见经纪公司一般都不会同意。

凌妈妈摆摆手："没什么好修的，反正他也红不了。"

那时候凌熙名字的第二个字还写作"曦"，星探眼睁睁地看着这个男孩连自己的名字都写错，"曦"字的右半边写了三遍，最后在合约上涂成了一个大疙瘩。凌熙扔下笔，问："我写拼音行吗？"

当然不行。

凌熙不情不愿地掏出身份证，对着上面的"曦"字看了半天，很生气地说："等我签完约，第一时间就要改个艺名。"

当时凌熙非常强烈地要求自己的艺名改为"夕"，从"曦"到"夕"，这可是量的降低，质的飞越。但是经纪公司觉得"夕"字兆头不好，最后两边各退一步，用了"熙"字。

改完艺名后，凌熙就进入了紧锣密鼓的训练当中。签约的时候凌熙十五岁，刚刚上高一，只有周末和寒暑假有时间到公司集训，这么拖拖拉拉地培训了两年，公司觉得差不多了，就送他去参加歌手大赛，天南海北地参加了一圈，终于在他高三毕业那一年，捧回来一个全国第三。

全国第三听起来不算什么，但对于签下凌熙的野鸡经纪公司来说，这已经是他们旗下艺人拿过的最厉害的奖项了。

当时发掘凌熙的星探——做了他这三年的经纪人的吴友鹏开心得不得了，拉着他又吃又喝又蹦跶了一晚上。凌熙也挺兴奋的，毕竟这是他获得的第一个奖，他几乎能看到自己拿下歌王头衔，迎娶白富美，走上人生巅峰的美好未来了。

高中毕业后，凌熙去某音乐学院挂了个名，偶尔上上课，大部分时间都窝在公司里写歌练歌。凌熙在音乐这条路上还是挺有天赋的，再加上他刚得了奖，有荣誉加持，随之推出的首张唱片赢了满堂彩，主打歌《心有凌熙》横扫各大音乐排行榜。一时间满大街的两元店、服装店、美发店里放的全是他的歌。

他也从黑粉那里得了一个"爱称"——两元店小歌王。

估计是受到了这名字的诅咒，凌熙之后所有唱片的销量都挺一般，却广泛存在于路边按摩店、卖小头绳小胸针的杂货店以及农民工兄弟们的大容量山寨手机里，更有几支被奉为神曲，深受广场舞编舞老师的喜爱。

"凌熙，这个机会我走了无数关系才帮你争取到，你一定要抓住，OK？"自从上了飞机，吴友鹏的嘴巴就没有停下来过。

反而是被他叨叨了一路的凌熙，脸上一点紧张感都没有，在空姐路过身边的时候，他还眼疾手快地抓住了对方的裙摆，摇了摇手中的空杯子，腼腆地问："还有橙汁吗？"

吴友鹏被他气得直翻白眼。凌熙今年二十六了，除了第一张唱片大卖过，之后的销量一年不如一年，网上的点击量也一般。好在他的歌曲一直占据各大电信运营商彩铃下载量的前五名，收益虽然不高，但也能堵住公司领导的嘴。

只是现在圈子里新人辈出，凌熙刚出道时打出的"嫩草"形象早就被现在的"鲜肉"们掩埋——看看，凌熙坐飞机经济舱都没人认得出他是谁！

这一次吴友鹏通过老友的关系，赔了无数老脸，终于帮他争取到为某古装仙侠偶像剧演唱片尾曲的机会，而且编剧和他也认识好几年了，说剧本中有个只出场几集的小角色可以让凌熙演！这可是凌熙第一次"触电"，这个好消息让吴友鹏开心得几天都没睡好觉。

凌熙倒是沉得住气，或者叫没心没肺，居然一点都不紧张，还有闲心向空姐又要了一份午餐！

空姐很抱歉地摇摇头："不好意思这位先生，这次的午餐已经全部分发完毕，没有多余的了。"

凌熙面作惊讶："可是我刚刚明明看见有一辆餐车从前面推回来，餐车上还有一份午餐没有动。"

空姐道："抱歉，那一盘是头等舱客人不用的，头等舱的午餐和经济舱的午餐不一样，我无法……"

凌熙打断她："你知道现在坐在你面前的人是谁吗？"

空姐面露不解。

凌熙："我可是两元店小歌王——唔！"

吴友鹏眼疾手快地在凌熙爆出自己的名字之前捂住了他的嘴。这祖宗，真是一点偶像包袱都没有！

空姐拒绝了他："真的不好意思。但是我们这里还有几个加餐面包，您如果需要我可以给您拿来。"

凌熙沮丧地点点头："面包也行，不过你得给我两盒黄油。"

吴友鹏气得鼻子都歪了，凌熙天生身形偏瘦，怎么都吃不胖，在以瘦为美的娱乐圈里，他这种体质真是足够让人眼红。他十分贪吃，而且不分食物品质，能吃就行，不管遇到多大的事情都不会影响他的食欲。自己在这儿为凌熙的面试着急上火，他却该吃吃该喝喝，一点都不着急。

俗话说乐极生悲，凌熙一边灌着冷饮一边吃面包，没过多久就觉得肚子里"咕噜噜"直叫，他"哎哟"一声，赶快站起来，直奔厕所而去。但是机上前后两个厕所都有人，队伍排得超级长，凌熙这时候还有心情打趣自己：如果他在飞机上拉裤子，能不能博个头条？唉，估计娱乐版头条这辈子都轮不到他了，社会版的倒是可以争取一下。

凌熙长得白净帅气，有位空姐动了恻隐之心，偷偷跟他说：头等舱那边有专用的卫生间，如果他着急可以带他过去。凌熙乐开了花，"好妹妹"地叫个不停。

空姐笑嘻嘻地夸他嘴巴甜，领着他到了头等舱的布帘后，为他掀开了一个小入口："快点啊，这趟飞机上有个明星在，别乱拍照。"

凌熙嘴上答应得爽快，心里却不屑地想：明星就在你眼前呢。

凌熙目标明确，一钻到头等舱那边就直奔厕所。头等舱很空，凌熙余光看到在另一排走道处坐着一个戴着口罩、墨镜的男人，而他前后左右的位置都坐了人。凌熙没吃过猪肉，但是见过无数次猪跑，脑袋上雷达"嘀嘀"作响，确定那些人是墨镜男的经纪人、助理和其他随从。

头等舱的厕所比经济舱的要宽敞不少，连马桶也是智能的。

　　他实在太喜欢这种智能马桶了，要不是他家里的马桶旁边没有预留插座位置，他肯定要在家里装上一个。

　　他正准备起身，忽然听到门外响起了两个男人的声音。

　　"许哥，我就是用个洗手间，就这几步路，没必要跟着我吧？"开口说话的男人的声音很好听，凌熙觉得有些耳熟。

　　"那怎么行？你这几天每天除了黄瓜就是西红柿，我得寸步不离地守着你，要是你突然晕倒在洗手间里怎么办？"第二个人的声音明显年长一些，凌熙估计对方应该有三十多岁。

　　"怕我晕倒就不要让我节食啊。"第一个男人苦笑，"你看你给我接的电影，这角色初期穷困潦倒瘦骨伶仃，我天天饿得半死不活，就这样导演还不满意。"

　　凌熙听明白了，估计门外就是那个神秘的"墨镜哥"和他的经纪人，墨镜哥最近为了角色在减肥，经纪人怕他饿晕过去，连上厕所都要跟着他，生怕他出什么意外。

　　凌熙竖起耳朵认真听着，希望能从那两人的对话中听出墨镜哥的真实身份。娱乐圈总是不缺八卦的，他得多多吸收一些营养，回去好反哺给吴友鹏。

　　"对了，刚才进头等舱那小子是干吗的？"墨镜哥的经纪人问。

　　"刚才空姐过来赔礼道歉，说那位客人想用洗手间，就把他带进来了。"墨镜哥回答。

　　"什么赔礼道歉！"经纪人不屑地哼了声，"那几个空姐明明是借机凑过来跟你多说几句话的……你也太好说话了，要签名、合影你都答应……好好好，别瞪我，你亲民没错，我闭嘴行了吧？"

　　墨镜哥不轻不重地"嗯"了声。

　　凌熙在马桶上听着，羡慕极了，什么时候他也能这么硬气地和吴友鹏交流？吴友鹏明明只是他的经纪人，却管得比他爸还严，吴友鹏一瞪眼，他就只能乖乖地去做事。

门外的经纪人又问："可是怎么没见那小子离开啊？"

墨镜哥答："估计是刚才合影的时候走的吧，人那么多，咱们注意不到的。"

凌熙无声偷笑：这两个人也太傻了，他就躲在头等舱的厕所里，他俩的对话完完全全地被他偷听到了，难道他们没发现，厕所的门是从里面锁上的，门外还显示红色的……

靠！

原来傻的是他凌熙！他刚才太急着上厕所，进门后根本没有反锁。估计厕所外显示的是无人状态，所以那个墨镜哥和他的经纪人才会在门口闲聊，根本不怕被人偷听。

墨镜哥还在说话："好了，你回去吧，我要是太久没从洗手间里出来，你再来找我。"

不能让他进来！他的偶像包袱还想再多背一会儿！

可头等舱的厕所比经济舱大了两倍，凌熙坐在马桶上，伸直了手臂都够不到门上的插销，而门外的人眼看着就要走进来……

凌熙一不做二不休，裤子都顾不上提就往插销处扑了过去。万万不凑巧的是，就在这一瞬间，飞机突然重重地颠簸了一下，折叠型的厕所门受到冲击，在无人触碰的情况下，"咣"的一下被弹开了……

墨镜哥和他的经纪人都愣住了。

光着屁股并且撅着屁股的凌熙："Hi？"

估计是为了上厕所，门外的墨镜哥已经把墨镜摘了，只留着大大的一次性口罩遮盖住他的下半张脸。虽然只露出了一对眉毛、一双眼睛和半根挺立的鼻梁，但是酷爱看娱乐八卦杂志的凌熙仍然一眼就认出了墨镜哥——

呦，这不是最近两年风头正劲的当红偶像派演员安瑞枫吗？

安瑞枫的五官带着非常明显的混血儿特色，尤其是那双深灰色的眼睛，获得了不少女粉丝的芳心。凌熙还围观过好几次他的女粉丝掐架，别人家的粉丝掐架都是一致对外，掐绯闻女友，掐无良狗仔，而安瑞枫的粉丝掐架都是内部械斗——"安瑞枫到底是眼睛最好看还是嘴巴最好看"这种无聊的帖子都能盖一万多楼。

而现在，那双漂亮的眼睛惊诧地在凌熙身上划过，凌熙甚至听到了安瑞枫小声地倒抽了一口气，然后赶忙退后一步，从口袋中重新掏出墨镜架在了鼻梁上。

凌熙想：晚啦，戴墨镜也没用，我已经发现了你的真面目，等我回去就披马甲爆料，说你为了减肥不顾健康，黑眼圈都蔓延到下巴上了！

凌熙还在目不转睛地盯着安瑞枫的脸看，安瑞枫身边的经纪人许哥已经一个箭步冲上来把安瑞枫护在了身后，客气又疏离地道："不好意思，之前我们不知道洗手间里有人，您继续……"

"哦……哦，没事儿，没事儿，反正我也用完了。"凌熙手忙脚乱地提裤子，"你们用、你们用。"凌熙把自己收拾好，赶快离开了厕所。就在他与两人擦肩而过时，许哥却突然叫住了他。

"请等一下，"许哥道，"刚才光线不好我没注意到，你是凌熙吧？唱《心有凌熙》的那个？"

凌熙简直要为他鼓掌了，许哥全名许志强，是圈子里有名的金牌经纪人，经验丰富、眼力十足，曾经带出过一名影帝、两个小花旦，为人圆滑却不世故。整架飞机上，估计也就只有许志强能叫出他的名字了。

但是，这时候的凌熙巴不得许志强不认识他！

"是。"凌熙干巴巴地说。

"幸会，你也是去《剑绝天下》剧组的吧？"许志强同他寒暄起来，"我之前有听导演说，这次请你演唱片尾曲，而且你还会出演其中一个角色。我们瑞枫在剧中客串男主人公的师父，以后都是一个剧组的，有机会大家多出来聚聚。"大明星的经纪人就是这么会说话，尴尬的相遇丝毫不提，直接跳到工作上，保全了双方的面子。

许志强一边说着，一边向他伸手，凌熙赶忙把自己的手也递了过去。两人双手交握，不轻不重地晃了几下，凌熙抢先把手收了回来。

"原来你就是凌熙，幸会。"安瑞枫很有礼貌地冲他点点头，甚至很友善地开了一个玩笑，"怎么这么紧张？对了，我记得演员表上写着你客串的角色是男主角的师弟，这么说来咱们还有师徒之谊——徒儿，你不会现在就进入角色，开始怕我了吧？"说着，安瑞枫也向他伸出了手。

凌熙满脸冒汗地盯着他的手掌，右手在自己的裤缝上擦了几下，很小心地问："可是我刚上完厕所没还洗手，你确定要和我握？"

安瑞枫："……"

刚和凌熙握完手的许志强，脸上顿时一副要骂人的表情。

凌熙垂头丧气地回到位于经济舱最后一排的位子上，一屁股坐下来，就开始唉声叹气。

吴友鹏等他等得都要睡着了，见他回来，连炮珠似的质问他："你跑哪里去上厕所了？怎么都过了半小时了才回来？"

凌熙蔫蔫地道："前后厕所都满了，空姐领我去了最前面头等舱的厕所。"

"那也不应该这么磨蹭啊。"

凌熙叹了口气："唉，在头等舱遇到了一个认识我的人，拉着我聊了一会儿。"

"呦，不错呀。"吴友鹏开心极了，"之前给你做粉丝调查，结果显示你的粉丝大多集中在三线城市，人均月收入三千元以下，没想到现在都有坐得起头等舱的粉丝了！快跟我说说，你有没有和她合影，给她签名？"

"人家不需要我签名……"凌熙掀起眼皮看他一眼,"认出我的是许志强,就是安瑞枫的经纪人。"

吴友鹏张大嘴巴,愣了愣,然后重重地呼出一口浊气:"你是不是傻!这种时候人家问你是不是凌熙,你就说你不是!"他捶胸顿足,"同样是明星出行,人家坐头等舱,咱俩却只能挤在经济舱里,要是我,我都不好意思和许志强打招呼。"

凌熙腹诽:我屁股都要被人看光了,哪儿还有心思装陌生人呀!但是为了不给吴友鹏解释自己为什么会被看光,他明智地选择闭嘴,下定决心把这个秘密烂在肚子里。

半小时后,飞机准时降落 N 城。

因为坐在最后一排,凌熙和吴友鹏等其他人都走光了才提着包慢悠悠地下了飞机。走到提取行李箱的转盘传送带那里时,看见一堆人围在传送带旁指指点点,好多人还拿出手机对着传送带拍照。

凌熙拦了一个人,问他在拍什么。

那人道:"嘿,也不知道是哪个'人才',把行李箱改装成了寿司的模样,那盖子上的鱼子还是立体的,惟妙惟肖!那个行李箱在传送带上转了好几圈了,真跟回转寿司一样,我得在那人把行李箱取走之前,多拍几张传给我朋友看!"

话正说着,那个足以以假乱真的"巨型鱼子寿司"慢悠悠地转到了凌熙面前。凌熙伸手取下了行李,然后在那人的目瞪口呆之中扬长而去。

吴友鹏扶额:"我也是服了你,每次领行李都要这么来一回,有意思吗?"

"有意思。"凌熙点点头,觉得自己在飞机上受到的心灵伤害终于缓解了一点点。

凌熙手中的行李箱是他自己改造的,走到哪里带到哪里,每次都能成为机场亮丽的风景线。他之前还想过，如果实在在这个圈子里混不下去了，他可以开个淘宝店卖手工行李箱。高级定制，全世界仅此一份，估计赚得不比卖唱少。

两人一边说着话，一边往出口走去。远远地，他们就听见出口处人声鼎沸，待到一走出出口，就见沿着走道两旁的护栏处密密麻麻地挤满了妙龄少女。她们手中举着鲜花，脖子上挂着相机，对着凌熙大声尖叫："啊！我爱你！""看这里！"

机场的安保人员背靠在护栏处，使劲顶着护栏。若不是有他们在，那些疯狂的女粉丝怕是要把护栏冲破了。

凌熙惊喜极了，他对着这些热情的粉丝挥舞手臂，接连摆了好几个浮夸的 pose，心中感动不已。

"吴哥，你对我真好，这次是从哪里雇的粉丝，真会造势。"他开心得快要哭出来，"没想到你嘴上总是笑话我，但是关键时刻总会给我撑场面。"

"你给我等等……"吴友鹏扶额，"这次你到 N 城的事情我根本就没往外传，这些粉丝也不是我叫来的。"

凌熙傻眼了："啊？"

像是在呼应吴友鹏的话一般，护栏外的粉丝们下一秒齐声叫起了她们偶像的名字——"安瑞枫！""瑞枫！""瑞枫王子！"

紧接着，一股逼人的古龙水香味自凌熙身后席卷而来。凌熙下意识地转头一看，只见那位在飞机上看光了他的屁股的大明星安瑞枫，宛如 T 台走秀一般，一步步潇洒地走到了他身边。安瑞枫的墨镜、口罩已经全部摘下，脸上打了遮盖住他吓人的黑眼圈的粉底。

安瑞枫比凌熙高将近半个头，从凌熙的角度望过去，目光刚好落在那双微笑的嘴唇上。他的嘴唇又薄又性感，嘴角微微上翘，哪个姑娘看了都会情不自禁地想要采撷。

凌熙咽了口口水，心想：一会儿他就开个小号，去那个"安瑞枫是眼睛最好看还是嘴巴最好看"的帖子里投上一票。

见凌熙呆呆地抬头望着自己，迈不开步子，安瑞枫冲他轻轻笑了笑。刚才凌熙蹭了他的粉丝和本应属于他的闪光灯，要是换一个脾气大的明星，恐怕两人就该结仇了，没想到安瑞枫度量大，没计较这些小事，还有心同凌熙开玩笑。

"徒儿，"他道，"你挡着为师了。"

在娱乐圈里，没人不知道安瑞枫的神秘。三年前，安瑞枫空降娱乐圈，几乎一夜之间，"枫叶"（安瑞枫粉丝的名称）就落了满地。也不知是背靠了哪棵大树，他一路顺风顺水，只参加大制作，只饰演大帅哥，走到哪里都能看到他的广告。

刚开始，安瑞枫的演技平平，但是谁让人家长得帅呢？在这个全民看脸的时代，长得帅又有人保驾护航，怎么可能不火呢？安瑞枫也确实有灵气，他靠着一部部的剧集打磨出了演技，就像一块璞玉，越来越光滑，越来越通透，渐渐地，便再没有人说他是靠脸上位了。

而他崛起后也并没有一般明星会有的傲气，他谦逊、和善、亲民，凌熙原本以为他的那些好评都是水军刷出来的，直到今天真正接触了对方，凌熙才意识到，安瑞枫比他想象的还要厉害。

比如现在——

凌熙觉得自己的脸都要笑僵了，手脚都不知道摆在哪里好。搭在自己肩头的那只手带着灼人的温度，他感觉自己就像烈日下的奶油雪糕，分分钟就要化为一摊水了。

"没想到瑞枫你和凌熙关系这么好，你们俩是说好一同来参加《剑绝天下》的试镜的吗？"化着精致妆容的女记者语调温柔地向两位明星提问。

看看！同志们看看啊！

万恶的"瑞枫王子"，只不过飞来 N 城参加一个内定的试镜，粉丝们夹道欢迎不说，居然还有好几个娱乐记者冲上来采访！

作为十八线小明星，凌熙在见到记者们扛着长枪大炮冲过来时，本想第一时间溜走，吴友鹏却紧紧地拽住了他，趁他不备把他推到了安瑞枫旁边，打定主意让他"蹭采访""蹭曝光"。

安瑞枫的经纪人那不屑的白眼都要翻到月球上去了！

不过安瑞枫还是挺会做人的，直接把胳膊搭到了凌熙的肩膀上，做出了一副哥俩好的亲密姿态，凌熙都能预见，不用到今天晚上，八卦论坛上那些"枫叶"就会把他的履历翻一个底朝天，然后给他盖上一个"抱大腿"的耻辱章。

安瑞枫并没有发现凌熙的不自在，在听到记者提问后，他爽朗地笑道："我来之前就听说凌熙会为片尾曲献唱，但是没想到这么凑巧在飞机上遇到了。我以前就听过他的《心有凌熙》，很喜欢，这次也很期待他能写出更好的歌曲。"

凌熙僵笑："啊……是，很惊喜能遇到安瑞枫。"

是啊，他这个坐经济舱的人能在厕所里遇到坐头等舱的安瑞枫，可不就是很"惊喜"吗？天知道在此之前他们彼此都不认识好吗！

记者顺水推舟地想要把话题引到凌熙身上，可是凌熙身为两元店小歌王，根本没有值得一聊的内容，难不成要问他是怎么一举打入万千非主流少年的阵地的吗？好在那名记者够机灵，一眼瞅见了凌熙手里提的行李箱，顿时找到了话题："我刚刚就注意到凌熙手里的寿司行李箱了，很独特，很有创意，市面上没有见过。"摄像师很麻利地给了凌熙的行李箱一个特写镜头。

"嗯，这是我自己做的。"凌熙讷讷地回答。

"原来这是凌熙的原创品牌，看来你也打算涉足时尚圈了？"

凌熙：我怎么不知道我要涉足时尚圈了？

因为凌熙没有接话，一时间场面有点冷，安瑞枫及时救场："是啊，凌熙一直很有时尚眼光，我们刚刚一路上都在聊他的设计理念，他还答应也帮我做一个行李箱。"

凌熙：我怎么不知道我答应了？

有了安瑞枫妙语连珠，这场简单的采访倒也显得很是热闹。

从机场接机口到出口的短短一路，凌熙身上已经出了三层汗。然而到了机场出口，更尴尬的场面出现了……

由于凌熙只是个十八线艺人，公司也没那么多闲钱照顾他，像这种飞去外地参加试镜的情况，吴友鹏原本都是落地后和他一起打车的。可现在身后都是记者，当着记者的面打车总觉得太过丢脸，凌熙和吴友鹏不约而同地站住了脚，面面相觑。

两人正在马路边装雕像，忽然，一辆漂亮大气的深棕色保姆车停在了两人面前，车门拉开，安瑞枫那张俊脸笑眯眯地出现在他们眼前："不好意思久等了，没想到助理订的车停在了那边，我们转了一圈才找到你们。"

"啊？"凌熙还在状况外。

站在他身后的吴友鹏立刻反应过来，重重地推了他后腰一把，小声骂他："啊什么啊，快上车！"

凌熙这才手脚并用地爬上了车。

这充满"兄弟情义"的一幕被身后的摄像机忠实地记录了下来。

上了车，凌熙束手束脚地坐在安瑞枫对面，想说谢谢又觉得轻飘飘了。他与安瑞枫明明是初见，对方的名气又比他高那么多，却给足他面子，不介意他蹭粉丝、蹭采访，还让保姆车过来接他，免了他的尴尬……凌熙实在不知道怎么表达心中的谢意，磨叽了半天才问："你那个行李箱，要几寸的？"

坐在副驾驶座上的许志强嗤笑了一声。

凌熙瞬间觉得自己满腔热情都倒入了下水沟。

是啊，刚才有记者在，安瑞枫是故意装作关系好才说要行李箱的，自己也不想想，安瑞枫从出道以来的定位都是俊帅非凡的偶像男星，哪里可能提着一只巨大的仿真寿司出入机场？

谁料安瑞枫居然开了口："24 寸的就行。"

"啊？行，行。"凌熙点头如捣蒜，"等这边工作结束，回了 B 市我就帮你做。"

"会不会太麻烦？"

"不麻烦……也不是不麻烦，一般麻烦，没那么麻烦。"凌熙挥挥手，"你要什么样子的，也要鱼子寿司吗？"

安瑞枫的视线落在凌熙手边行李箱上那一颗颗圆润硕大的"鱼子"上，想了想："还是算了，这个有点太夸张了。你也知道我的形象定位是……"

凌熙道："OK！那我给你做个三文鱼寿司的吧。"

"好，"安瑞枫笑了起来，那双深灰色的眼睛更加迷人，他伸出舌尖舔了舔嘴唇，"我喜欢吃三文鱼。"

凌熙脸上一热，开始摇摆自己到底是要投眼睛一票还是嘴唇一票了。

在酒店休息了一晚后，凌熙精神抖擞地来到了试镜现场。

前一天，凌熙发现自己很凑巧地和安瑞枫预定了同一家酒店，只是两个人一个住的是最高层的 VIP 套房，一个只能和经纪人住双人标间。第二天一早，凌熙依旧蹭了安瑞枫的车抵达试镜现场。他这人素来脸皮厚，完全忽略掉了安瑞枫的经纪人、助理、保镖投射过来的那一串鄙夷的目光。

凌熙和安瑞枫都是内定的关系户，原本《剑绝天下》的男主角是想请安瑞枫出演的，但是安瑞枫最近正在转型，偶像派这条路走不长，若想在娱乐圈有长足发展，还是要向实力派发展。据说安瑞枫手里已经压了好几个电影剧本，第一部大银幕作品将在一个月后开机，所以安瑞枫婉拒了《剑绝天下》剧组。

但因为《剑绝天下》的导演和安瑞枫已经合作了多次，安瑞枫便把同门师弟推荐给了他，还友情出演了男主的师尊，片酬比男主角还高……

凌熙打听到安瑞枫的片酬后，嫉妒得眼睛都红了，他要给这部连续剧创作片尾曲，还要出演一个小角色，加起来的酬劳却还不到安瑞枫的五分之一。

《剑绝天下》是一部号称斥资千万的古装仙侠偶像连续剧。此剧总共五十二集，男主从小在师门无忧无虑地长大，有疼他的师长与可亲的师兄弟，但师门的镇派之宝被人觊觎，后来惨遭灭门，唯有男主逃了出来……

至于之后的剧情，凌熙压根没看，因为他演的角色在第十集师门被灭之后就死翘翘了。

这部剧的编剧是圈子里有名的赚眼泪狂魔，为了让灭门的悲惨和后期男主复仇的艰辛呈现出极致的反差，《剑绝天下》的前几集充斥着各种各样的笑料，为的就是把观众虐一个措手不及。

为了突出笑点，男主的门派设定很是搞怪。安瑞枫扮演男主已经两百岁的师父，鹤发童颜，俊美不凡，法力高强，不苟言笑，门下共有四个徒弟。

大徒弟是个六十多岁的老头，演员是家喻户晓的黄金男配。二徒弟就是男主，俊朗、阳光、大方，爱说爱笑。三徒弟忽男忽女，扮男人时娇弱无力，扮女人时飒爽正气。而四徒弟，是一只狗。

哦，凌熙扮演的就是那只狗。

凌熙觉得自己真是无语了。

四徒弟在剧中的设定是一个在几年前被师父点化的犬妖，但是这犬妖学艺不精，每天只能化为人形一个时辰，而且变成人后话都说不利落，只能说简单的短语，比如"师父，汪""吃饭，汪"。

一个又憨又乖又淘气又贴心而且台词极少的角色，对于头一次"触电"的歌手来说，难度小又容易圈粉。

凌熙翻了翻剧本，发现扮演四徒弟的狗演员比他这个人类演员的戏份都要多，而且那个狗演员的戏都是难度比较大的部分……

至少他不用像狗一样用头顶着托盘给师父送饭，也不需要练习钻火圈、滚钢板……

虽然试镜只是走过场，但导演还是敲打了他一番："凌熙啊，你不要以为你这个角色没有什么台词就不需要演技了，你要知道，没有台词的角色是最需要演技的！

"你看啊，你是一只狗，而且是一只被你师父亲自点化的狗，师门中，你最亲近的就是你的师父！你要时刻看着他，你是狗的时候要看着他，是人的时候也要看着他！但是你对他的感情用语言表达不出来，就只能通过眼神来告诉他！

"来，你现在给我做一个饱含着感激、孺慕、钦佩、向往，但是又像小狗那样天真无邪的眼神！"

然而凌熙的眼神里只有"我虽然听不懂你在说什么但是我在听"……

"对！很好！"导演拍案而起，"非常棒，这个眼神非常棒！你入戏了！"

凌熙凭借着过人的眼神戏打动了导演，导演甚至亲自把他送到了在外等待的吴友鹏手中。在听到凌熙真的通过了导演的考验，获得了这个讨喜又容易的角色后，吴友鹏终于放下了高悬的心。

"虽然我还没结婚，但是我已经能理解高考生的父母们的心情了。"吴友鹏拍拍胸口。凌熙能拿到这个角色的试镜机会，全靠吴友鹏搭上了编剧，现在导演认可了凌熙的演技，那凌熙今后在剧组的日子会好过很多，"来，快跟我说说，你是怎么征服导演的？真奇怪了，我带了你这么久，怎么不知道你还有演戏的天赋呢？"

凌熙嗑着刚买的冰棍，想了想，说："导演就说让我做一个像小狗那样天真无邪的眼神……"

"哦，你不用说了。"吴友鹏一挥手，"这种像弱智一样的眼神，不就是你最擅长的吗？"

两人在门外蹲了没一会儿，安瑞枫和他的经纪人许志强一同被导演客客气气地送了出来。咖位不一样，待遇也完全不同，凌熙试镜的时候，他的经纪人只能在外面等着，安瑞枫的经纪人却能一直陪同他进去，还有个单独的座位可供休息。

见安瑞枫出来了，凌熙"噌"的一下蹿了过去，特别热情地邀请他一起吃午饭，说是为了好好谢谢他昨天的仗义相助。

许志强的脸色十分难看。现在的十八线小艺人真不像话，当着他这个经纪人的面就敢抱大腿？他刚想隔开对方，安瑞枫的眼神就轻轻扫了过来，许志强没摸透这个眼神究竟是什么意思，迟疑了一下，没敢有其他动作。

安瑞枫看着面前这个兴奋的年轻人，见他眼中的热情都快化成实体，他忽然明白《剑绝天下》里的师尊为何要费力不讨好地点化一只狗当徒弟，而且在四个徒弟中最宠爱那只傻狗了。

于是他笑笑，提议道："刚刚听导演说等其他演员都试镜结束后，要叫上编剧一起吃饭，我看咱们也不要单约了，跟着导演他们去蹭饭就好。"

凌熙身旁的吴友鹏眼睛一亮，嘴上忙说："那怎么好意思呢！"看来安瑞枫对他家凌熙的印象还是很好的，刚认识两天就这么照顾，还主动带凌熙去饭局！

凌熙这时候也反应过来这是多大一块馅儿饼落在了眼前。在社会上混，最重要的是什么？人脉啊！凌熙本身的长相、能力，在人才云集的娱乐圈并不算出挑，经纪公司也不给力，几年下来越混越后退。他才二十六岁，在很多人眼里都算年轻，若是他这次能搭上影视圈的人脉，多和导演、编剧套套近乎，是不是就能上一层台阶了？

凌熙越想越开心，若不是场合不对，他都想扑上去管安瑞枫叫"恩人"了。

安瑞枫话已出口，一旁的许志强不管有多不乐意也只能认命。四人一边聊着一边往外走，准备在试镜结束前先回保姆车上休息一下。

凌熙这时候眼里只剩下安瑞枫的身影了，若他现在的眼神被导演看到了，绝对要称赞他"比刚才还要入戏"。

安瑞枫很会聊天，他挑了这两年去各地拍摄时遇到的奇闻趣事，不徐不疾地讲给凌熙听，凌熙的注意力全被勾到了他身上。

几人正说着话，忽然一道女声从另一边响起："呦，熟人啊，这不是两元店小歌王吗？"

一听到自己的"雅号"被人道破，凌熙眉毛一拧，整个人立刻从软萌可欺的幼犬变身为见谁咬谁的斗牛。

凌熙转过头，眯着眼看着那个脚踏高跟鞋走过来的高挑美人，嘴巴里的话十分不客气地喷了出来："是啊，真是走哪儿都能遇见熟人，原来是洗剪吹小天后啊！"

一个"小歌王"，一个"小天后"，凌熙和朱琳琳每次一见面就火药味十足。说来也是孽缘，两人都是八年前从同一个选秀节目里走出来的，凌熙唱功好，每一次导师打分都排名靠前，而朱琳琳家里肯砸钱，场外支持率也居高不下。等到最后一场决赛，朱琳琳凭借短信投票数拿了第二，压了凌熙一头，两方的粉丝就此结了仇。他们刚出道那两年，双方的粉丝每个月都要爆对方的贴吧一次……

一晃这么多年过去，当年选秀节目的第一名都销声匿迹了，反而是他俩一直这个圈子里。只是他们混得都不怎么样，凌熙的抒情歌曲只能感动城乡接合部的小青年，朱琳琳的动感舞曲则深受美发店小妹的喜爱。

两人关系恶劣是众人皆知的事，八卦论坛上有很多无聊的看客甚至给他们两个起了个名字——"爆吧夫妇"，又称"凌琳 CP"。

在得知自己居然和朱琳琳被组成 CP 后，凌熙接连做了三晚噩梦。

全场唯一一个不知道两人之间恩怨的就是安瑞枫，不过不需要他开口询问，跟在他旁边的许志强就凑到他身边，三言两句地解释了一下凌熙和朱琳琳之间的"血海深仇"。待凌熙发觉时，嘴快的许志强都把"凌琳 CP"这个耻辱的名字抖落出来了！

凌熙的脑中瞬间有无数只尖叫鸡一同炸上了天。

他僵硬地扯出来一个笑容，生硬地同朱琳琳打招呼："你也是来试镜的？"

朱琳琳的经纪人赶忙接话："不是，导演之前就确定由我们琳琳饰演其中一个角色，是男主角在师门时的同门。"说着他把视线转向了安瑞枫，"没记错的话，师尊这个角色应该是由安先生出演吧？"

安瑞枫微微颔首："是的。"他想了想他剧中几个徒弟的身份，大徒弟足有六十岁，二徒弟是男主角，四徒弟是只狗，这么看来现在只剩下忽男忽女的三徒弟这么个空缺了："朱小姐是演我的三徒弟吧？"

经安瑞枫这么一提点，凌熙也明白过来："那以后咱们都是一个剧组的了，我演四徒弟！哦对了，朱琳琳你是演'男三徒弟'，还是演'女三徒弟'啊？"

朱琳琳一跺脚："那你倒是告诉我，你是演'人四徒弟'啊，还是演'狗四徒弟'啊？"

这才几句话，两人又掐上了……

安瑞枫从心灵深处发出了疑问：自己进了这个剧组之后，还能不能当一个安静的训狗师？

　　到了午饭时间，三位艺人连同三位经纪人，一同移步去了不远处的饭店包厢。这一次只是剧组核心人员的小规模聚会，场面不大，气氛也很随意。凌熙以前去过很多饭局，但这是头一次参加剧组的饭局，导演和编剧们谈论的话题他都插不上话，干脆安心地吃吃喝喝。

　　安瑞枫倒是很适应这场子的氛围，他这两年人气如日中天，更别提现在要再跨一步踏入电影圈，大家一窝蜂地端着酒杯过来恭喜他，他来者不拒，跟谁都能有话聊，身上的架子端得起也放得下，不论谁提起他都要竖起大拇指。

　　朱琳琳横挑眉毛竖挑眼地问凌熙："这是内部聚会，你怎么混进来的？"

　　凌熙冲着安瑞枫的方向努了努嘴："我刚抱上的'金大腿'，当他的腿部挂件蹭进来的。"他问，"你又是怎么混进来的？"

　　朱琳琳很骄傲地挺胸："姑奶奶我可是带资进组！"

　　凌熙心道：也就你能把这四个字说得这么理所当然了。

　　后来，他让吴友鹏打听一下朱琳琳到底给谁塞了钱。吴友鹏跑去问了他相熟的那个编剧，编剧大哥一拍大腿，指了指自己："还能给谁？我呗！好歹我也是名编剧，能指定你家凌熙进组，当然也能指定朱琳琳进组啊。"

　　编剧大哥喝多了上头，嘴里的话也有些控制不住："本来这剧里，师尊门下只有三个徒弟，一老一少一只狗，而且都是男的，雄性！但是朱琳琳的经纪人过来递了话，非要让我给她加个角色，价格好商量。我说那行吧，两百万加个角色，结果他又嫌贵，非给我砍价到一百万……一百万也行啊，那就演一半呗。"

　　凌熙听后又赶忙给编剧大哥敬了三杯酒，朱琳琳的角色分量和他的一样，都只有该角色的一半戏份，但是朱琳琳花了一百万，而他一分没花，这份恩情真是让他感动得泪眼汪汪。

除了要感谢编剧，他更要感谢自己的经纪人吴友鹏，这是吴哥多方奔走帮他争取来的出镜机会啊，他再也不嫌弃酬劳少了！他一定要好好抓住这次机会，努力表现自己，说不定能发掘出自己身上的表演天赋，从此一飞冲天，拿下小金人呢。

饭局结束后，凌熙再一次搭乘安瑞枫的保姆车前往机场。

安瑞枫喝了不少酒，强撑着上车时还算精神，等坐到了车里的沙发座上，那股倦怠感瞬间涌上来。他随手扯开衬衣领子，用手向后扒了扒头发，身子顺势下滑，横躺到了长沙发椅上。

他衣衫凌乱、面色疲惫，浑身充满酒气，精壮的胸膛与凸显的锁骨从衬衣领口处露出，两条长腿一条跷在沙发上，一条脚踩在地上，脚上的鞋也不知飞去了哪里。这是电视上、杂志上、网络上都没有出现过的安瑞枫。

凌熙忽然觉得有点尴尬，他离得这么近，像是闯入别人家中的小偷，偷窥到了一个本不该知道的秘密。

许志强身为安瑞枫的经纪人，在饭局上也被灌了不少酒，但他的脸色看上去还好，至少还能忙前忙后地给安瑞枫倒水、喂药："你先吃了药睡一会儿吧，机场那边还有粉丝送机。你状态不好，到时候记得戴个墨镜。"

原来是这样！

凌熙恍然大悟，难怪刚才自己上车时，许志强对他面色不善，原来许志强以为他不仅要蹭车，还要再蹭一遍粉丝……

不过大明星的待遇真的不一样，小小的试镜会，前后都有热情的粉丝接送机，真是让他满腔嫉妒。

安瑞枫吃了解酒药睡下前，还很有礼貌地向凌熙道歉："实在对不住，今天状态不好，让你看笑话了。"

凌熙赶忙摇头："是我打扰你了。今天谢谢你帮我引荐那么多人，要不然我在导演面前都说不上话。"

"怎么会？刚刚导演还和我夸奖了你，说你挺有灵性，眼神很有戏。"

若安瑞枫是假客气还好，偏偏安瑞枫的语气又温柔又诚恳，凌熙听了，臊得头都抬不起来了。待凌熙想起来应该再说些什么的时候，安瑞枫已经沉沉睡去。

果然帅哥睡着了依然是帅哥。凌熙想，迪士尼真应该专门拍一部动画片，教大家怎么吻醒睡王子。

趁着两位经纪人不注意，他偷偷拿手机拍了一张安瑞枫的睡颜，决定以后穷困潦倒的时候，把这张独家照片拿出去换口粮钱。

在快到机场时，凌熙和吴友鹏主动要求在机场外的路上下车。他们蹭了一次粉丝已经够不好意思了，脸皮再怎么厚也不能蹭第二次。安瑞枫当时已经醒了，听到凌熙的话忙说没事，就当朋友互相帮助。许志强不敢瞪自家艺人，只能改瞪凌熙，模样像极了恶婆婆。

"还是不麻烦了，"凌熙摆手，"你的'枫叶'们太热情，连蹭两次车，我怕她们说我占你便宜。"

安瑞枫劝不动他，只能放他离开。分别前，两人交换了手机号，约好有空常联系。

看着安瑞枫的保姆车绝尘而去的背影，凌熙认命地叹了口气。他回B市后要闭关创作，赶在《剑绝天下》开拍前完成片尾曲的初稿，之后还要请老师训练他的演技。而安瑞枫要直飞香港岛出席某个商业活动，还要专心准备他的第一部电影。下次再见，估计就是电视剧正式开拍了。

第二章

——

周日日现场

　　经过几个小时的颠簸，凌熙终于回到了自己位于 B 市的住处。奔波了两天，凌熙的身体十分疲惫，精神却非常亢奋，这一趟 N 市之行他受益良多，不仅顺利地拿下了角色，还认识了圈子里有名的导演、编剧，最重要的是，他结识了一条结实的"金大腿"！现在他的手机里不仅有"金大腿"的电话号码，还有"金大腿"的睡颜照片！

　　自己只是娱乐圈小虾米，而安瑞枫则是冉冉上升的大势明星，一想到自己居然勾搭上了这么厉害的"朋友"，凌熙开心得像是一只被翻过来的小乌龟，躺在床上在空中胡乱蹬着四肢……

　　不过，娱乐圈交朋友同样非常看重"门当户对"，他们俩地位差别这么大，狗仔们绝对会拿他们的交集大做文章。

　　凌熙一骨碌从床上坐起来，赶快打开了手机。昨天他们两人一同出现在机场接受采访，他笑得脸都要僵掉了，不知道有没有被记者嘲笑。

　　他先去那些娱乐门户网站上搜了一圈，发现风平浪静，安瑞枫试镜《剑绝天下》的消息理所当然地占据了首屏推荐。他点开看了看报道，新闻里主要写的是安瑞枫昨日现身 N 市机场，参加《剑绝天下》的试镜，因为最近工作很忙，他整个人瘦了不少，粉丝们大呼心疼，等等。

　　至于凌熙，新闻只在最后一段一笔带过——"一同现身机场的歌手凌熙将助阵《剑绝天下》，演唱片尾曲，据悉，他也会参与此次试镜"。寥寥几十个字，概括了凌熙这两天以及未来几个月的全部努力。

　　看到这篇新闻，凌熙有一种既庆幸又失落的感觉……

　　扫完了所有的娱乐网站，凌熙想了想，又点开了安瑞枫的粉丝网。安瑞枫的粉丝网站挂靠在经纪公司给他搭设的个人网站下，他刚出道时，粉丝网的注册、浏览都是完全不受限制的，但是在他的粉丝像有丝分裂的孢子一样飞速增多后，网站便抬高了注册门槛，也不允许非会员浏览。

可以说，这个网站里聚集的都是安瑞枫最"死忠"、最资深的铁杆老粉，若想知道关于安瑞枫的最新最全的资讯，来这里准没错。

凌熙会有这个网站的账号也是机缘巧合，在这之前，这个账号主要他是用来围观"枫叶"内战的……而今天他登录粉丝网，是为了给那个"安瑞枫是眼睛最好看还是嘴巴最好看"的帖子投上庄严的一票。

结果他打开帖子后，对着主楼的两个选项左右摇摆了半个小时，也没想出到底该选眼睛还是选嘴巴，最后只能灰溜溜地关掉了帖子。

没办法，谁让安瑞枫是这儿也好看、那儿也好看，认真注视别人的时候好看，笑的时候更好看。

凌熙投不了票，干脆在粉丝网里闲逛起来。枫叶粉丝网有非常明确的分区，包括图片区、影视区、文学区、新闻资讯区等，而八卦灌水区永远是粉丝最活跃的地方。凌熙点开了八卦灌水区，准备看看安瑞枫最近有没有什么花边新闻，结果第一条置顶帖就差点晃瞎他的眼。

枫叶飘飘 × 心有凌熙——接送机的粉丝们一起来深扒！凌熙与安瑞枫的地下友谊！料多、有图！

光看这标题凌熙就要吓尿了，他的名字为什么会出现在这里？

六月份的香港岛异常炎热，所有人都恨不得一头扎进有空调的室内，等到太阳落山了再出来。可是作为明星，安瑞枫很少有偷懒的权利。

今年年初，安瑞枫拿下了一款男装的代言，合约一签三年，代言费虽达不到惊人的程度，但也极为优渥。六月份，此款男装登陆香港岛，高达三层楼的旗舰店落户香港岛人气最旺的商业街，安瑞枫身为代言人，昨日一结束在 N 市的试镜，就立马乘坐飞机降落香港岛。

第二天早上五点就起床，试衣、化妆、做造型，男明星折腾起来绝对不比女明星省心多少。因为他最近在为第一部电影中的消瘦形象拼命瘦身，上个月穿还合体的定制男装，今天穿上就空荡荡的，服装助理赶忙改了尺寸，争分夺秒地忙活了好久，才在剪彩仪式开始前把衣服改小了一号。

为了吸引人气，剪彩仪式和之后的新闻发布会都设在户外，安瑞枫被晒得昏昏沉沉，落在粉丝们眼中，反而觉得自己的偶像又平添了一分忧郁气质，快门按得更卖力了。

好不容易等到冗长的仪式结束，安瑞枫一回到休息区就累倒在沙发上，他顾忌这里还有合作方公司的人在，没有直接躺下，但长眼睛的人都能看出他现在有多疲惫。他今天和一千多名粉丝握手、签名、拥抱、合影，愣生生把一个门店的剪彩仪式开成了粉丝见面会。

许志强走到他身边，递给他一杯水，安瑞枫正要接过，突然肚子里一阵轰鸣，声音大得整间屋子里的人都能清楚听到。

"抱歉，失礼了。"安瑞枫脸上挂着歉意的笑容，让人看了就心生好感。他一手轻压胃部，眉头微皱，略显苦恼的样子让坐在他对面的女经理都心头乱跳。

女经理赶忙吩咐自己手底下的秘书："还愣着做什么？安先生辛苦一天了，你们提前准备的外卖呢，赶快拿过来让安先生垫一垫。"

秘书慌慌张张地端来一盒饭，正要递到安瑞枫手里，就被他身边的经纪人许志强拦住了。

"谢谢，不过我们瑞枫在减肥，给他洗一根黄瓜就够了。"

说着，许志强不慌不忙地从自家助理的背包里掏出一根细又短的黄瓜，郑重其事地交到了秘书的手里。

秘书捧着黄瓜洗干净，拿回来时上面还带着水珠。许志强接过，谢过秘书，"咯嘣"一声把黄瓜掰成了两段，很嫌弃地比了比两段的大小，然后把小的一段递到了安瑞枫面前。

见其他人都面带好奇地看着自己的动作，许志强解释："剩下的那段是晚饭。"

女经理看向安瑞枫的眼神顿时满溢出了母性的光辉。

安瑞枫接过黄瓜，一边小口吃着，一边苦笑解释："不久后我有个电影要开拍，导演让我严格控制体重，要比之前瘦二十斤。"安瑞枫的身材高大精壮，当初男装找他代言就是看上了他的好体格，现在一瘦，脸型变得比之前更为尖削，整个人的气质都变得锐利了不少，好在他的眼神依然同之前一样温柔。

原本剪彩仪式后，对方公司还有庆功宴，可鉴于安瑞枫的特殊情况，女经理并没有强求他出席。但安瑞枫很给面子地参加了酒会，手里捧着一杯酒小口啜饮，若有人敬酒，就全推给许志强去喝。

这么一耽误就到了深夜，安瑞枫下榻香港岛的某家五星级酒店，住的是顶级套房，他睡在主卧，经纪人、助理及保镖住在外间。待他洗完澡擦着头发从浴室走出来时，就见许志强对着他的办公电脑大皱眉头，紧握鼠标的右手很大力气地在往下滚动网页。

安瑞枫手里拿着他那半根"晚饭"，走过去问他在做什么。

许志强回头看了他一眼，面无表情地说："你那些粉丝又在给你凑CP了。"

"他们给我凑CP又不是一次两次了。"安瑞枫最开始也会被突然出现的绯闻女友搞得措手不及，但次数多了后就见怪不怪了，不管他是出演电视连续剧，还是客串MV，只要是和他对视过的女演员，都会被粉丝臆想成他的绯闻女友，他现在身背"三妃子"、"五常在"、"八美人"，比帝王还要雨露均沾，"这次又是谁倒霉中枪？你打个电话给对方经纪人，咱们商量一下发什么声明比较好。"

"这次不一样，我……"许志强起身把电脑让给了安瑞枫，"要不你还是自己看吧。"

意料之中，许志强打开的页面是自己的粉丝站的八卦爆料版块，但是标题上的人名却让他震惊得连黄瓜都拿不住了。

凌熙？凌熙怎么会和他扯到一起？

标题：枫叶飘飘×心有凌熙——接送机的粉丝们一起来深扒！凌熙与安瑞枫的地下友谊！料多、有图！

正文：楼主身为瑞枫王子的铁杆粉，瑞枫来N城怎能不接机！那天一大早我和我的小伙伴们就到了机场守着，在熬过了漫长的三小时之后，飞机降落啦！我举起手机等着拍照，结果等人群离开后，出现在抵达口的居然是凌熙！

楼主当时就震惊了啊！楼主其实是凌熙的八年路人粉，他当年参加选秀的时候我也投过票，后来的歌虽然也不错，但感觉喜欢他的人都比较偏城乡接合部，再加上他的粉丝和朱琳琳的粉丝经常互相爆吧，对他的感觉渐渐就淡了……但是他那张脸！楼主绝对不会忘啊！八年了，他几乎一点都没变啊，还是那么瘦！

【图1】

然后瑞枫王子就出来了，还是那么帅嘤嘤嘤，不过瘦了好多，看来之前有内部人员说他在为了新电影瘦身应该是真的……楼主好心疼！

【图2】

突然间，瑞枫王子搭住了凌熙的肩膀，有说有笑地一起接受了采访！

【图3】

看瑞枫王子宠溺的小眼神！

【图4】

看这个搭在肩膀上的美手!

【图5】

看这个相视一笑的默契!

【图6】

看凌熙羞涩的小表情!

【图7】

后来看新闻采访,原来凌熙要开创自己的时尚品牌了,还说要帮瑞枫王子做一个同样的行李箱!

【图8】

感觉萌一脸啊!

不过楼主站的位置不够好,拍的照片有好多糊了,欢迎小伙伴补充哟!

这个帖子发出去两天,回帖已经有上万,安瑞枫深知自己粉丝的战斗力有多惊人,往下一拉,一看回复果然绝大多数在说楼主是居心叵测的过气明星凌熙派来的水军,接机捆绑安瑞枫炒作。

当然,偶尔也有一些当日接机的粉丝表示赞同楼主的观点。

86L:锁了锁了,我宣布这对CP锁了!

234L:我就是从这栋楼跳下去,我也不可能吃CP……真香!

538L:我正主坐那趟飞机,我墙头居然也坐了那趟飞机,这是什么绝美同框啊!

只是寥寥的几个回帖很快就被淹没在了无数的吐沫星子当中。按理说这种楼很快就会被版主锁帖,但第二天楼主居然补了一张新图,瞬间收拢了大批"教徒",洗脑无数粉丝。

那是一张送机照片。照片偏右的位置,安瑞枫在粉丝的层层包围下埋头签名,在他身侧,保镖团们帮他隔开疯狂的人群,但粉丝们仍然带着痴迷的笑容,争先恐后地把手中的签名板往他面前送去。而在照片的左侧,凌熙拎着那独特的行李箱远远绕过人群,身旁空无一人,他转头看向安瑞枫的方向,脸上还带着笑容。

安瑞枫揉揉太阳穴,若他不是当事人,他也要觉得照片里的两位主角真的存在地下友谊了。

之后的回帖他没有再翻,不管是掐是捧,他都无心再看了。

"凌熙那边现在有什么反应吗?"安瑞枫问。

许志强掏出手机点开了微博:"他还有点小聪明。"说着,把凌熙的微博指给安瑞枫看。身为经纪人,都是他代为管理安瑞枫的账号。

就在几小时之前,凌熙发表了一篇微博,微博配图正是安瑞枫的粉丝网上疯传的那张"镇帖照"。

@凌熙零零七:在网上闲逛居然看到了这张照片,我的经纪人让我帮他问一个问题——楼主你为什么把他P没了?【微博配图】

"噗……哈哈哈哈哈哈!"安瑞枫失笑,无奈地摇摇头,随手关注并转发了凌熙的微博。他挑眉看向许志强,玩味地说,"你觉得他只有小聪明?我可觉得他聪明极了!"

被夸赞"聪明"的凌熙并不知道自己的微博被安瑞枫关注了。原因很简单,他在发完那最后一条配图微博后,能联网的设备就被吴友鹏全盘没收了……为了永绝后患,就连家里的座机线都被吴友鹏剪断了,因为之前网瘾少年凌熙曾经贼心不死地想要用电话线拨号上网。

电脑、电视、手机、iPad……一切能和现代生活接轨的电子产品都被没收，凌熙守着一把吉他、一架钢琴、一个空白的本子以及一支笔，陷入了深深的赶稿地狱当中。

他八年前出道时，挂着"创作派嫩草歌手"的名头，现在"嫩草"不再，"创作派"总不能再丢。这一次给《剑绝天下》写片尾曲，吴友鹏认为是他翻身的好机会，耳提面命让他抓紧再抓紧，要用捧起格莱美的创作劲头去写歌。

然而凌熙是放羊派选手，没有灵感的时候根本写不出来，他在家里混沌了一个星期，每次吴友鹏给他送饭的时候都见到他在钢琴前发呆，原本是一棵活蹦乱跳的大头菜，短短几天就成了方便面里的脱水蔬菜包。

半个月后，吴友鹏一脚踹开了凌熙家的大门，叫醒了抱着吉他装模作样的他。

"你看你现在萎靡不振的样子，不知道的人还以为我这个经纪人虐待你了。"吴友鹏说，"你准备一下，周六你有个通告要上。"

凌熙抓抓凌乱的头发："周六？哪天？"他家里没有日历，能看日期的手机被收走了。

"就是后天，上午十点我来接你。"

"这么着急？"他伸了个懒腰，"什么节目？"

"'周日日现场'。"

凌熙一个懒腰没伸好，直接从沙发上仰倒过去。他手忙脚乱地重新爬回沙发上，惊讶得嘴巴都合不上。"周日日现场"是一档从美国引进版权的脱口秀类型的综艺节目，一般的脱口秀都会有一个固定的主持人，但是"周日日现场"每期会请来一个不同的明星主持，在节目中，主持的明星往往会和节目组邀请的卡司们一同出演几个恶搞情景剧，一边吐槽自己一边讨论热点话题，在情景剧的空隙中，还会请歌手串场演唱。

这个周播节目在美国做了十几年，最近两年才引进国内。每周五，节目组的创作班底会结合这一个星期的热点事件编写故事，周六上午直接在演播室里录制，周日下午放送。因为节目的内容时效性很强，上节目的大牌明星们又个个敢吐槽自己，很快，这档节目就成了综艺新贵，提前一个季度就排好了下个季度的出场明星，每个艺人都以能上这个节目为荣。

像凌熙这种十八线小歌王，从来不在节目组的邀请名单中。

"这一次真是太意外了，原本这期节目负责串场的是最近蹿红的××乐队，但是昨天他们乐队出去录MV的时候遇上了事故，所有人都受了伤。节目组联系的救场歌手全都没有档期，电话才打到了我这里……凌熙，你最近是不是水逆过了，怎么开始走运了？"

"哪有，是吴哥的人脉广，帮我接了这么多好工作！"凌熙大手一挥，"走，吃串儿去！"

凌熙这几天写不出来歌，吃饭都没有胃口，这一次有大工作从天而降，他的肚子也"活了"过来。别的歌手为了保护嗓子多有忌口，但是凌熙却能吃辣、能喝凉，而且第二天不长痘不上火。

吴友鹏陪他吃了一顿好的，两人当晚在大排档里喝得酩酊大醉，庆祝即将到来的飞黄腾达。

周日早上，吴友鹏驱车载着凌熙到了演播大楼。凌熙最近几年人气不温不火，通告数量远远比不上其他艺人，他真是走了大运才撞上"周日日现场"有空缺，过来当串场歌手。

因为太过开心，他从地下车库走进电梯时，嘴巴里一直哼唱着即将表演的歌曲，这次他决定演唱他半年前的新专辑《Zero》中的主打歌。其实他的创作能力非常优秀，但总是找不到机缘红起来，不知道这次是不是他的机缘呢？

他正畅想着美好未来，电梯缓缓上行到一层，电梯门打开，一个他预料不到的熟人居然出现在了他面前。

"凌熙？"安瑞枫微带惊讶地看向站在电梯里的凌熙和他的经纪人，"这么巧，你们也来录节目？"

安瑞枫还是那么帅，凌熙懒得想词去形容他的头发、衣着、气质和他走路的姿态，因为当他站到凌熙面前时，凌熙已经分不出神去注意那些细枝末节了。

凌熙身后的吴友鹏很客气地开口："是啊，凌熙运气好，拿到了这期'周日日现场'串场歌手的工作。本来他一直在家里闭关创作的，现在要上节目，我就把他牵出来遛遛。"

一听说凌熙要来录"周日日现场"，安瑞枫和他身旁的许志强的脸上都露出了一个难以言喻的复杂表情。

许志强道："那真是太巧了，我们瑞枫也是来参加那个节目的。"说着，他们一行人迈步走进了电梯里。安瑞枫不管走到哪里，身后都跟着浩浩荡荡的助理、造型师、保镖等，他们跟着一起涌上了电梯，把凌熙和安瑞枫挤到了一起，凌熙都快要贴到安瑞枫身上了，对方身上浓郁的男士香水味道一直环绕在凌熙身旁。

跟颜值高、粉丝多的大明星挨在一起，凌熙难免觉得有些挫败："我猜你是这期的主持嘉宾吧？没想到你还会上脱口秀节目。"

"嗯，我接到邀请的时候也很诧异，没想到这种节目会找上我。"安瑞枫没在这件事上深谈，很快转移了话题，"自从上次在 N 城一别后，咱们有半个多月没见了吧？"

"原来都这么久了……我每天都被锁在家里，吴扒皮说我写不出来歌就不让我出门，我现在一点时间概念都没有。"他转头看看安瑞枫的侧脸，很关切地问，"师父，你比之前更瘦了，现在有多重？"

安瑞枫说了一个数字，开玩笑道："许扒皮每天只让我吃黄瓜和西红柿。"

作为艺人，吐槽经纪人绝对是拉近关系的不二法宝。安瑞枫和凌熙很有共同语言，你一言我一语地叙述起自己经纪人的恶行。两人的经纪人就站在他们身后，听了他们的满腹牢骚，对视一眼，无奈地耸了耸肩膀。

电梯在第十三层停下，安瑞枫先一步走了出去。工作人员看到他来后，热情地将他领到了大牌艺人专用的 VIP 化妆间，至于跟在他身后的凌熙……以他的咖位，只能和其他人共用一间。

"那一会儿见啦！"凌熙冲安瑞枫开心地摆摆手，他身后背着自己的吉他，琴盒上写着大大的 Zero——这是他的外文名，也是他这次会演唱的歌曲名，"一会儿要认真听我的歌哦！"

安瑞枫点点头："那一会儿见。"

他转身走了几步，再回头看过去时，凌熙和吴友鹏已经消失在了走廊拐角处。

当安瑞枫在工作人员的指引下走进专用化妆间时，早有一台摄像机对准了他的方向。安瑞枫先是很有礼貌地向摄像人员打了声招呼，接着快步走到化妆镜前坐下，特型造型师走过来对着他的脸涂涂画画，原本帅气逼人的脸庞渐渐被颜料遮盖住，而这一切都被摄像机记录了下来。

这个节目，没有彩排，没有 NG。

安瑞枫和凌熙在镜头里的一切表现，都会忠实地呈现在节目当中。

摄像师身旁跟着一位工作人员，她询问安瑞枫："刚才我看凌熙离开后，你转头向他的方向看了一眼，你是心软了吗？"

安瑞枫无奈地道："应该说，我在电梯里看到他的时候就心软了。"

"看来瑞枫你和凌熙的关系真如网络上传言的那样好啊。"工作人员笑着说，"那张凌熙发到微博上的照片我们都有看，实在是太养眼了！"

安瑞枫笑道："粉丝自己 P 着玩的，不用当真。不过我和凌熙真的很投缘，要是早知道这次恶整的对象是他，我绝对不会答应你们导演的邀约……除非他把我的出场费提高两倍。"

　　顿时，化妆间里笑倒一片。而站在镜头外的许志强微微皱了眉，他知道安瑞枫说的是真的——并不是指那句"提高两倍"，而是如果安瑞枫提前得知这次的任务目标是凌熙的话，他真的不会接下这份工作。

　　凌熙和他的经纪人并不知道，他们接到的根本不是"周日日现场"的大馅儿饼，而是最近大热的网络恶搞栏目"惊吓 surprise"。

　　"惊吓 surprise"是××视频网推出的一部网络综艺节目，节目就如其名，每一期都会派遣数量众多的群众演员进行街头恶搞活动，比如突然出现在楼道里的幽灵、在马路上行驶的小船、被留在路边的婴儿等。这个节目有几期争议非常大，但争议越多，点击量就越高。

　　在最近的几次观众调查中，大家表示已经看够了被恶搞的普通人，想要看看被恶搞的艺人，于是节目组花费重金请来了安瑞枫，由他出面来恶搞一位艺人，具体方法就是请对方参演"周日日现场"，然后在表演途中，安瑞枫将身着奇装异服，从他身后出现，吓对方一跳。

　　当时接工作时，导演跟安瑞枫说虽然不能透露被恶搞的艺人的具体姓名，但会是安瑞枫的一位朋友，安瑞枫为此还特地跟他圈内所有关系不错的明星们都提前打了招呼。但是他万万没想到，请来的居然是与他仅有一面之缘的凌熙。

　　安瑞枫是一位很敬业、人气旺的明星，可正因为他站的位置太高了，所以他对小艺人们都带着点"怜悯"，这并非看不起他们，相反，安瑞枫很乐于提携名气不如自己的小艺人，能帮就帮，这就是为什么当初在机场里他会在镜头前说和凌熙一见如故。

　　想来是节目组的工作人员看到了在机场的采访视频，又见到他转发了凌熙的微博，于是对他们的"友谊"信以为真，所以才请来凌熙当被恶整的嘉宾。

安瑞枫想起刚刚凌熙跟他挥手道别的开心模样，心中默默地叹了口气。

凌熙是真的想在"周日日现场"上好好唱一首歌，他期待着这个一战成名的机会，甚至为此欢呼雀跃，然而他的一番努力最终只能成为"惊吓surprise"的观众的笑料。

"好了，化完了！"在安瑞枫脸上奋斗了一个小时的特型造型师让他站起了身，几位工作人员围上来，帮他穿上厚重的特效服装，又花费了半个小时固定好身上的装备。众人纷纷散去，装扮好的安瑞枫不加遮掩地出现在了镜子前。

镜子里，一只浑身通红的巨型麻辣小龙虾张牙舞爪地对着所有人露出了一个狰狞的笑容。

远在另外一个方向的等候间里的凌熙打了个巨大的喷嚏，手里的吉他紧跟着弹错了音。

吴友鹏大惊小怪地道："怎么突然打喷嚏了？是不是感冒了？哎呀你快喝点热水，别在表演的时候突然掉链子。"

"没事儿，"凌熙搓搓鼻子，"就是突然间特别想吃小龙虾，一时间走神了。"

凌熙抱着吉他走到了舞台中央。在上台前，吴友鹏反复叮咛凌熙，让他不要紧张，尽力发挥出自己应有的水平就好，万一不小心破音了，那他就舍了脸去找节目后期，帮他调音，绝对不让他出丑。

凌熙出道八年，参加过的商演、节目、走穴并不算少，经验十足，但绝对没有一个节目让他如此提心吊胆又如此满怀希望。这可是"周日日现场"啊！向来只有圈子里最热的歌手、最有话题性的艺人才能登上这个舞台，能上这个收视率惊人的节目，绝对比他的经纪公司砸钱回购唱片冲销量榜要有用得多。

　　这么一个从天而降的大馅儿饼落到了凌熙嘴里,凌熙狼吞虎咽,就算噎着了也心甘情愿。

　　《周日日现场》每一期都会请来数十名幸运观众坐在台下,近距离观看心爱明星的表演。这一次也不例外,凌熙走上台时,紧张地扫视了一圈下面的观众,但可惜全场唯一一个光源是自凌熙头顶位置垂直打到舞台上的,所以从凌熙的视角看过去,他根本看不清楚台下观众的表情。

　　黑暗中,有四个机位对准了凌熙的方向,摄像机上面的小红点隐隐发亮。凌熙盯着若隐若现的小红点,幻想自己能把它们全部抓进手里。他回头向身后的节目伴奏乐队点了点头,然后转回了身子,调整了一下面前立式话筒的高度。

　　他深吸一口气,右手轻扫琴弦,开始了他的演唱。

　　平心而论,凌熙的歌绝对不缺红的要素。他是创作型歌手,词曲皆通,他平时说话的音调又高又亮,但是唱起歌时声音压低,声线平稳柔和。别看他性格活泼搞怪,但他的音乐风格无一例外都是抒情又带着点小忧郁,与他的形象有着鲜明反差。只可惜刚出道时因为和朱琳琳的摩擦拉低了自身的档次,再加上近年来唱片业整体下滑,凌熙的人气就这么一直维持在低谷。

　　当初凌爸凌妈做主给他签了十年约,这个十年是从他被挖掘的十五岁开始算的。二十五岁那年,公司本不愿意与他续约,还是吴友鹏多方周旋,公司才不情不愿地与他续签了三年。于是凌熙又多给了自己三年的时间,告诉自己如果再无寸进的话,就回去卖奶茶。

　　奶茶店的名字他都想好了,就叫零零熙奶茶店……

　　现在算算,三年时间只剩下两年了。

　　这种事情越想越伤心,凌熙的《Zero》越唱越飘忽,因为他在台上走神了……

　　到歌曲高潮时,凌熙好不容易拉回了自己的注意力,运气飙出了一个高音，他的音域天生比别的男歌手高两个音，每当他放声高歌时，总会给人以极为惊艳之感，可惜肯安安静静地听完他一整首歌的人并不多。

就在他唱到最高音之时，忽然感觉身后有人重重地拍了他一下，他条件反射性地回了头，待他看清楚身后的庞然大物后，顿时吓得惊叫一声，一屁股摔到了地上。他的站位接近舞台边缘，这么一摔，直接从舞台边的小楼梯处滚了下去。难为他落地时还记得护住自己怀里的宝贝吉他，于是所有观众都看到他像一只犰狳一样抱住怀中的宝贝，团成一个球骨碌碌地滚下了舞台……

所幸舞台距离地面并不高，凌熙被摔得七荤八素，但是身上一点皮外伤都没有。

他一个翻身从地上爬了起来，也不顾周围的观众和身后的摄像机，气得直跳脚："你……你为什么在这里？！"他真是又急又气，原本他还指望着这次录的节目能让他鱼跃龙门扶摇直上，结果一回头撞见一只巨型小龙虾，害得他直接唱破音，连表演都不能继续下去。

这可是他好不容易得来的录制机会，如果他对导演说说好话，不知能不能让他重新录一遍？

舞台下，凌熙反手拎着吉他像是在拎着金箍棒，随时都能冲上台除魔卫道；舞台上，安瑞枫套着巨大的特型服装低头看着他，脸上的表情被厚厚的油彩遮住，谁都看不清。

突然，舞台周围的一圈自动发射点接连爆出好几束彩带喷花五彩片，凌熙不加设防之下被喷了满头满身，这一切比刚才安瑞枫的贸然出现更让他莫名其妙。

这是什么路数？

安瑞枫数次想伸出钳子来帮他清理，都被他一巴掌打掉，等到他好不容易摘干净身上的彩带时，演播室里所有的大灯都打开了。坐在第一排的观众们站起了身子，把原本藏在他们身后的标牌举过了头顶，所有人齐声高喊："凌熙，你吓到了吗？！"

凌熙定睛一看牌子上的节目名称，顿时眼前一黑。

"惊吓 surprise"？他上辈子是不是杀了这节目组全家，今天才被这么恶整？

原本守在后台的吴友鹏脸色铁青，他几步冲到凌熙身旁，半搂住他的肩膀低声劝慰。自己一手带大的孩子自己最了解，如果凌熙真生起气来，当场上演手撕小龙虾都有可能。别说凌熙了，就连他都气得手脚冰凉，这些热门节目组哪里懂得小艺人的心酸？原以为是一步登天的坦途，一转眼就变成了泥泞的荆棘道。

不过凌熙毕竟是职业艺人，即使再不甘也不会在众目睽睽之下闹脾气。之前他参加过比这更为过分的节目，那时他在节目中丢尽脸面、出尽洋相，结果播出时为了给同期的其他明星让道，他的出场还被剪得只剩下三分之一。

凌熙宽慰自己：这么来看，"惊吓 surprise"还算好，至少他是这一期唯一的被整嘉宾，而且它的收视率不比"周日日现场"差。

隐藏在幕后的主持人面带笑容地出场，让凌熙谈谈自己被吓到是什么感受。

凌熙在心里破口大骂，嘴巴里却装模作样地说："你们真是吓到我了，前天吴哥接到电话说我拿到了'周日日现场'的串场工作，我紧张得不得了，今天上台时路都不会走了，差一点唱走调。我一直想着要冷静、冷静，唱完这一首就可以下去了，没想到安瑞枫突然出现，真是吓了我一跳……"他冲那只巨型小龙虾摆了摆手，"还好有你打断了我，要不然所有观众都要听到我唱破音了。"

小龙虾伸出钳子接过了话筒，说："今天知道我要吓的人是凌熙时，我还有点担心，因为我一直觉得凌熙胆子很大，生怕自己的扮相不够可怕。"

"已经很可怕啦！"凌熙指了指自己的屁股，"我可是在所有人面前从台上滚了下去，你说我怕不怕？"

主持人插嘴："今天我们大帅哥安瑞枫故意扮丑，估计会让很多女粉丝芳心碎一地吧？不过安瑞枫脸上的油彩这么重，你是怎么在第一眼就认出他来的呢？"

"靠鼻子闻出来的！"凌熙搞怪地吸了吸鼻子，大家哄堂大笑。其实凌熙说的是实话，安瑞枫习惯喷味道很重的男士香水，今天早上在电梯里凌熙和他挨得很近，记住了他的味道。

凌熙在镜头前笑成一朵花，心里却在想让节目组脑袋开花。他怎么可能不气？现在给他一点火星，他就能炸翻整个演播厅！

下了节目后，凌熙脚步匆匆地准备往群演化妆室走，吴友鹏硬拉着他跟安瑞枫道别，凌熙强忍住没有翻白眼，不情不愿地说了再见。只可惜他演技很糟，"不开心"三个字几乎是印在了脸上。

安瑞枫下意识伸出钳子想拉住他，临时换了方向，塑料泡沫做成的大钳子落在凌熙的肩膀，发出了沉闷的"咚咚"声。

"我……对不起。"安瑞枫轻声道歉。

凌熙笑："你有什么对不起的？你是参加节目，我也是参加节目……"

"我之前真的不知道这次恶整的对象是你，否则我绝对不会接这个通告的。"

凌熙显然不信："请你来一次这种节目，出场费不少吧？为了我你就不参加这个节目了？谁会和钱过不去啊？"

这话说得相当不客气，其实他和安瑞枫只见过一面，撑死了比泛泛之交好上这么一点。凌熙也知道自己把邪火发在了无关的人身上，毕竟又不是由安瑞枫来选择作弄的对象，他有什么立场向另外一位嘉宾甩脸色呢？

　　要怪就只能怪自己是十八线小艺人，节目组恶整自己，让他从天降馅儿饼的美梦中醒来，而他还要感恩戴德，说"谢谢让我参加收视率这么高的节目"。

　　道理凌熙都懂，但他不自觉地就是想在安瑞枫面前发脾气，可能是安瑞枫身上的大度与温柔让他忘记了他们之间犹如天堑一般的差距吧。

　　安瑞枫听了凌熙的冲动之言，一直在心中翻腾的愧疚愈演愈烈，说话时也不自觉地带上了诱哄的语气："你可是我最宝贝的徒弟，为师为了你，当然可以和钱过不去了。"

　　在旁边围观了这一切的吴友鹏和许志强表示他们的鸡皮疙瘩已经掉了一地……

　　安瑞枫拍偶像剧出身，这种等级的台词信手拈来，毫不费力，就算他现在穿着可笑的小龙虾装，脸上涂着浓浓的油彩，也让人觉得他是这世界上最帅的那一只龙虾。

　　凌熙以为自己是绝对不会吃这一套的……

　　然而此刻，他不得不承认，自己真的很吃这一套。

　　安瑞枫回 VIP 化妆间卸了妆，节目组本来想留他一起吃饭，他推说有约给婉拒了。刚刚他和凌熙说好，为了补偿凌熙今天受到的情感创伤，由他做东请他吃饭，两人的经纪人作陪。

　　安瑞枫问他想吃什么，凌熙咬牙切齿地说要吃小龙虾。

　　四人轻装简行，驱车前往凌熙指定的一家海鲜大排档。这家店在 B 市赫赫有名，虽是夜市上的铺面，但有很多明星、富豪光顾，就为品尝老板的手艺。

　　许志强把车停在夜市外，看着夜市里川流不息的人群，十分犹豫："这里人太多了吧？"安瑞枫可是近两年大热的男星，要是被人在夜市里逮到，于人于己都不方便。

"没事，"安瑞枫答应请凌熙吃饭就不会食言，"我戴墨镜就好。"

吴友鹏有些尴尬："哪有大晚上戴墨镜的？我说凌熙，你换个地方吧，找个有包间的。"

凌熙眼珠一转，提议："等一会儿下车后，安瑞枫你戴上墨镜，一只手搭在我肩膀上，一只手拿着我的吉他。如果有人看你，我就把帽子递过去，对了，帽子里要提前装点硬币，据说这样看着比较真实……"

许志强转头问吴友鹏："你到底从哪里找到的这个活宝？"

吴友鹏悔不当初："那时候我觉得智障型偶像也能成为一种潮流……"

不过很令人意外的，凌熙的计策居然大获成功。从他们下车到走到店里，一路上凌熙赚到了好几张纸币……

四人找了个灯光昏暗的角落坐下，凌熙翻看着油花花的菜单，嘴里噼里啪啦地报菜名："小妹儿，你记好了啊。先来四十只小龙虾、一盘辣炒蛏子、两斤皮皮虾、一份炒花蛤、五两鲅鱼馅饺子……还有，凉菜土豆丝和毛豆拼一盘，猪耳朵和肉皮冻拼一盘……"

安瑞枫赶忙插嘴："我最近在减肥，什么都不能吃，估计许哥只让我吃一只小龙虾尝尝味道。"

凌熙点点头，转头对小妹儿说："那行吧，小龙虾做四十一只。"然后他把菜单往许志强手里递："许哥，该您点了。"

许志强："你刚才点的那些够了吧。"

凌熙点点头："对于我来说是够了，可是你们还没点呐。"

"不好意思，我家凌熙别的不擅长，就擅长吃，咱们各点各的啊……"吴友鹏赶忙圆场，自家艺人是圈子里少见的吃货，平常吃多吃少也就随他了，现在居然在别的艺人面前也这么肆无忌惮地吃吃吃，看看安瑞枫那张扭曲的俊脸，估计他这辈子就没见过这么能吃的人。

在座四人，有三个人把这次饭局当成"应酬"，只有凌熙纯朴，把饭局真的当成了饭局。

最后这一桌的点单量足够六个成年男人吃，凌熙一人就包揽了其中四人份的海鲜。他吃起饭来气势惊人，真不明白他怎么能吃得那么快还把壳吐得那么干净。坐在他旁边的安瑞枫一边欣赏他风卷残云般的吃饭速度，一边优雅地挑出一只小龙虾的肉含在嘴里，一直抿到没味道。

吴友鹏在心中叹气：同样都是明星，怎么差距就这么大呢？

网络综艺节目有着电视台的综艺节目远远无法比拟的时效性，周六上午录制的"惊吓 surprise"，当天晚上就出了一分钟的预告花絮。因为这个节目在网上话题度很高，待周日发酵后，预告花絮点击量就破了十万。

这一次的录制是"惊吓 surprise"的周年纪念节目，节目组早在一个月前就开始宣传，还打出"神秘男星强势加盟"的口号，吊足了大家的胃口，但直到周六晚上，节目组才抛出了精心剪辑而成的预告片。

这是和之前的街头恶整路人完全不同的一期节目：笑起来有点傻气的白净男艺人坐在等候室里，一边抱着吉他一边轻轻哼着歌，他的经纪人站在一旁，拍掌帮他打着节拍。画面一转，在另一间化妆间里，一堆工作人员围住一个脸上画着油彩、只露出一双眼睛的男人，四处散落着造型奇怪的配件。两组画面不断穿插交错，一边是怀抱希望的青年，一边是神秘莫测的恶作剧者……

最后一组镜头定格在了化妆间里，镜头外不知道是谁问了一句："刚才我看凌熙离开后，你转头向他的方向看了一眼，你是心软了吗？"

而背对着镜头的人坐在化妆镜前，低声回答："应该说，我在电梯里看到他的时候就心软了。"

正是这道令人耳熟的声音让粉丝们一下沸腾了，安瑞枫的个人粉丝站更是一下子炸开了锅。

有人惊讶于自家的瑞枫王子居然也会恶作剧，表示虽然自己对这个节目不感兴趣，但是一定会看；也有人质疑瑞枫王子的经纪人到底是干什么吃的，争议度这么高的综艺也接，这不是拉低王子的名声吗？

然而，还有一小波人默默地涌进了一个神秘的 CP 楼，捂着脸萌得嘤嘤嘤。自己喜欢的 CP 居然发了糖，虽然这糖里拌了玻璃碴，但仍然吃着很甜很开心。

等到节目正式播出那一天，凌熙一边守着视频网站，一边开着自己的微博页面。估计节目组觉得对凌熙有愧，所以给他剪辑的画面都只展现了他最好的一面，硬生生把他从一只欢脱的狗塑造成了一个坚强的人……

这已经不是在拉高他的智商和情商了，这是强行提升了他的物种啊……

凌熙每刷新一次页面，他微博右上角的粉丝数、被 @ 数量、评论提醒数量就在翻倍上升，他死死地盯着右上角的提示小黄条，兴奋得手都在抖。

他属于"谁都听过他的歌但是不能把他的脸和名字对应起来"的那种歌手，关注度有时候还比不上最近一两年出道的新人。别的不说，他的微博粉丝量还没有安瑞枫的经纪人的多。但是现在，他的微博粉丝量在节目播出后翻了四倍，评论也是清一色的正面评论！

吴友鹏高兴极了，搂着他足足转了两圈，声音都哽咽起来："凌熙……你……你成了！"

十一年前，他在地下通道里发现了那个安静唱歌的男孩，也是他领着凌熙踏进了这个圈子。他是栽树人，也是护树人，当然衷心希望小树苗有一天能成为参天大树。

塞翁失"狗"，焉知非福。他们被请去上"周日日现场"的节目，心怀希望又如履薄冰，一方面珍惜这个机会，一方面又担心达不到节目组的要求……突然之间，情况有了意外发展，凌熙那时候有多生气，现在就有多庆幸。

谁能想到，一个恶作剧节目，竟然出人意料地让他从十八线小艺人一跃变成了十二线。

节目中，凌熙抱着吉他站在梦想的舞台上，穿着利落的 T 袖与牛仔裤，干净又有活力。柔光从他的头顶落下，细碎的头发衬托着他年轻的脸庞。他的眼中满怀希冀，轻轻的吉他声伴着他宛如情人低语的歌声，曲调悠扬。

虽然这首歌在高潮时因为安瑞枫的恶作剧戛然而止，但光听前半部分也足以让人意识到这是一首足够优秀的歌曲。

一时间，凌熙的名字和他的那首《Zero》出现在各大搜索引擎的热搜榜上，因为凌熙火得太突然，许久对他不闻不问的经纪公司上层打来电话关心，吴友鹏很拽地回了一句"谢谢，凌熙很惊喜"，就挂了电话。

凌熙微博下的评论主要分为四类：第一类夸他歌美人帅，以前没有注意过他，但现在被他在节目里的真性情圈粉了；第二类臭骂节目组不顾艺人感受；第三类是安瑞枫粉丝组团观光，请他不要责怪自己的"老公"；第四类则傲娇地表示没想到自己喜欢的艺人突然一夜成名，感觉"你不是你了"……

向来与他不对盘的朱琳琳都跑过来假惺惺地转了条微博。

@朱琳琳是小公主 V：睡醒一觉后，发现某人的粉丝量从和我一样变成我的四倍了，恭喜啊。

"小人得志"的凌熙赶快转发了这条微博。

@凌熙零零七 V：是啊，现在咱们的粉丝加起来有一百万了呢。

小肚鸡肠的朱琳琳气得立即删了微博。

凌熙正开心着自己的大获全胜，手机"滴答"一响，一条短信传送进来，是某个前不久刚跟他互换了手机号的大热男星发来了问候。

安瑞枫：我刚从健身房出来就听许哥说这次的节目效果非常好，很多人都在关注你。你的几张专辑我去买了，《Zero》很好听，希望有机会能让你当面唱给我听，这次我绝对不会贸然打断你了。非常遗憾无法在节目上听完你的这首歌，请接受我的诚挚歉意。PS：现在咱们的微博粉丝加起来有两千万了呢！

凌熙：你倒是告诉我你的诚挚歉意表现在哪里了啊？！

第三章

价钱好商量

经历过莫名的大起大落又突然大起后，凌熙再一次被没收了所有的现代科技设备。距离截稿期越来越近，吴友鹏勒令他必须在规定时间内写出《剑绝天下》的片尾曲，之后还有润色、编曲、录音、和声等环节，每一步都要耗费很多时间，根本容不得他拖稿。

但与上次闭关不同，这一次，旋律就像是早已在他脑海中，只要稍稍动笔就能记录下这些美妙的音符。

《剑绝天下》的主人公天资平平，却有幸被他师父收于门下，然而快乐的日子持续没有几年，门派异宝引来的魔教中人制造了惨绝人寰的灭门惨案。主人公侥幸逃脱后，像是每一部玄幻小说的男主人公那样掉落山崖，取得了神秘莫测的仙法遗卷，习得盖世仙法……

如果把主人公替换成凌熙自己，再把完美的师门替换成"周日日现场"，用"惊吓surprise"替换灭门惨案，再把仙法遗卷换成暴增的知名度……

——这个故事是不是一下就变得眼熟起来？

凌熙一边回忆着剧本中的男主角从幸福到低谷再到崛起的历程，一边与自身的经历相融合，就像被突然打通了任督二脉，灵感瞬间降临！

不需要吴友鹏催促，他主动把自己锁在了书房里，仅用了三天，就谱出了一曲极为动听的旋律。这首歌初时轻快，中途曲折，结尾大气，与剧本紧密相和。词也填得极好，有几句直接从台词中摘出来，既贴合了故事情节，又能抒发感情。词曲送到了导演和编剧的案前，两人连连称好，给予了他极大的肯定。

很快，这首歌被送到了专业的编曲师那里，根据导演的需求，这首歌会由民族乐器演奏，尽力营造一种空灵优雅之感。

凌熙摩拳擦掌，用了几天修身养性，调整状态，等着编曲结束后赶快去录音。他有一种预感，这首承载了他真情实感的歌在热门影视剧的照耀下绝对会火，他刚好可以趁着这股东风，再上一级台阶。

至少……要和安瑞枫的粉丝加起来超过两千一百万吧。

谁料他在家等了几天，没等来请他去录音的通知，却等来了男主角经纪人的电话。

对方开门见山地说，他们觉得凌熙给《剑绝天下》写的片尾曲非常棒，而他又和男主角同为剧组演员，所以希望他能给个面子，把这首片尾曲让给男主角唱，价钱好商量。

凌熙一股邪火"噌"的一下就从尾巴尖直冲头顶。什么好商量！他是创作型歌手，写过的歌曲数量是他录制在专辑里的数倍，其中一部分被他卖给了别人，甚至在他曝光度最低、混得最惨的那两年，为了钱给别的"创作型歌手"当过枪手……但那些情况和现在不一样！

DEMO 还没出来，他这个原作者还没进棚，结果编曲就莫名泄露，男主角的经纪人还找上门来想要截和？若是一首普通的歌就罢了，可这一首对凌熙意义重大，既是他这段时间的心情写照，更是他认定的成功基石，他怎么甘愿拱手相让？

凌熙接电话时用的是外放功能，不仅他能听到对方的话，站在他旁边的吴友鹏也能听到。

吴友鹏入这行的时间比凌熙早，听过的龌龊事数不胜数，他沉吟了一下，刚要开口，就被对方经纪人接下来的话给堵住了嘴巴。

"我们真的非常欣赏你，我想你一定很珍惜这首歌，所以把这首歌交给更适合它的人吧！"

凌熙怒极反笑："更适合？哪方面更适合？"他为自己写的歌，怎么就更适合别人了？

电话那头的经纪人开了个一点意思都没有的玩笑："电视剧的片尾曲，基本上都是由男女主角来演唱的……总不能让一条只出场了几集的狗来唱吧？"

如此厚颜无耻的话一出口，吴友鹏原本想"有话好好说"的想法完全破灭，他气得"呼哧呼哧"地大喘粗气，直接伸手去抢凌熙的手机，想要按下挂机键。自己的孩子自己心疼，仗着公司够大名声够响就敢欺负自己的犊子——做梦都别想！

凌熙拿着手机躲开了，被人如此侮辱，他却一脸平静，反而顺着对方的话继续问："要把歌给你们炮灰唱，没问题。"

"是鲍辉！"

"不好意思啊，我大舌头。"凌熙无甚诚意地道歉，"把歌给'炮灰'唱，可以。但是你们总要表示表示吧？"

对方一听有戏，声音都急切起来："刚才就说了，价钱好商量。"

"我不要钱。"凌熙道，"都是圈里人，你们肯定听说过有些人为了求得好歌，自愿被潜规则的事情吧？你让炮灰脱光了来陪我一次，把我伺候好了，我把这首歌送给他都没问题！"

不等那人再骂什么，凌熙直接挂了电话并把他拉进了黑名单。

鲍辉和他的经纪人只看到凌熙暗淡无光的星途、在节目里被恶整也只能赔笑的尽样，觉得他就像他演的那只狗一样，给块肉就能牵着走，根本不把他放在眼里……可他们忘了，狗可是会咬人的。

凌熙出了这一口恶气，身体都轻快不少。他抬头看向头顶的天花板，使劲眨了眨眼，过了好一会儿才重新低下头。他深深看了眼散落在沙发上的台本，脸上带着愧色呢喃："吴哥，我都和主演撕成这样了，这个工作我怕是保不住了。"

吴友鹏帮他走关系、搭脸面，好不容易帮他争取来给热门电视剧唱片尾曲的机会，还能出演角色，却因为他一时的怒火，给毁了个干净。

对方是小有名气的新晋男星，而自己只是出道多年的十二线小歌手，孰轻孰重一目了然。即使自己占理，但娱乐圈里哪会因为你占理就偏向你呢？

但若重来一次，凌熙还是会这么骂他们的。

即使没了这个好工作，以后再也不能在圈子里更上一步，他也不后悔，大不了浑浑噩噩地混个两年就回家卖奶茶，反正他的启动资金都存好了。

吴友鹏见他一脸萎靡，心疼极了，赶快过去拍了拍他的肩膀："这事根本不是你的错，是他们臭不要脸！仗着自己有个好东家就四处嚷嚷，就算你不骂他们，我也得骂，真当自己是个腕儿了？"

十二线小艺人和他的经纪人关上屋门，好好地把鲍辉臭骂了一顿，从直白的国骂到机智的恶损，两人挖空了肚里所有存货……骂到后来，十二线小艺人再也想不出什么新词了，经纪人还在中气十足地嚷嚷："那烂人瞎嗨瑟什么，那张臭嘴，中午吃的屎汤拌饭吧？"

凌熙："吴哥，我认识你这么多年，真没想到你肚子里居然有这么多恶毒的话。"

吴友鹏："嗯，你该庆幸我在你面前一直是很矜持的。"

凌熙无语了

吴友鹏忽然道："对了，你刚才说要潜规则的话，是开玩笑还是认真的？我可是你的经纪人，合约上说了一切事宜都要第一时间向我汇报。你如果取向不同，绝对不能在合约未解除之前露馅！"

凌熙白眼一翻："就算让我去喜欢朱琳琳我都不会去潜规则那个炮灰好吗！"

两人说笑了一阵，刚刚的那口恶气已经完全消失。在这期间，吴友鹏的手机都快被他的上级打爆了，他好不容易搭上的编剧也频繁给他发消息，吴友鹏不用看都知道他们说的是什么。

鲍辉是如日中天的娱乐公司"新贵娱乐"旗下的艺人,电影学院科班出身,现在还没毕业,但他从大三时就开始从事演艺活动,因外形帅气、形象阳光,很快成为"新贵娱乐"的力捧对象。他的经纪人向上面告了状,由公司层级向凌熙所在的"扬天传媒"施压,让他要么老实交出他的歌,要么滚出剧组。

人争一口气,凌熙不愿交歌,他面前剩下的唯一一条路就是滚出剧组。

凌熙想,他即使滚也要滚得悲壮些。他准备在剧组开拍当天去那里捣乱,在被工作人员轰走之前,一边外放《怒放的生命》一边转身决绝离开。

想着到时候众人目瞪口呆的样子,凌熙苦中作乐地笑了起来。笑着笑着他又板起了脸,一边埋头收拾着屋里凌乱的剧本和散落一地的曲谱词谱,一边默默叹气。

"你说说,都是一个经纪公司出来的,怎么人品就差那么多呢?"凌熙愤愤地道,"那个炮灰,要是有安瑞枫十分之一会做人就好了!"

吴友鹏点点头:"是啊,安瑞枫这人确实值得深交,你看他第一次见你就对你多加照顾,之前那个恶作剧节目本来不是他的错,他下节目后又是道歉又是请你吃饭,节目播出那天还特地发来短信祝贺你。我在圈里这么多年,长得好看的人见过很多,会做人的也见过很多,但是像他这样长得好看还会做人的明星,真的非常少见。"

他突然停住,又急忙开口:"凌熙,咱们怎么忘了,你可以让安瑞枫帮忙沟通啊!之前《剑绝天下》的男主角不是找的他吗,是他没档期才推荐鲍辉的……要不你让安瑞枫帮你说说好话?"

"怎么可能?"凌熙摇头,"肥水不流外人田,他自己没有档期,他们公司肯定拼命想借这个机会推新人。你当他推荐鲍辉就真的和他关系好?说不定他连鲍辉是谁都不知道……再者说,我和他才认识多久,我不觉得自己有这么大能量，能说动"新贵娱乐"的大牌偶像替我求情。"

　　吴友鹏劝他："试试呗，梦想是一定要有的，万一见鬼了呢？"

　　经过吴友鹏多番劝说，凌熙最终拿起了电话给安瑞枫拨了过去。他们交换了电话号码这么久，除了偶尔发发短信外，从没有打过电话，算起来这还是第一次呢。

　　因为有吴友鹏在身边，凌熙依旧开了外放功能。

　　于是两个人在同一时间听到听筒里传来了凌熙《Zero》的彩铃音乐……

　　吴友鹏笃定地说："我现在觉得，见鬼的可能性非常大！"

　　彩铃响了一会儿，电话接通了。凌熙刚才被迫重新听了一遍自己的歌声，现在正是害臊的时候，电话接通了五秒，他才后知后觉地反应过来。

　　"凌熙？不好意思，我刚才在洗澡，没有听到。"电话里传来了浴室推拉门的声音。

　　"没事没事。啊不对，有事！"凌熙挠挠头，不知道从何说起，吴友鹏拼命给他使眼色，他才支支吾吾地开了口，"是这样的……我在前几天写完了《剑绝天下》的片尾曲，词曲都写完了，我感觉还不错。"

　　"恭喜，想必一定是一首非常出色的歌曲。"

　　"嗯，是挺出色的。"凌熙坦然地接下了这个称赞，"我也给导演和编剧都送过去了，他们都挺满意的。现在这首歌在编曲师那边在编曲……然后不知道怎么回事，DEMO 泄露了，刚刚有个《剑绝天下》的演员的经纪人给我打来了电话，希望我能让出这首歌的演唱权。"

　　安瑞枫几乎一点就透："我猜是鲍辉。"

　　凌熙点点头，很快意识到安瑞枫是看不见的，忙说："嗯……是他。"接着他小声地补充了一句，"我和他的经纪人……发生了一点点小口角。"

　　安瑞枫的笑声从电话里流淌出来："怕是不小吧？不过这事不怪你，

鲍辉前不久不听公司的劝，炒了原本的经纪人，非要让他的一个亲戚当他的经纪人。那人一点专业素养都没有，在公司大呼小叫的，得罪了不少人。若不是鲍辉还有继续再往上蹿一蹿的潜力，公司也不会忍他。"他三言两语解释清楚了前因后果，抚平了凌熙心里最后一丝别扭。

"现在的问题是，他让你们公司上层直接向我们公司施压，你也知道，你们公司的经纪人比我们全公司的人都多，他直接玩这么一手，真的很傻……我是说，缺德。"凌熙说到这里又噎住了。

吴友鹏站在他身旁，拼命地做着"见鬼"的口型。

凌熙一咬牙，厚着脸皮说："我给你打电话是想问问，你有没有什么办法？"他又赶忙补了一句，"当然，我也就是这么一问，不是非要你帮我！我就是随便问问……"

"我明白了。"听声音，安瑞枫坐进了沙发里，"你让我想想。"

"哦。那我一会儿再给你打电话……"凌熙对此不抱任何希望，经纪公司又不是安瑞枫开的，还能因为他与他的这点私交，就把鲍辉像苍蝇一样摁死了？

"不用挂，就这样就行。"安瑞枫说。

在说完最后一句后，安瑞枫长时间地没有任何回音，凌熙一度以为对方已经睡着了，然而听筒里传来的富有节奏感的手指敲击桌面的声音，证明着安瑞枫正在思考。

凌熙真的要愧疚死了……因为自己的原因，给朋友添了这么大一个麻烦，他着实过意不去。

当分针又缓慢地走了几个格子后，安瑞枫终于开口了："你看这样行不行。"

"嗯！"凌熙拼命点头，"你说你说！"

"如果你能接受的话，我希望你把这首歌变成咱们俩的合唱。或者更进一步，把这首歌送给我。"

"啊？"

安瑞枫的提议虽然出乎意料，但仔细想想，确实不失为一个好办法。鲍辉之所以能颐指气使地让自己的经纪人过来抢凌熙的歌，无非仗着三点：第一，他在剧中的角色更重要；第二，他的名气比他大；第三，他的公司牌子大。

但若是有个人能够完全压过鲍辉呢？

安瑞枫为了让凌熙保下工作，主动跳出来要这首歌，即使鲍辉再不甘心，也没有任何办法。没了片尾曲这个导火索，鲍辉就没有任何理由向凌熙施压，毕竟不是一个公司的，鲍辉的手没办法伸这么长。

凌熙想清楚这些关节，立即明白了安瑞枫的良苦用心。

同样的话，同样的意思，从鲍辉的经纪人嘴里说出来只让人恶心，从安瑞枫嘴里说出来，凌熙就感动得眼泪汪汪。他见过的大明星那么多，很多人见到他这种小歌手就跟没看到一样，唯有安瑞枫从第一次见面起就提携他、帮助他，主动示好，是真的把自己当作了朋友。

凌熙相信，安瑞枫如果想进军唱片界，肯定有的是大牌作曲人排着队为他写歌。现在他主动选了自己的作品，并无所图，仅仅是为了帮自己解决麻烦。

凌熙倾尽他所有感情辛辛苦苦创作的作品，宁可一分不要地送给朋友，也绝对不拿它跪着换钱。

只是安瑞枫这次为了其他公司的十二线小艺人出气，肯定会让鲍辉和他上面的人心里不舒坦。

"你……"凌熙喃喃道，"你这算帮理不帮亲？"

安瑞枫道："怎么会？我这是帮理又帮亲。"

凌熙恨不得现在就顺着电话线爬过去膜拜安瑞枫的西装裤。

"那你同意不同意把这首歌让给我？"

"我这边没问题，"虽然这个决定让凌熙心中充满不舍，但他也知道这是现如今唯一的解决办法，"可你只是剧中客串几集的配角，又不是专业歌手，导演那边能同意由你唱片尾曲吗？"

"没事，"安瑞枫不以为意，"我名气比鲍辉大，导演能不高兴？"

娱乐圈的规则就是这样残酷。你不玩它，它就玩你。

凌熙想了想，又问："只是这首歌我最开始是为自己写的，里面的转音和高音我担心你唱不出来。你平时唱歌最高能唱到哪个音？"

"我平时不唱歌。"安瑞枫不是专业歌手，根本没上过声乐课，难得有能困扰到他的问题。后来两人商定，后天直接在录音棚见面，由凌熙录制 DEMO，安瑞枫试唱，如果有需要修改的地方，两人现场讨论。

时间慢慢过去，凌熙打到手机发烫才挂了电话。困扰在心头的问题顺利解决，凌熙挂电话时脸上不自觉地带上了阳光灿烂的笑容。他蹲在手机旁，一个劲儿地傻乐，开心得像朵太阳花一样。

在旁边光明正大地偷听墙角的吴友鹏痛心疾首地问他："真是见鬼了，你之前不是说这首歌不给人的吗？怎么安瑞枫一说要你就给他了？拐弯抹角欠这么大人情，还不如一开始就从了鲍辉……"

"这能一样吗？就鲍辉那经纪人的态度，我宁可抱着我的歌谱去投江，我也不给他。"

两日后，吴友鹏拎着凌熙去了"新贵娱乐"的录音棚。《剑绝天下》是由多家投资人共同投资的古装仙侠剧，其中"新贵娱乐"的投资占了一部分，所以导演就把编曲的工作推荐给了"新贵娱乐"旗下的编曲师，估计那编曲师和鲍辉有私交，才会让鲍辉提前听到了 DEMO。

毕竟正常情况下，演员很少会去关注一部电视剧的片尾曲和插曲，他们只要负责演好戏就够了。

这并不是凌熙第一次来"新贵娱乐"的录音棚——他所在的扬天传媒经纪公司实在是太小了，办公室只租了两层楼，哪里有闲钱再去搭建一个录音棚？所以每次需要录音时，他们都是租借专业的录音棚。像"扬天传媒"这种小经纪公司在国内到处都是，凌熙刚开始还会羡慕别人，久而久之也淡然了。

"新贵娱乐"的集团大楼在三年前刚刚建好，它家的录音棚就像它的名字一样——又新又贵，凌熙每次来这里都内心激荡，虔诚得像朝圣一样，恨不得一步一磕头。这大楼一共有两个入口，他们自家的艺人和工作人员都是从地下车库直接乘坐专用电梯升到上面，以避免狗仔和粉丝的骚扰，而像凌熙这样来录音的，只能老老实实地在正门前台登记，然后由专人领着去固定楼层。

不过这一次，凌熙抱上了安瑞枫的大腿。安瑞枫是"新贵娱乐"的艺人金字塔中第二梯队的顶尖力量，凌熙和吴友鹏乘坐安瑞枫的保姆车到了地下停车场，跟着他走进了艺人专用电梯。

和外面的观光电梯不同，艺人专用电梯是全封闭式的，其中一面墙挂着一台闭路电视播放着"新贵娱乐"的宣传片，宣传片里刚好介绍到"新贵娱乐"近两年打造的新生代艺人，安瑞枫拍杂志照片的录像伴随着背景音出现在电视上。

凌熙看得津津有味，等电梯升到了录影棚那层，他都不愿意出来。见他这副没见过世面的样子，许志强很不屑地挑了挑眉毛。

"刚才那录像是什么时候拍的？"凌熙没注意到"恶婆婆"挑剔的眼神，同安瑞枫小声说着话。

"三个月前吧。"

"才三个月？你比那时候瘦太多了……"

安瑞枫拍拍肚子苦笑："最近为了新工作一直在减肥，好在前几天终于达到瘦二十斤的目标了。"这是他迈向大银幕的第一步，由不得他不认真，即使受再多苦，他都要咬牙坚持。

吴友鹏插话："对了，我记得之前就听说你的电影要开拍了，什么时候去剧组报到？"

许志强在人前开路，闻言连头都没回："后天。本来我们买了今天的飞机票，准备提前飞过去适应环境的。"之后的话不用再说，他那几声冷笑已经充分说明了他对安瑞枫临时改变行程的不满。

安瑞枫在没告知他的情况下就贸然帮凌熙挡了一枪，甚至不惜牺牲自己的时间去录音……他从安瑞枫三年前出道时就带着他，他都不知道安瑞枫还有唱歌的本事！作为安瑞枫的经纪人和朋友，许志强越来越看不懂他了。

"没事，明天一早再飞也来得及，这里离 S 市又没有多远，几个小时就到了。"安瑞枫的这句话，既是宽慰怒气冲冲的经纪人，也是在安慰满面愧色的凌熙。

看凌熙那焦虑的小模样，都从一朵向阳花变成含羞草了……

他们进了录影棚，先和录音师打了招呼。录音师 A 君是"新贵娱乐"里相当有名气的一位，凌熙之前和他合作过几次，也算是熟人。他们进棚时，A 君正在调试设备，见几人来了，赶忙站起身招呼。

A 君问："老许，之前没听说你给安瑞枫请过声乐老师啊，昨天接到你电话说他要进棚时，我都震惊了。"

许志强没好气地说："别说你了，我都震惊了。"他瞪了某人一眼，"反正他自己挑的歌，跪着也得唱完。"

等安瑞枫进了录音间戴上耳麦开始录音后，他没跪，其他人倒是跪倒一片……

不是因为他唱得太好，而是因为他唱得实在是太烂了……

安瑞枫刚唱完第一段副歌，A 君就一把扯下了监听耳麦扔在了调控台上："我以为我是经过大风大浪的了，没想到栽在这个坑里了。"

刚刚已经录了两遍 DEMO 的凌熙吓得目瞪口呆，这首明明是自己原创的歌曲，怎么转眼就变成安瑞枫原创了。

许志强像是一个根本不相信自己儿子会高考落榜的妈妈一样，扑上去一遍遍地问 A 君："应该能调吧？肯定能调吧？我记得那个谁谁谁唱歌也跑调，后来硬是靠录音师修音，出了一张专辑！"

"别做梦了，那个谁谁谁好歹是跑调，安瑞枫是根本没调。"

安瑞枫从录音室到了监播室，见大家一脸菜色，有些紧张地问大家他录得怎么样。

凌熙尽量委婉地问他："你以前给别人唱过歌吗？"

"唱过啊。"

"给谁？"

"我哥哥。"

"他怎么评价？"

"他说我唱得很好听。"

凌熙痛苦地转过了头："那你哥哥一定很疼你。"难怪安瑞枫能这么自信地说替凌熙唱片尾曲，原来他在唱歌一道上根本就没有自知之明。

五个人围坐一圈开始商量怎么办，安瑞枫的水平远远低于常人，在座的几位都没有听过比他更魔音穿脑的声音，尤其是身为专业歌手的凌熙，感觉自己受到的伤害像是耳朵被蹂躏了一百次。

吴友鹏提议："现在不是很流行在歌里添加一段念白吗，干脆咱们也这么做，凌熙，这首歌还是你来唱，让安瑞枫录念白就好。"

"你听说过哪个电视剧片尾曲还有人声念白的吗？"

"那就只能改成 RAP 了。"

"要不我还是想想怎么加念白吧。"

最后几个人商量来商量去，还是 A 君想出来一个解决之法——这首歌依旧由凌熙来唱，只是在副歌部分，由安瑞枫跟着哼哼几句来当和声。

和声只有一个固定的调子，就算安瑞枫唱得再烂他都能调好。

只是这样一来，这首原本打算让安瑞枫独唱或者合唱的歌曲，他在其中完全沦为了存在感稀薄的配角……

几人折腾到深夜终于把初版录完，这首歌在经过调音后就会飞向导演的邮箱，鲍辉再不能借此翻出什么浪花来了。尘埃落定，凌熙想想这几天的经历，觉得像是坐过山车一样心惊胆战。

他们走出"新贵娱乐"大楼时已经是凌晨两点，安瑞枫在四个小时之后就会启程飞向 S 市，再过两个月，待安瑞枫在电影中的戏份告一段落后，他才能抽出一个月的时间专心去拍《剑绝天下》。今日一别，他们两人就要两个月后再见了。

临行前，安瑞枫愧疚地向凌熙道歉，本来他是好意帮他，却错估了自己的实力。

凌熙收敛笑意，很认真地说："其实这样的你反而更真实，你长得又好看，性格又温柔，若唱歌也出类拔萃的话，那我一定会因为咱们之间的差距，羞愧得不敢出现在你面前的……不过说真的，我之前一直觉得你是无所不能的。"

安瑞枫灰色的双眼里难得地带了些赧然："嗯，我之前也是这么认为的。"

第四章

探班圣少女

　　"瑞枫，这次抓到感觉了吗？"副导演走到安瑞枫身边，神色尴尬地询问。

　　安瑞枫身后，经纪人、助理黑压压地站了一大群，看着比场中任何一个演员都气派得多。

　　见副导演亲自去"请"他，其他演员若有若无地向他们这边投来了隐晦的视线，他们有的是三五一群地站着，有的是独自坐在角落里，整个片场像被一道无形的墙划分成了格格不入的两队人马。

　　安瑞枫原本靠在躺椅上闭目揣摩角色心情，手里的剧本被他紧紧地攥在手中，听到副导演的声音后赶忙，他睁开了眼睛坐直身体。

　　他在张口前稍稍停顿了一秒，才说："差不多了。"

　　听到他这么回答，距离他不算远的几个演员彼此交换了一个似笑非笑的眼神。站在安瑞枫身后的许志强注意到他们之间的小动作，脸色很不好看。这里的所有人都比安瑞枫出道时间长，对于安瑞枫这种刚从电视剧圈踏入电影圈的半新人来说，每个人都是他要努力追上的前辈。

　　"那咱们再来一遍。"副导演赶忙说。安瑞枫点点头，嘴里一边说着"麻烦您了"一边走向了片场正中。他身上穿着一套黑色的夜行服，紧身的衣服勾勒出身体的曲线，虽身处黑暗之中，却耀眼得让人无法忽视。

　　与他相比，站在他对面和他对戏的男人看上去就普通很多。那人是剧中的男二号，名叫王立力，这名字每个字拆开单独看都很男性化，但合在一起就极为膁人，所以大家都很有默契地称呼他为"力哥"。力哥是非常有名的黄金男配，年纪已经四十了，脸却保养得像三十出头的。他本人长得十分朴实，刚踏入电影圈那几年只能演一些无关紧要的小角色，最近几年名声大了些，但碍于他的真实年龄，依旧只能给人配戏。

"力哥，不好意思，又要麻烦您了。"安瑞枫谦逊地打招呼。

"嗯。"力哥沉默寡言。

《侠盗记》是一部彻彻底底的男人戏，男性角色众多。故事发生在民国末年，彼时战火纷飞，人民生活困苦，书院里的学生们有的忧心于拯救苍生，有的不愿直面炮火，还有的身为军阀财主后代沉溺享乐……就在这小小的书院中，不同性格、不同立场的人物之间明争暗斗，故事跌宕起伏，十分精彩。

安瑞枫饰演的男一号原本是清贫学生，成绩优异、心怀天下的他不满于生灵涂炭的社会现状，化身为怪盗，每夜劫富济贫。一次偶然的机会中，他从一个妓女的恩客身上偷来了军中密令，并因此引来了杀身之祸……

力哥扮演的男二号则是某军阀麾下的一个小队长，草莽出身，大字不识一个，被派到书院"公费读书"，他与男主角不打不相识，很快成为朋友。但安生日子没过几天，他就接到了上面的任命书，还给了他一队兵马，让他一定要抓到城中的怪盗。

这一幕夜戏，是小队长在戏楼子里堵住了怪盗，两人一番激战后，怪盗因技高一筹，在小队长胸口划了个大伤口，却没有乘胜追击，而是选择转身逃离。在逃离前，怪盗回身深深地看了对方一眼，才面色凝重地离开。

正是这一个转身回眸，安瑞枫足足 NG 了十五次。这场戏没什么台词，几乎全靠肢体动作，安瑞枫本来觉得自己被磨炼得足够多了，但这一场戏他却怎么都演不出那种感觉。

刚开始，安瑞枫完全是被力哥压着打——并不是说武戏，而是文戏。力哥早年间是话剧演员，不论是台词功底还是表演功底都不是安瑞枫比得过的，他平时几乎不怎么说话，但只要一开机，就鲜活得像是变了个人一样。

安瑞枫白天的戏份是青春潇洒的书院之光，这与他本来的形象就很接近，演起来毫不费力，但到了晚上，他化身为肩负着国仇家恨的侠盗，那种超乎年龄的成熟与深沉，他驾驭起来就很费力了。偏偏他又遇上了演技完爆他的力哥，他演得艰苦极了，却没有一点办法。

这一场戏他又一次吃了个 NG。导演早就被气到回去休息，临走之前对副导演撂下狠话——今天晚上拍不好这场戏，谁都不准睡觉。

其他演员只有少少几句台词与动作，在 NG 间隙还能找个地方猫起来眯一会儿，而安瑞枫和力哥身为这场戏的两位主角，根本无法休息。

力哥陪着安瑞枫 NG 了十六次，终于勉勉强强拍完这一幕，从始至终，他一句抱怨都没有。其他演员一听说能回去睡觉，几乎是一哄而散，只有力哥靠在墙角抽烟，脚下的烟头都是刚刚在拍戏间隙抽烟提神时落下的。

安瑞枫见状，赶忙走过去同他攀谈。他入组已有半个多月，但和谁都说不上熟，他知道其他演员都在背后说他是靠脸圈粉上位的，要不然像他这种只会演"帅哥"的电视剧偶像，根本不可能在第一次接触大银幕时就拿下主要角色。这些话都是小助理听墙角听来的，本来许志强不让她说，但她还是偷偷告诉了安瑞枫，她年纪小，迷恋偶像还像迷恋神一样，听不得一点坏话。

在那些背后说人闲话的演员当中，力哥是从来没有参与过的一个。他沉默寡言，从不多辩是非。许志强下了定论，说他是一个很正派的人，值得安瑞枫深交。

力哥见安瑞枫来了，知道他不抽烟也闻不得烟味，便扔掉手中的烟头，用脚小心碾灭。他从兜里掏出来一张卫生纸，蹲下身，小心地把烟头都捡进了纸巾里。

安瑞枫忙蹲下身帮他，从入组那天开始，力哥就一直心事重重的，没戏的时候就坐在场外盯着他，烟不离手。若不是力哥的眼神里不带丝毫恶意，安瑞枫都要误以为他是要揪自己的小辫子了。

刚刚力哥抽了足有一包烟，两个人借着手机屏幕的光找了好久，待所有烟头捡干净，力哥把纸巾包成一团，扔到了旁边的垃圾箱中。

力哥不爱说话，安瑞枫找了半天的话题都挑不起他的兴趣，到后来实在没有办法，安瑞枫干脆称赞起了力哥的演技。

这一次，力哥终于有反应了。他冷淡地看了安瑞枫一眼，答非所问地说："你知道我的演技为什么这么好吗？你别看我演了十几年的电影配角，但我所有的角色单独剪出来，加起来的时长比你演过的连续剧都要长。"

明明才入组半个月，安瑞枫却觉得比之前拍一整部电视剧都要累得多。他是靠拍电视剧出身，电视剧的受众除了婆婆妈妈就是年轻小女生，不需要多少演技，只要脸好、形象正面就能轻松圈粉。他身后关系硬，经纪公司又给力，外貌也是最受欢迎的混血儿长相，所以他出道将近三年，几乎没有任何负面评价，去哪个剧组都是人群的中心。

然而现在，他和这些真正在电影战场里打磨出来的演员一比，高下立见。

他想挑战自己，颠覆一直以来的霸道总裁、帅气学生、古装男神等形象，所以才让公司为他接了这么一个民国背景的侠盗电影，可惜他怎么演都差了一分力。许志强让他放宽心，他却越演越苦恼。

明明夜已经很深，身体也很累，安瑞枫躺在床上却根本睡不着。

他出神地望着窗外的月亮，放在枕边的手机却忽然响了起来。在寂静的房间中，这声响动很是鲜明，他拿过手机一看，发件人一栏上明明白白地写着"凌熙"两个字。

怪盗凌凌熙：这么晚了，你应该已经睡了吧？给你个惊喜，我可是个说话算话的 boy ！

句尾还加了一个活泼的表情，让安瑞枫一下笑了出来，他脑补着凌熙那张傻脸上出现了一个呆萌的表情，让他心情大好，刚刚的困扰也被赶到了脑后。

他把信息往下一拉，只见在凌熙的文字消息之后，跟着一张非常有食欲的三文鱼寿司的照片，淡橘红色的鱼肉与白色的脂肪层界限清晰鲜明，肉感光洁，在灯光的映衬下，光是看着就让人食指大动。

枫：这是什么，深夜食堂？

他扮演的怪盗因是乱世中的清贫学生，身材瘦弱，所以在拍戏前他就一直在减肥，剧组正式开拍后，他更不能放开胃口。现在他看到凌熙发来这么一张令人垂涎的美食照，肚子一阵乱叫。

怪盗凌凌熙：居然没睡？！
枫：是啊，刚拍完夜场戏，你呢，刚吃完？
怪盗凌凌熙：no，no，no……你再看这张。

他又发来一张照片，照片上，刚刚那只三文鱼寿司与一只鱼子寿司并排放在一起，诱惑力直接乘以二。

枫：你做好了？凌熙，你转行去把这个批量生产吧，绝对比你辛辛苦苦赚那一点专辑版税要强。

没错，照片上那两只寿司就是凌熙亲手制作的仿真寿司行李箱，在他们第一次见面时，安瑞枫在镜头前夸赞凌熙，当时还开玩笑说凌熙会送给自己一只行李箱。后来他事务繁忙，就把这事抛在了脑后，没想到凌熙一直牢牢记着，甚至为了这只行李箱一直忙到深夜。

　　怪盗凌凌熙：不要，作为一个有尊严的寿司师傅，我只把寿司做给我欣赏的人吃。
　　枫：所以我是你欣赏的人？
　　怪盗凌凌熙：不止，你还是我佩服的人。

安瑞枫苦笑，回了一条信息——

　　枫：如果你知道我最近在剧组里是什么感觉，你就不会再佩服我了……

他用一条条信息把自己在工作中遇到的挫折告诉了凌熙，包括他是怎么在前辈面前感到有压力，又是怎么被人说靠脸圈粉又无法拿实力反驳，他拼命追赶又担忧自己永远追不上……

　　枫：这样的我，你还觉得佩服吗？
　　怪盗凌凌熙：当然啊！肯努力的人当然值得佩服啊！

望着屏幕上这句话，安瑞枫顿时觉得心中一暖，他在剧组遭受冷遇，深深地意识到了自己与他人的差距，然而凌熙却依旧把他当作一颗闪亮亮的星，用最诚挚的热情追随着他。安瑞枫觉得这时候的凌熙就像一个充满正能量的小太阳，温暖着自己的心口。

怪盗凌凌熙：对了，我还不知道你这次演的电影是什么题材。

枫：这次我演的是一部侠盗电影……

安瑞枫用简单几句话介绍了故事背景。

怪盗凌凌熙：主人公白天是学生，晚上是侠盗？他的同学是负责抓他的人？这个设定太眼熟了，和我最喜欢的一部日本动画很像！我的网名就来源于那部动画！

枫：啊，那部动画我也看过，没想到你这么喜欢。

怪盗凌凌熙：那是当然啦，那个动画里的怪盗还是我的初恋呢。电视上每次播到怪盗出场时候的画面，我都要暂停下来，去亲怪盗的脸。

安瑞枫震惊了！

枫：那个怪盗，是你的初恋？

怪盗凌凌熙：是啊，你怎么很惊讶的样子？

枫：确实很惊讶。

怪盗凌凌熙：《怪盗圣少女》是很多男生小学时的初恋吧？

安瑞枫默默地把发送栏里的"怪盗基德"几个字给删了……

最近两天，因为凌熙即将出演人生中的第一个角色——虽然是只几乎没有台词的狗——所以吴友鹏特地花重金请来了表演老师帮他特训突击，结果他被表演课老师折腾得十条命没了九条。

凌熙这辈子所有的技能点都放在唱歌和做手工上了，导致他智商缺了一块，情商也缺了一块，具体表现就是他台词怎么也背不好，肢体表演也非常不协调。

上表演课的时候，教室里几乎没有任何道具，很多场景都需要根据表演者的肢体动作来凭空表现出来。

老师说："凌熙，去表演一下人工呼吸。"

凌熙演得像是个强奸犯……

老师说："凌熙，去表演一下策马扬鞭。"

凌熙演得像在骑自行车……

老师说："凌熙，去表演一个濒死的病人。"

凌熙演得像是一个即将临盆的妇女……

就这么特训了半个多月后，老师的母亲生病住院，老师身为二十四孝好儿子，根本无暇分心为凌熙上课，于是表演课自然而然地暂停了。这个决定让这一对师生不约而同地舒了口气，上表演课什么的，真是太折寿了！

吴友鹏知道凌熙最近精神紧张，大发慈悲地放了他两天假，让他可以好好休息。凌熙除了智商低了一点，其他方面都是非常省心的艺人，他从不出去泡吧乱搞，每次放假，凌熙都会在家老老实实地躺一天。

然而这一次，吴友鹏根本没料到，凌熙居然在没跟他说一声的情况下，背着小包袱款款地离开了 B 市，千里迢迢地去找安瑞枫去了！

凌熙穿着随处可见的普通 T 恤和大短裤，脚踩一双人字拖，头上戴着鸭舌帽，鼻梁上架着一副无度数的框架眼镜，委委屈屈地蜷缩在经济舱最后一排，看上去和周围去旅游的宅男大学生没什么两样。

虽然以前他和吴友鹏坐飞机的时候也根本没人能认出他，但吴友鹏每次都会认认真真地为他搭配衣服、整理发型，务必做到"如果真的有人偷拍他，那也能拍下来他最好的一面"。只是凌熙这次出门是临时起意，早上吃着早饭看着电视就突发奇想准备探班，他什么都没准备，穿着一身家居服，拿着钱包，拎着他给安瑞枫做的三文鱼行李箱，兴高采烈地用手机买了张飞机票……

上飞机之前他犹豫过要不要通知吴友鹏一声，但一想到吴友鹏肯定会说什么"有这种闲工夫不如去写几首歌"这种话，于是干脆装作忘了这件事，直接关上了手机。

经过几个小时的平稳飞行，凌熙降落 S 市，出了机场，他随便拦了一辆车，直奔 S 市的影视城。S 市的影视城地处郊外，几乎挨着临市，司机本来不愿意去，凌熙好说歹说表示自己愿意出回来的空车费，司机才同意拉他一趟。

这一路足有好几个小时，凌熙睡了醒、醒了睡，颠簸了好久都没到目的地。司机见他百无聊赖地看着窗外一成不变的景色，好奇地与他攀谈起来。

"小哥，我看你长得很不错啊。"

凌熙厚颜无耻地说："确实，从小到大所有人都说我长得好看。"

"你去影视城做什么，也想当明星？"

"我现在已经是明星啦！"凌熙挺了挺胸口，虽然他现在只是十二线小歌王，走到哪里谁都不认识，但也算明星啊。

"哦，那你演过什么电影？"

"呃，我还没演过……"

于是司机很隐晦地向他投来一个惋惜的眼神：看这孩子，连戏都没拍过，就开始幻想自己是明星了……

"你来影视城是来拍戏的吗？"

凌熙摇头："不是，我有个朋友在拍戏，我来探班。"

司机点点头，心想：估计又是那种"某个村里的谁谁谁在影视城当群演，于是一整个村子的壮丁都出来当群演"的故事。

反正开车也很无聊，司机就顺着话逗他："你光探班啊？你来找你朋友，可以让你朋友也帮你介绍一个工作啊，到时候你们俩一起拍戏，不也挺好的吗？"

"哪儿能那么容易啊？他长得特别好看，人又努力，我哪里都比不上他……"

"小哥，梦想是一定要有的，你长得这么俊，说不定刚到影视城就被大导演看上了呢！"

两人这么你一言我一语的，聊得倒也火热，时间很快过去，待凌熙意识到时，出租车已经一路嗡鸣着开到了影视基地的南门。

"师傅，我还没跟您说我要去哪个门呢！"凌熙忙说。他计划来这里待两天，晚上定的宾馆在北门外，影视基地占地极广，从南门到北门光开车都要开很久，司机把他放这里的话，他怎么过去啊？

"小哥，你听我的，就在这里下，准没错！"司机师傅指了指南门外那一片或蹲或站的等待工作的群演，语重心长地说，"你看，他们不都在这里吗！"

凌熙迷迷瞪瞪地被司机赶下了车，满脸懵懂、穿着不修边幅的他，看上去和刚到这里的那些追梦人一样。这么说也不对，至少那些追梦人手里提着的都是行李箱，而他手里提着的是个"三文鱼寿司"……

S城的影视基地建得非常气派，据说这里是整个亚洲最大的影视基地，天南地北的人文景观都能在里面找到缩影。很多抱有明星梦的年轻人或者那些想赚小钱的闲汉都聚集在这里，当剧组需要群众演员时，就会优先从他们这里挑选。久而久之，S城影视基地的南门渐渐成了一个人才市场，等待工作的群演们每天一早就会来这里碰运气。

凌熙站在人群中，左看看右看看，发现大家好像隐隐对他产生了排斥。其实这并不难理解，群演们彼此按照家乡分作几帮，即使有新人加入，也是整村整村地过来的，像凌熙这样年轻、干净、长相中上、普通话还很好的人过来，这明显是单枪匹马来抢生意的啊！

"该不会是哪个明星吧？"有人窃窃私语。

"怎么会？明星都从北门或者东门进，而且你见过哪个明星混得这么惨，连个拎包的都没有啊？"他旁边的人说。

凌熙拎着三文鱼行李箱不知道该往哪里走，他看了看人群，想从里面找一个面善的问路，可惜他运气不好，左边这帮群演刚抢完良家妇女，右边那帮群演刚偷袭过敌营，所有人脸上都萦绕着一股凶神恶煞的气息。

凌熙只能掏出手机定位北门，手机"嘀嘀"一声，提示：影视城南门距离北门六公里，步行一个小时，天气炎热请您注意避暑……

就在他忧愁于是要先避暑还是先找宾馆之时，他身后的影视城里突然走出来三四个人，领头的男人四十岁上下，留两撇小胡子，上身穿着浑身都是兜的大马甲，背着手很有些气派。

"唉，来二十五个男群演！"男人挥了挥手，"三十岁以下的，白一些的，不能有胡子，一米七以上，不胖不瘦的！"

他身后的跟班接茬："没有台词啊！注意，没有台词！"

"讲啥的啊？"

"民国片，演民国士兵！不炸不跑！"

有懂行的群演问："会死人吗？"

跟班说："就一个死的！"

"死的那个给红包吗？"

"又没上遗像，没红包！"

群演都是论天和工作量结算工资，比如皇上出巡，演围观群众三十；两军交战，冷兵器八十，有火炮的就要一百二……不同外形的群演价位不同，有没有台词价位也不同，若是人死了需要放到遗像里，戏结束了之后还能给你包一个大红包……

这次这个剧组工作轻松，给的价位不高不低，算是适中，人群中拖拖拉拉地走出了几十个男人，选人的副导演和他身后的工作人员剔除掉那些外形不合格的，只凑出了二十四个。

"再来一个爷们儿啊！"副导演道。话虽这么说，他在周围人群里看了一圈，也没再看到一个合适的。忽然，他眼神定在那个孤零零地站在人群边缘的年轻男人身上，冲他招了招手："唉，我看你可以！过来让我看看相！对，就是你，拎着三文鱼的那个！"

拎着三文鱼的凌熙终于明白身边这些人都是干什么的了……

凌熙："我不是……"群演。

副导演："小伙子，我觉得你长得不错，特别适合演死人。"

凌熙："我真的不是……"

副导演："长得有点面善啊，以前上过电视？"

凌熙："上过好几次。"他最火的时候还是上过 ×× 市的跨年晚会的！

副导演："哦，看来经验挺丰富的……这样吧，我给你加句台词。"

副导演半拉半拽地把凌熙弄到了自己的队伍中，凌熙单手拎着那个古怪的三文鱼行李箱，觉得自己就像是一只掉进了羊驼群的柯基一样，格格不入……

不过此行唯一的优点是，这个副导演是开着拉人的加长电动车过来的，他们剧组就在北面，至少他不用自己在烈阳下走一个小时到北门了。其他二十几个群演因为经常一起等工作，所以很熟悉，凌熙融入不了他们，干脆一个人坐在最后排，在他身边的是副导演的助理，一个脸圆圆的小姑娘，笑起来时脸上还有酒窝。

小姑娘问他："你怎么就不问问我，我们拍的是什么戏啊？"

凌熙于是从善如流地问："你们拍的是什么戏啊？"

小姑娘眼角眉梢都带着憧憬："民国背景的，好多明星大腕儿！男主角是最近两年特别火的一个混血男偶像，哎哟，你是没见，那眼睛可漂亮了，灰色的，看着跟玻璃珠似的！"

凌熙觉得有点不对劲："戏的名字是？"

"《侠盗记》！听过吗，刚开机不到一个月！"

凌熙惊得差点没把怀里的行李箱摔到地上去："不会刚好是有安瑞枫在的那个《侠盗记》吧？"

"嗨，你消息还挺灵通的嘛！"小姑娘笑得眉毛弯弯，"我偷偷告诉你啊，你演的那个死人就是一照面就被他杀了的！"

群众演员的试衣间条件很差，说是试衣间，其实不过是一间临时搭建的足有几十平的大帐篷，里面密密麻麻地堆满了各式各样的民国军装、日常装、学生装等，一眼看过去灰扑扑脏兮兮的。凌熙里面翻腾了半天，终于找出了一件看着没那么肥大的。

幸亏他以前是十八线小咖，经常去楼下的家乐福和大叔大妈们抢购特价粮油，要不然他都无法打败另外二十四个对手拿到这身合身的衣服……

民国军装样式修身，腰带紧紧一束，凌熙的小腰就被清楚地勾勒出来。同样一身衣服，其他的群演穿上后平平凡凡，凌熙穿上就让人觉得眼前一亮。

果然当群演也是要看脸的。

换好服装后，凌熙跟着大家一同排队走出了试衣帐篷，门外，几名脸色蜡黄的小化妆师打着哈欠，招呼着群演们依次站到他们面前上妆。以前凌熙觉得自己需要和别人共用化妆间已经是娱乐圈中最底层的小虾米了，没想到现在他有幸体验了一把当浮游生物的感觉……

其他二十四人互相认识，排队化妆时还能聊个闲天，凌熙人生地不熟，被排挤到最后一个，待他化完妆，腿都站木了。

"等等，你先别走！"刚刚在车上和凌熙闲聊的小姑娘不知从哪里钻了出来，"导演说你是这一场戏里唯一一个死在男主角手下的人，要死得壮烈一点！"说着她从包里掏出两颗指甲盖大小的胶囊塞到了凌熙手里。

"知道这个怎么用吗？"

这两颗胶囊比平常药用的胶囊大上两圈，凌熙用指甲盖轻轻一压就留下一道痕迹。胶囊很沉，里面不知装了什么液体，他对着日光看了一下，发现里面的液体颜色很深，流动感很粘稠。

小姑娘忙叫："唉唉唉，你别乱晃，这玩意儿一碰就破！"

凌熙："这是什么？"

"血喽。"

"啊？"

小姑娘见凌熙还在那儿傻愣着，干脆上手帮他："你把胶囊含在你腮帮子里，到时候安瑞枫对着你脖子一刀下来，你咬破嘴里的胶囊，血就会顺着你嘴角往下流，明白了吗？"

凌熙猝不及防之下被塞了两大颗血胶囊，两边脸颊各鼓出来一小块，显得脸圆圆的人憨憨的。凌熙不敢说话，怕不小心提前咬破胶囊，只能小心翼翼地点头，发出"呜呜呜"的声音。

小姑娘见他配合态度良好，很有大姐大风范地拍了拍他的肩膀："你小子很乖嘛，待会儿领完钱后不要走，安瑞枫减肥不吃肉，他那只鸡腿我给你留着！"

凌熙心不在焉地想：他和安瑞枫的剩饭真是有缘，想当初他们在飞机上相遇，他盯上的那份从头等舱撤下来的盒饭就是安瑞枫的，转眼这么长时间过去，他居然真有一天吃到了安瑞枫的盒饭……

"哎呀，你怎么还拎着你那个怪模怪样的箱子呢！"小姑娘指了指凌熙不离手的那只大三文鱼寿司，"你到底是来拍戏的，还是来送三文鱼外卖的啊？"说着她强行从凌熙手里抢过了那只箱子，说帮他找个地方寄存。

不等凌熙再"呜呜呜"地说些什么，小姑娘就风一般地消失了。

开拍前，二十四名群众演员和凌熙聚在片场的角落里，一人拿着只有一张纸的剧本，听副导演给大家讲戏。

"这一幕是男主角'侠盗'头一次在白天亮相，大家都是男二号的跟班，到时候男二号会堵着他——但是没堵住。"

二十四名群众演员："哦，没堵住。"

凌熙："呜呜呜。"

"然后呢，男二号打了一个呼哨，注意，这个呼哨是后期配音的，所以你们只需要看我的手势就好，你们就从旁边埋伏的屋子里冲出来，去堵男主角——当然，也没堵住。"

二十四名群众演员："哦，没堵住。"

凌熙："呜呜呜。"

"你，对，就你，只会'呜呜呜'的那个，到时候你要从侧面第一个冲到男主角的面前，举起你的大刀，但是男主角会直接抢下你的刀，反手横着在你脖子上一刺，然后你就死了。"

二十四名群众演员："哦，死了。"

凌熙："呜呜呜。"

副导演慈祥地笑起来："你放心啊，安瑞枫是专业演员，他不会真的伤到你，刀会距离你的脖子很远，就算真的不小心碰到了也没事，刀都没有开刃。总之，你只要看到那刀从你面前划过去，就咬破嘴里的血胶囊就行。"

见凌熙这次没有再呜呜，副导演很贴心地问："第一次死吧？是不是有点害怕？"

"呜呜呜。"凌熙摇头。他倒是一点都不害怕，但是他怕安瑞枫害怕……

化妆间里，安瑞枫闭着眼，任由化妆师在他脸上补妆。他脑中飞快地预演着过一会儿即将拍摄的内容。在即将到来的下一场戏中，"侠盗"第一次在光天化日下出现，他与男二号会有一段非常激烈的武打戏，之后他会杀出重围潇洒逃离。

安瑞枫是一个非常刻苦的演员，他初入剧组时，因为意识到自己与其他演员的差距，经常牺牲睡眠时间一遍遍练习演技，遇到打戏，他能亲自上场的就不会使用替身，即使被威亚磨到破皮也不会抱怨。久而久之，原本等着看他笑话的几位演员渐渐对他予以肯定，就连之前不把他放在眼里的力哥，现在也会对他释放出善意。

与他共用一间化妆间的力哥已经完成了补妆，他原地蹦了两下活动开筋骨，主动问安瑞枫："准备好了吗？"

最近几天，两个人之间的气氛没有最开始那么紧绷了，力哥心情好时，偶尔还会在演技上指点安瑞枫几下。

安瑞枫非常敬佩这位前辈，对他礼貌有加："差不多了。"他站起来，也学着力哥的样子活动手腕、脚腕，戏中他刚开始赤手空拳与人对打，紧接着他就会抢过来一个小兵手中的武器，反手就把对方杀了。这一抢一杀，要求他动作利落、手腕灵活，他拿起道具舞了个刀花，生怕到时候姿态不够潇洒又要吃 NG。

"不用太紧张，你最近的进步很大，有目共睹。"力哥宽慰他。

"和力哥比，还差得远呢。"安瑞枫谦逊地说，"力哥，你是我努力追赶的目标。"

两人准备就绪后出了化妆间，灯光师、录音师、场记等工作人员已经在片场外站定，见他们两人一出来，大家的工作情绪都被调动起来：这已经是今天的最后一场戏，拍完后就可以早早回去休息。

导演招呼他们一声，给他们大概讲了讲戏，指定了镜头中心的位置，先不开机，让他们对了一遍台词找感觉。待他们两人都准备好后，这场戏才正式开拍了。

"第一百二十八场第一次，开始！"

一身劲装、头戴神秘面具的"侠盗"自书房内轻轻推开窗户，闪身翻窗落于屋外，他的脚步很轻，落地时甚至连灰尘都没有扬起。他轻巧地把木窗合上，一支小铁钩从手腕滑出落在手心里，他手指轻轻挑动几下，窗户内侧的小插销便重新落下，与他闯入前看不出任何区别。

木窗复原后，他正要离开，突然身后响起一阵大笑声，"侠盗"猛一回身，只见他的死对头兼同窗"小队长"自院门外几步走近，手里还把玩着一支小巧精致的洋手枪。

"这次，你总该露出你的真面目了吧？"

侠盗一言不发，矮身冲过来与小队长战成一团。两人你来我往，拳脚相加，打得十分激烈。侠盗虽是赤手空拳，但小队长的洋手枪也无益于近战，两人缠斗在一起，半晌分不出胜负。

侠盗并不恋战，见无法速速取胜，干脆转身逃离。小队长一声呼哨，突然从旁边的厢房中蹿出二十几名挥舞着刀的士兵，阻断了侠盗的去路。当先一人跑得最快，埋着头三步并作两步就冲到了侠盗面前，手中大刀高高举起，往侠盗面上砍去。

侠盗并不慌乱，沉着冷静地避过，一把擒住对方手腕，略一用力就抢下他的兵器，侠盗迅速反手一挥，刀刃直冲小兵的脖颈砍去……

"凌熙？"

侠盗……啊不，现在应该叫他安瑞枫了，安瑞枫手中的大刀在距离凌熙脖子二十厘米外的地方险险停下。兵器落地，他慌张地扯下头上的面具，双手抬起想要搭在凌熙肩膀上，又紧张地收回来。

这意外的变故让他完全无暇顾及此时他们正在拍戏，暴跳如雷的导演他不去管了，面面相觑的工作人员他也顾不上了。他怀疑自己是否是工作太累出现了幻觉，要不然远在 B 市的凌熙怎么会从天而降，出现在他眼前？

"你……你怎么在这儿？"好半天，安瑞枫才找回自己的声音。

这算不算恶有恶报？上一次他化身龙虾，好好吓了凌熙一次，这一次凌熙化成他的刀下亡魂，突然出现在他面前。不过上一次凌熙只感受到惊吓，而这一次，安瑞枫的心脏充斥着满满的"惊喜"。

"嘿嘿嘿！"凌熙忘了自己嘴里还含着两个一咬就破的血胶囊，安瑞枫一同他说话，他就把这些细枝末节都抛到了脑后。被口腔融化的胶囊壁在牙齿的轻轻磕碰间，很快就碎裂开来，凌熙还没笑两声，血水就混着笑声顺着嘴角流了下来……

安瑞枫不忍直视，赶忙掏出纸巾帮他擦红艳艳的下巴和红艳艳的嘴。

凌熙无奈地看着纸巾里红红的血水，觉得自己就像是在交代临终遗言一样。

"安瑞枫，我说我是来送三文鱼外卖的你信吗……"

因为凌熙的到来打乱了安瑞枫的节奏，这条本可以一遍过的场景又反复拍了几遍才正式拍完。凌熙擦干净嘴巴，跟着其他群演一同下去换衣服领钱。

在片场的那次意外 cut，让二十四个群演都意识到他们之中居然混进了一个认识明星的叛徒，对他横眉冷对，根本不与他说话。凌熙被他们挤到最后一个领钱，不过奇怪的是，那些人只拿了八十块钱就走了，而凌熙整整赚了一百六……

凌熙拿着这一百六十块钱很开心，问负责发工资的助理小姑娘："原来吐一次血就能比别人多拿一倍的钱啊？"

小姑娘道："安瑞枫不让我告诉你，但其实那多余的八十块钱是他让我额外塞给你的。"

小姑娘的目光像探照灯一样上下审视着他："真没想到啊，你一个群演居然认识安瑞枫……刚才在车上的时候你怎么不跟我说啊？我还跟你花痴了半天安瑞枫，哎，真丢脸。"

"我不是群演！"凌熙哭笑不得，"我也是艺人，只是不太出名，我到影视城就是为了探班，结果下错了大门，误打误撞地被你们拉来当群演的。"

小姑娘闻言很尴尬："啊，不好意思！我不怎么看搞笑综艺，没有认出你来。"

凌熙比她更尴尬："我不是搞笑艺人，我是歌手。"

难以言说的沉默环绕在两人身边。

小姑娘："呃……你唱过什么歌？"

凌熙挑了一首最有名的："《心有凌熙》。"

小姑娘脑袋上的灯泡"噌"的一下就亮了："哦哦哦，我知道你——两元店小歌王，洗剪吹小天后朱琳琳的绯闻男友！"

凌熙痛苦捂脸，这还不如把他当搞笑艺人呢！

与小姑娘告别后，凌熙迈着沉重的步子离开了更衣帐篷，没想到他刚一掀开帐篷的门帘，他的鼻子就撞上了一堵人墙。

原来安瑞枫在专属休息室等久了，见他半天不回来，耐不住性子出来找人了。只是他出现得太不是时候，凌熙一抬头就撞上了他的胸口，鼻子被撞得火辣辣地疼，一不小心金豆子都掉出来了。安瑞枫拉着他找了一个椅子坐下，又给他递水，又给他擦脸，还特地压低声音问凌熙，他的鼻子里有没有装假体，会不会挫伤。

凌熙捂着鼻子闷闷地说："我没有整过容，我爸妈不喜欢整容的年轻人。"

安瑞枫道："原来叔叔阿姨不喜欢……可是我的经纪公司让我开过眼角。"

凌熙惊得一下就把眼泪收住了，两只手直接贴上了安瑞枫的脸颊，把他的头一会儿往左扭一会儿往右扭，盯着他漂亮而深邃的双眸看了好久，想仔细寻找他动手术的痕迹，然而什么都看不到。

凌熙赞叹道："哪里做的手术，一点都看不出来！"

"骗你玩的，"安瑞枫笑着拿掉他的双手，"看，你现在不觉得鼻子疼了吧？"

两人身后，安瑞枫的金牌经纪人许志强脸黑如炭，面色不善地盯着爱抱大腿的小艺人，目光火热得恨不得把凌熙架在火上烤熟了。他也不知道凌熙到底给安瑞枫施了什么魔法，他一出现，安瑞枫台词也不背了、觉也不睡了，特地跑过来找他。为了逗他开心，还扯这种整容的瞎话，若让人听见了，可还得了？

凌熙和安瑞枫抱怨，说刚刚助理小姑娘提起自己时，管自己叫"朱琳琳的绯闻男友"，他不喜欢朱琳琳，根本不想和她组成"凌琳 CP"，当她的什么绯闻男友。

许志强皮笑肉不笑地插嘴："不想被扯八卦，那你还来见安瑞枫！"

许志强说的话实在太露骨，即使脸皮厚如凌熙也觉得有些不好意思。在人言可畏的娱乐圈中，保持距离是很必要的。

不知道他的探班会不会给安瑞枫带来困扰。

凌熙被打击得蔫头耷脑，手脚都不知往哪里放。

关键时刻，安瑞枫一记眼刀砍在了许志强头上："别叨叨了，又不是我妈。"

许志强反驳："呵呵。"

许志强转向凌熙，很是挑剔地看了他几眼，纳闷地说："我也真是服了你了，你怎么每次都来得这么巧？今天早上导演通知我他叫了几个相熟的记者来探班，我还特地找了不少粉丝给瑞枫造势，你一出现又要被他们看到了。"

凌熙觉得自己最近的运气真是爆棚。

三人一起出了片场往大门走，临走前，凌熙不忘从助理小姑娘那里拿回了自己特地带过来的三文鱼箱子。小姑娘恋恋不舍地摸了摸那个箱子上仿真的鱼肉切片，擦了擦口水，遗憾地问："这个箱子哪里买的？多少钱一个？包不包邮？"

不等凌熙开口，安瑞枫先开了口："不卖，无价，人肉快递。"

凌熙承认他被那一句"无价"弄得心花怒放，士为知己者死，作为一个有尊严的寿司师傅，还有什么事情比自己的手艺得到朋友的肯定更让他开心的呢？安瑞枫拿到三文鱼寿司行李箱后也不放手，连连夸赞凌熙心灵手巧，还说等进《剑绝天下》剧组时，会把箱子带去让剧组其他人欣赏。

许哥的眼神怨恨得简直要滴出水来。

这一次《侠盗记》的探班采访安排在距离片场还有一段距离的一个大亭子中，导演为了保持剧组的神秘性，不仅不让记者拍摄片场，更要求所有演员卸妆后才能去接受采访。安瑞枫因为刚才同凌熙闲话，迟了十几分钟，当他们走过去时，采访已经开始了，其他演员的粉丝都乖乖地等在记者身后，插空拍自家偶像的照片，只有安瑞枫的粉丝们还在亭子外，翘首以盼他的到来。

在距离亭子还有一段距离时，凌熙停下了脚步。他不是剧组成员，蹭粉丝实在不算什么好名声，而且许志强现在对他防备得很，明明他是一条无辜的狗，却被看成一只偷鸡的黄鼠狼。

"我先去那边等你们了，等采访完了咱们一起吃饭。"凌熙跟安瑞枫告别，拎着那只不适合出镜的行李箱随便找了个布景小客栈钻了进去。

安瑞枫在整理了仪容后，加快脚步向着自己的粉丝走了过去。

若不是顾及着亭子中还有其他演员在接受采访，安瑞枫的粉丝们都能用尖叫声震碎亭子。安瑞枫从出道时就走的偶像男星的路线，出演的角色多是英俊潇洒的风流侠客或者是邪魅狂狷的霸道总裁，要多苏有多苏，这就使得他的"枫叶"们非常狂热。

今天被邀请来探班的粉丝是 S 市本地的后援团，团长大姐大有事来不了，所以副团长过来压阵。

一想到那个副团长，许志强的脑袋就"嗡"的一声要炸了。

与她身后的那些像是入了邪教一般的小粉丝不同，副团长"枫林细语"是一个大家闺秀型的姑娘，肤白人美，亭亭玉立，戴着一副秀气的无框眼镜，十分文静。她大学在读，家境非常好，虽然很迷恋安瑞枫但为人十分理智，既没有闹过事，也没有往经纪公司寄过血书，但只要安瑞枫出席活动，她就一掷千金地送花篮、送茶歇台。

按理说，这种有钱又理智的白富美粉丝是经纪人眼中的香饽饽……如果许志强没有发现她的小马甲的话。

在凌熙和安瑞枫的 CP 楼刚建成时，许志强就让网站管理员去查了那一整栋楼的 IP，看看到底是哪些粉丝这么无聊，结果发现，那个楼主的 IP 居然和"枫林细语"的一模一样！

"双担粉"（同时喜欢两位明星的粉丝）很正常，但"CP 粉"就很少见了。

果不其然，在所有粉丝都围在安瑞枫身边要签名、要合影的时候，副团长望着凌熙离开的方向，露出了一个意味深长的笑容。

"许哥，"因为他们见过很多次了，所以她都是很亲切地称呼许志强为许哥，"刚刚拎着一个三文鱼箱子往那边走的人是谁啊？我看背影有点像凌熙啊。"

"你脑洞太大了。"许志强连忙否认。

副团长显然不信，但她并没有和欲盖弥彰的经纪人多费什么口舌。等轮到她与安瑞枫合影时，她直接大胆地问安瑞枫："刚才往那边走的人是谁啊？我看着有点像凌熙。"

安瑞枫笑得很温柔，眼神很坦荡："是他没错，他来探班。我们关系很好，他给我带了礼物，我们还约好采访结束后一起吃饭。"

　　副团长忽然捂住腮帮子倒退两步。

　　"你怎么了？"

　　"没事，今天糖吃得有点多，牙疼。"

　　许志强："……"

　　副团长，就这么一句普通的话你都能发散思维，脑洞会不会太大了点儿！

第五章

黑科技定妆照

　　吴友鹏是在上午九点的时候发现凌熙失踪的。他一手拎着新鲜的豆浆油条，一手拿着小笼包炒肝，"咣咣咣"踹了凌熙的门十几下都没有把门砸开，刚开始他以为凌熙还在睡觉，拿出备用钥匙进去找了一圈，才发现人不见了。

　　床上的被子没叠，洗碗池的碗还没有洗，看得出走得相当匆忙。

　　吴友鹏耐着性子等了半小时，发现凌熙还没有回来，这才掏出手机给他打电话。而那时，凌熙已经关机在飞机上补觉了。

　　这时，吴友鹏还算镇定，毕竟凌熙是个大男人，出门溜达手机没电这种事情非常常见。他先去楼下花园找了找，又跑去旁边学校的篮球场寻了寻，等时针走向十二点时，才觉得这事有点不对劲。

　　他是凌熙的经纪人，和他相处了十一年，知道这小子偶尔会有些奇思妙想，但总的来说还算老实，即使再淘气也翻不出什么新花样。不管凌熙要干什么、要去哪儿，总会老实地先跟吴友鹏报备一声，这不仅是因为合约上的要求，更是出于他们对彼此的信任。

　　但是现在，凌熙无故失联三个小时，吴友鹏感觉自己要爆炸了。

　　他第一时间打电话给凌爸凌妈确认他是不是在他们那里。

　　接电话的是凌爸，用的是免提，三个人的声音彼此都能听见。

　　吴友鹏先问候了一下两位的身体情况，紧接着问："凌熙回家了吗？"

　　凌爸道："没啊，你找不到曦曦了？"

　　"嗯。他这两天没工作，我给他放了两天假，今天早上带着早饭来看他，发现他不在。"吴友鹏很坦诚，"我怕他出事，就打电话问问在不在你们那里。"

凌爸笑道："能出什么事？他要财没财，要色没色，失踪三个小时你就急得跳脚，不到二十四小时派出所都不给立案呢。"

吴友鹏叹气："好歹他也是个明星，若有人绑架他要赎金呢？"

凌爸："放心，只要他不往两元店里走，就没人能认出他是明星。"

嚯，真是亲爸。

吴友鹏刚想说再见，一旁的凌妈插嘴："小吴哦，你有没有打电话问过他女朋友那边？"

吴友鹏震惊："他有女朋友？"他几乎一天二十四小时跟着凌熙，女朋友？在他方圆五米内就没见出现过女性生物。

凌妈："就那个小天后朱琳琳啊，他们两个不是好早就在一起了吗？粉丝们不是还管他们叫什么'爆吧夫妇'？我家儿子就是脸皮薄，从来不见他把朱琳琳带回家里来。"

唉，真是亲妈。

吴友鹏被这一对状况外的夫妇搞得七窍生烟，凌熙估计就是继承了他们身上这种不着调的气质，才会经常几句话就把他气得要吃降压药。

"我说小吴啊，你也别太着急了，"凌妈宽慰他，"不知道的，还以为你才是他亲妈呢。"

吴友鹏有时候也觉得他对凌熙操心太多了，这份担忧远远超过了经纪人合约上规定的部分。可能是因为他认识凌熙时，凌熙还是个十五岁的小屁孩，他陪凌熙从少年到青年，凌熙陪他从青年到中年，他们的关系既像挚友，又像家人。

他在凌熙身上倾注了所有心血，盼着他成才，盼着他一帆风顺，盼着他变得成熟稳重。

这么看来，他还真有点像凌熙的妈妈。

中午吃了饭，吴友鹏继续打凌熙的电话，这时候的凌熙刚下飞机，正坐着出租车前往影视城，一路上他睡了醒醒了睡，早忘了要开机。等到他到了影视城，又稀里糊涂地被拽去拍了一场戏，更想不起来要开机联系吴友鹏了。

吴友鹏打凌熙的手机打到自己的没电，充上了电又继续奋斗。他都不记得自己到底打了多少个电话，才终于在下午六点时"嘟"的一声打通了。

在这之前他简直要被吓出心脏病了，之前看过的割肾传奇、人棍卖艺等恐怖新闻在他脑袋里过了无数遍，生怕等再见到凌熙时他就变成没了肾又少了四肢的受害人，好在这一次电话响了没几声就被接通了。

凌熙精神奕奕的声音在电话那端响起："哎呀，吴哥，太巧了！我刚开机你的电话就进来了！"

"是啊，好巧。"吴友鹏不打算告诉他这一天自己打了多少电话又有多担惊受怕，"你在哪儿？怎么没在家？"

没想到吴友鹏一上来就问这么直戳心肝的问题，凌熙顿时支吾地说不出话来："呃，就……那个，我出来玩玩。"

"和朋友，还是自己？"

"我自己出来玩……但我出来是为了找朋友。"

一说完这句话，凌熙就想打自己一巴掌，非加后面那句话做什么？直接说自己出来玩不就行了吗？现在添了这么一个尾巴，以吴友鹏刨根问底的妈妈性格，绝对要让他说出朋友的名字不可。

果然，吴友鹏张口就问："和哪个朋友？"

然而这次，不等凌熙想出一个妥帖的答案圆滑地绕过这个问题，安瑞枫的声音就自他身后清晰响起。

"凌熙？原来你躲在这儿，我的采访已经结束了，咱们去吃饭吧。"安瑞枫从大门处探进来半个身子。他是主演，记者们的问题最多，他尽量加快语速长话短说，这才赶在天黑前结束了访谈。

　　凌熙傻乎乎地举着手机，眨眨眼，欲哭无泪。吴友鹏耳朵很灵，安瑞枫的声音又很大，他的突然出声直接暴露了凌熙悄然出逃的计划。

　　凌熙和吴友鹏一时间谁都没有说话，电话两端只能听见两人沉重的呼吸声。

　　最终还是心理素质强大的吴友鹏先开了口："你现在在 S 市的影视城？你去探班安瑞枫了？"

　　"嗯。"凌熙头低得快埋进双腿里了，此刻他感觉自己像是一名被教导主任抓到做坏事的学生。

　　"凌熙，我不想一遍又一遍地在你耳边提醒。"吴友鹏深吸一口气，"但是，我是你的经纪人，你必须第一时间把你的行踪告诉我。"

　　凌熙羞愧地挂了电话，安瑞枫见他表情委屈，猜测："被经纪人骂了？"

　　凌熙点点头："我没告诉他一声就跑出来了，他估计急疯了……"

　　安瑞枫倒是能理解吴友鹏的郁闷，自家艺人突然消失，哪个经纪人都会气到跳脚啊。

　　"他总说我不够省心。"凌熙道，"有时候我觉得他不像我经纪人，倒像我妈。除了工作以外，他连我生活都要管，哪天我要是把小女朋友领回家，他估计会爆炸。"

　　"你有女朋友了？"

　　"没没没，我是正宗的'单身狗'。我这说的是'估计'嘛。"

　　安瑞枫："我觉得以你的性格，在恋爱上，相比于照顾别人，你更适合被人照顾。年纪小的女生不适合你。"

　　他说话时，双眼目不斜视地看着前方，凌熙转过头看去时，视线刚好落在他的侧脸上。晚上六七点钟正是太阳落山的时候，夕阳的余晖轻柔洒下，勾勒出安瑞枫弧线完美的额头、鼻梁与下颌。

　　凌熙一时间有些看呆了，他想，他终于明白为什么安瑞枫的粉丝会称呼他为"比太阳光还要耀眼的男人"了。

他转回头，盯着地面，很是艰难地说："找个可以照顾我的恋爱对象？"他抠了抠手指甲，"可是现在三四十岁的富婆都嫌我年纪太大了。"

安瑞枫不知该怎么接话，只能安慰他，"没事，她们也会嫌弃我年龄大的。"

凌熙在 S 市影视城又玩了一天，第二天晚上才回到了 B 市。好不容易得来的两天假期全部浪费在了 S 市，他感觉自己还没有怎么休息，就又要投入紧张的工作中了。

对于凌熙的莽撞离开，吴友鹏的脸拉得比驴还要长。凌熙向他耍赖，说还想多休息一天，吴友鹏直接摇头："没时间让你拖了。今天早上我刚刚接到了《剑绝天下》剧组的电话，他们的资金、人员已经基本到位，下个星期就要拍定妆照了。"

"这么快？"凌熙惊讶。

"不快了，从试镜会结束到现在都快两个月了，若不是之前赞助没谈拢，这片子早该开拍了。"吴友鹏一脸嫌弃地说，"最近两个星期你少吃点，看你满面红光的，在安瑞枫那里没少吃吧。"

昨天凌熙人肉快递把箱子送到后，安瑞枫为了感谢他，特地请他吃了高档日料。影视城周围因为常有明星出没，上档次的餐厅非常多，昨天那一顿花了不少钱。安瑞枫几乎没怎么动筷子，许志强全程黑脸，但这两名队友的不给力完全没有影响凌熙的发挥，光是用来塞牙缝的甜虾他就点了四十只。

想到昨晚那顿大餐，凌熙很没出息地吸了吸口水。

"吴妈妈"酸溜溜地说："看你这馋样，别哪天被人一顿饭就骗走了。"

定妆照的拍摄定在下个星期的星期五，满打满算不过十天的时间。

吴友鹏又重新替凌熙请了个表演老师，于是他和表演老师又一次陷入了互相折磨的境地。就这么熬啊熬，熬啊熬，过了十天，凌熙终于用他微乎其微的进步打动了老师，在结业考评上，老师很大方地给凌熙打了个C，评语写着：至少唱歌很动听。

吴友鹏觉得这钱真是花在狗身上了。

周五一早，吴友鹏驱车带凌熙去摄影棚拍定妆照。《剑绝天下》是玄幻修仙题材，取景多在深山寺庙当中，但定妆照都是棚拍，不需要折腾那么远，剧组直接在B市租了个摄影棚，服装师、道具师、化妆师提前一个小时就到摄影棚准备了，摩拳擦掌地等着大展身手。

谁都知道，定妆照对一部电视剧、电影的影响力有多大，古装片和现代时尚片不同，根本拉不来大牌衣服赞助，所有的服装道具都是特别定做的。若衣服质感不好或者配饰显得廉价，都会影响观众对整部剧的评价。

《剑绝天下》并非由小说改编的电视剧，没有可观的自带粉丝。开拍前的宣传爆发点不过两个，第一个是演员名单，第二个就是定妆照了，所以从导演到编剧，都非常重视这一次定妆照的拍摄情况。

吴友鹏让凌熙早早到场，主要目的是在剧组人员面前留下一个好印象，毕竟他是歌手出道，跨界来演戏，很容易让人产生先入为主的刻板印象。

凌熙来得不巧，刚一下车，迎面走过来乌泱乌泱一帮人，为首的正是在剧中饰演男主角的鲍辉和他的经纪人。鲍辉的经纪人很是神气，脑袋高高地仰着，鼻子都快戳到天花板了。他们之间有抢歌之仇，凌熙光是远远看到他们的模样，就觉得阵阵反胃。

与在公众面前表现出来的阳光大方不同，鲍辉在私底下是个非常傲气的人，出道不过一年就得罪了很多人。但他长相好，演技也不错，粉丝们很吃他这一套，人气节节攀升，他所在的"新贵娱乐"把他当作重点栽培对象，下了一番苦心为他铺路。

鲍辉要风得风、要雨得雨，通过自己的人脉渠道得知这一次《剑绝天下》的主题曲非常动听，便起了伸手讨要的心思。结果没想到他同公司的师兄安瑞枫居然出手护住了凌熙这个出道八年来几乎默默无闻的小歌手，让他的想法落空。

事情过去了一个多月，鲍辉每每想起仍气到跺脚。

这次两人狭路相逢，凌熙懒得理他，本想快快走过，可鲍辉却阴阳怪气地拦住了他："呦，这不是两元店小歌王吗？"

凌熙坦荡道："嗯，是我，啥事。"

鲍辉觉得一拳打在了棉花上，"让你一个歌手过来演戏，怪不容易的啊。"

"总比一个演员去唱歌强。"凌熙笑笑。

鲍辉被噎了一下，不甘示弱："不是我说啊，现在有些歌手自我感觉良好，一点演技都没有就敢上电视。唉，我说你，抓到演狗的感觉了吗？"

凌熙反击："还好，没你演人的挑战大。"

面对贱人时，凌熙的战斗力总会变得异常强大，几句话把鲍辉堵得说不出话来，鲍辉身旁的经纪人性格冲动，指着凌熙的鼻子就要骂他。若不是正巧有工作人员经过，恐怕这里就真的要发生一场血战了。

鲍辉是男主角，所有化妆师服装师都在等他，即将进化妆室前，鲍辉回过头冲凌熙用口型说了三个字：你等着。

凌熙回了他一个 OK 的手势。

于是，鲍辉顶着一副高血压病发的模样被拽进了化妆间。

刚开始凌熙并不知道鲍辉让他"等着"到底是怎么等，后来他发现，鲍辉上妆和拍照的进度实在是太慢了……

化妆师和造型师一共分为两组，一组专为女星服务，一组专为男星服务。女星那边都从女一号化到女 N 号了，男星这边鲍辉还在指挥化妆师往他脖子上补粉。

等到鲍辉慢悠悠地出了化妆间开始拍定妆照，几乎摄影师每按一下快门，他都要叫一次暂停，一会儿是衣服有褶皱了，一会儿是发型乱了，也不知是天生龟毛还是故意拖延时间，总之他一个人拍照的时间，女星那边都拍完三个了。

在他后面等着上妆拍照的男演员有好几个，有几名之前也同鲍辉合作过，他们私底下围成一圈说悄悄话，一边说还一边偷偷往鲍辉的方向看。凌熙不愿意掺和他们之间的事，自顾自地找了个角落坐着休息。

他闲得无聊，便同吴友鹏说起八卦，正聊得兴起，忽然觉得脚边一痒。他伸手一摸，居然摸到一个毛茸茸的活物，凌熙低头看去，发现不知从哪里钻出来一只杂毛小狗，正瞪着一双湿漉漉的眼睛乖巧地看着他。

凌熙喜欢狗，只是由于工作原因无法养狗，每次见到路边有小流浪狗，他都要情不自禁地凑上去喂根香肠摸一摸。但他今天出来工作没有带香肠，小狗一个劲儿地往他身边凑，他都不知要怎么奖赏它，只能伸手让它舔舔自己的手指。

这是一只串种的小型犬，被毛是漂亮的深黄色，从嘴巴到肚子四肢则是连成一片的雪白。两只大大的耳朵直直地竖在脑袋上，在听到声音时会很机敏地往两侧微微转动，一条蓬松的大尾巴在身后轻轻地甩来甩去。

凌熙发现这只狗特别聪明，会好几种小把戏，不论是作揖、转圈，还是倒地装死，都娴熟得不得了。刚开始凌熙以为它是流浪狗，但见它身上干净，又会很多宠物犬才懂的东西，便认定它是谁带过来的宠物。这么可爱的小东西跑丢了，它的主人一定着急得不得了吧。

他拍拍膝盖，小狗机灵地跳了上去团成了一团。他抱住它站起身，忍不住在它脑袋上亲了两下，说："走，哥哥带你找主人去。"

结果还不等他走到大门口，负责后勤的小伙子就迎上来了。

"哎，我说你们俩还挺投缘。"

"这狗你认识？"凌熙摸摸狗头，没忍住又亲了亲它的小爪子。

"能不认识吗？"小伙子道，"它就是另一个你，演四徒弟原形的那只狗。"

凌熙看了看它圆乎乎的双眼，回忆了一下刚刚让它又作揖又转圈的情形，深深有一种自己玩弄自己的作孽感。

"对了，化妆师让我通知你赶快过去上妆，鲍辉那边终于拍完了。"小伙子伸手接过狗，"它也得上个妆，它的衣服不知道合适不合适，不合适还得改一下。"

凌熙没忍住吐了个槽："为什么狗还要穿衣服？"

"如果你希望它变成人的时候全身光着，那它就不用穿衣服了。"

凌熙落败，不敢再多说一句废话，马不停蹄地滚进了化妆间。

负责为他上妆的是一个很和气的中年女化妆师，动作利落，技术娴熟。与她搭档的造型师是她的徒弟，年纪还没有凌熙大，还保留着少女的调皮可爱。

凌熙以前拍宣传照时都是时装打扮，这还是头一次穿古装，心中又是期待又是激动。只是古装戏的化妆比他想象中困难得多，最大的麻烦就是头发，造型师需要先把他的头发用专用的发网收紧在头顶上，再在他的脑袋上套上一顶发套，并小心地把发套边缘用专用的胶水粘在他的发际线上。

因为他的角色是个天真随性的狗妖，所以他的发套并不像别的男性角色一样规规矩矩地束成一个发髻，而是披散下来，垂落在肩上。造型师又拿出一个巴掌大的肉色塑料耳罩倒扣在他的耳朵上，再在上面粘贴头发，以求不管从哪个方向看去，都看不到他真正的耳朵。

耳罩的隔音效果一般，凌熙即使戴上也能清楚听见别人的声音。他搞不懂为何要多此一举："为什么把我的耳朵挡住了？"

造型师调皮地笑道："因为我们专门为你准备了另外一对耳朵。"说着，她转身走向身后的桌子。凌熙刚进来时，就看到桌上摆着一个又大又薄的金属箱子，箱子上写的外文凌熙看不懂，只瞟了一眼就收回了目光，他没想到这个箱子里的东西居然和自己有关。

活泼的造型师蹦蹦跳跳地从箱子里捧出一对毛茸茸的耳朵和同样毛茸茸的尾巴，献宝似的送到了凌熙面前："这可是咱们剧组最高科技的设备了，现在就要用在你身上了。"

说着，她小心翼翼地把那对耳朵用发卡固定在了凌熙的头顶上，尾巴也用专用的皮带环在了他的腰间，两枚传感芯片一枚贴着他的胸口安放，一枚则被粘在了他发套下的头皮上。待全部装扮完毕，她与化妆师后退两步，示意凌熙转过身，让他自己亲眼看看镜中的自己。

镜中，年纪轻轻的男人身着一身嫩绿色的门派制服，一头飘逸的长发垂落腰际，头顶一对狗耳，身后连着一条大尾巴，正歪着头一脸好奇地打量着自己。

"这……"在一旁屏息注视着一切的吴友鹏有些吃惊。

化妆师指挥："凌熙，你现在想一件让你特别开心的事情。"

凌熙虽然不明白她葫芦里卖的什么药，但仍然听话地回忆了一下刚刚在走廊把鲍辉噎得翻白眼的经过。

吴友鹏惊叫："动、动了！"

没错，随着凌熙心情的变化，他头上的耳朵微微向两侧旋转，身后的尾巴也跟着左右轻摆起来。

不需吴友鹏多说，凌熙直面镜子，第一时间发现了耳朵与尾巴的变化。

这到底是什么黑科技？！

凌熙玩心极大，在发现了这么有意思的玩具之后，根本停不下来。只是这套通过传感芯片控制的耳朵尾巴还在内部测试中，无法分辨太复杂的感情，只能简单地模拟狗的开心、伤心、害怕、生气四种情绪，凌熙努力地回忆着这几种情绪，稀罕地看着镜中的自己。

即使成熟稳重如吴友鹏，都被凌熙身上的小配件弄得连连赞叹。这套毛茸茸的装备手感很好，颜色也特地选了和狗演员一样的深黄色，造型师介绍，这是某家智能穿戴设备公司在得知剧本后，主动找上门来做的产品植入。在原本的剧本中，四徒弟化为人形后是没有耳朵和尾巴的，现在特地为了产品更改了剧本。

凌熙玩了一会儿，越玩越开心，若不是摄影师来催，他还能自顾自地玩上好半天。

走出化妆间后，头顶耳朵、身后连着尾巴的凌熙因为造型拉风，惊艳全场。凌熙本来就长相清秀，皮肤白净，化了妆后更衬得他水灵鲜嫩，尤其是他身上的耳朵尾巴极为灵活，看着讨喜极了。

后勤小哥把同样穿着嫩绿色同款门派服装的狗演员送到了他怀里，小狗特别喜欢他，刚一到他怀里就伸出舌头猛舔他的下巴，凌熙被舔得直笑，他一笑，他身后的尾巴跟着轻轻摇摆，尾巴尖像是搔在了众人心头。

恍惚间，众人仿佛真的看到了剧中蠢萌可爱的小狗妖化为了人形，穿过那厚厚的剧本，来到了大家眼前。

导演绕着凌熙走了几圈，连说了几声好。凌熙被表扬得有些不好意思，其实这都是道具的加持啊……

他抱着狗正要往摄影师那里走，忽然听见大门那边一阵骚动。混乱间，不知是谁喊了一句："安瑞枫终于到了！"

原来今天拍定妆照，安瑞枫特地向《侠盗记》的导演临时请了一天假回来，早上刚从 S 市起飞，一落地就往摄影棚赶。

偏偏就是这么巧，安瑞枫一踏入摄影棚，第一眼瞧见的就是那个怀中抱着一只小狗、头上顶着一对狗耳的凌熙。

在嘈杂纷乱的摄影棚中，一身清新古装的凌熙就像无意中闯入现代的小妖，脸上的表情懵懂天真，双眼则透亮顽皮。见安瑞枫来了，凌熙扬起一抹大大的笑容，欢迎着这位许久不见的好友。

这抹笑容就像是早晨初出的太阳，明亮、温暖，却不刺眼，让人想把它托在手心，永远珍藏。

"凌熙，"吴友鹏咬牙切齿地在凌熙耳边说，"管好你的尾巴！都快摇成龙卷风了！"

安瑞枫甚至没来得及走到凌熙面前夸奖一句令他惊艳的妆容，工作人员就蹦出来请安瑞枫到一旁的化妆间里上妆了。

他与凌熙之间隔着十几米的距离，一个站在门口熙熙攘攘的人群中，一个站在相机前的聚光灯下。

安瑞枫无奈，只能先向凌熙做了个"很好看"的口型，又指了指旁边的工作人员，举起左手，食指和中指向下做了一个小人迈步走的手势。

凌熙被他夸张的动作逗笑了，他跟着比了OK的手势，想了想，又用口型加了一句"你也很好看"。

身后的"吴妈妈"气得伸手压住了他的狗尾巴。

凌熙一回头，刚好看到吴友鹏双手握住自己尾巴的模样，好奇地问他："这尾巴手感有这么好？你光摸摸还不够，握这么紧干吗？"

吴友鹏道："我不握紧点，怕你尾巴摇得太快，一不留神你就飞起来了。"

凌熙尴尬到耳尖发红，"我又不是直升机。"

俩人压低声音吵了半天，凌熙怀里的小狗一直仰着头看他们俩斗嘴，间或叫两声，两人一狗看着分外和谐。摄影师的助理过来帮凌熙整理衣服时，还恭维他们感情好，助理说他给那么多明星拍过照片，没见过有明星和经纪人的关系能好到像是一家人的。

吴友鹏愤愤地道："就是在他身上放了太多关心，才时刻担心这个傻瓜哪一天会被人骗走。"

凌熙很生气："气氛一下变得这么煽情干吗？你现在就准备在我婚礼上说证婚词了啊？"

凌熙的话说得很不客气，可他身后的尾巴已经耷拉下来了，直到拍定妆照的时候，摇的力度都没有再特别大过。

上妆的时候，安瑞枫有些魂游天外。他虽然不算健谈，但每次化妆时，总会和化妆师闲聊几句，开开玩笑，遇到合作多了的工作人员，还会打趣对方一番。但今日他从头至尾都非常沉默，就像是一尊漂亮又听话的人偶，心神都不在身体里了。

有这样一动不动、颜值极高的模特，化妆师和造型师手下速度飞快，很快就把安瑞枫打扮一新。工作人员特地推过来一面足有人高的穿衣镜，好让安瑞枫和他的经纪人清楚地看到全貌。

由安瑞枫饰演的师尊一角已有两百岁，但他容颜不老，唯有头发白如初雪。在剧中，他常年身着一身青色衣袍，衣角的银线刺绣极为精致，彰显出他的优雅与从容。安瑞枫一甩衣袖，宽大的衣袖宛如云般铺散开来，他面色沉寂、表情冷淡，真如一个高高在上的修仙之人，难以攀折。

许志强对安瑞枫的扮相极为满意，直接用手机照了一张安瑞枫的背影，决定一会儿问问导演能不能抢先把照片贴到微博上。他已经能料到，这张照片发出去之后，一定会拿下今日微博热门的top3。

待造型师帮他戴上配饰，又整理好发型衣着后，就连她们自己都要拜倒在亲手装扮出的美男的脚下了。几位工作人员抢着与他合影，一时间，小小的试衣间变得极为热闹。

安瑞枫的魅力实在太大，好多小姑娘想与他多拍几张照片，准备发给朋友炫耀。不等许志强上前阻止她们，安瑞枫就笑着拒绝了："实在不好意思，但我不能耽误太长时间，我还要去看看我的徒弟呢。"

　　大家笑成一片，连连称赞他和同门师弟鲍辉感情深厚，即使戏外也不忘同他打招呼。安瑞枫没有解释，顺水推舟地让大家误会了他的意思。

　　反倒是许志强一听他说到徒弟，立刻就吹胡子瞪眼起来。

　　安瑞枫看了他一眼，打趣道："我记得我入这行的第一天，你就告诉我，即使再不喜欢一个人，也不能摆在脸上。"

　　许志强道："我只恨我自己当时没多说一句——即使再喜欢一个人，也不能摆在脸上。"

　　安瑞枫理亏，缄默不言。他的不反驳，反而让许志强火更大了。

　　"一个小公司的十八线小演员，见到你就主动贴过来，难道你还不懂吗？他就是想借你的东风翻红而已！你还真把他当兄弟了？"

　　安瑞枫摇头："他不是那样的人。一个人是真想和我做朋友，还是想借我的名气，我还是看得出来的。"

　　初见时，他只想提携这个活泼逗趣的后辈，才在摄像机前说与他一见如故；然后，他亲眼见证了凌熙是怎么巧妙地应对粉丝站里的 P 图风波；紧接着就是让他愧疚的恶整节目以及其后合录《剑绝天下》的片尾曲……

　　而当凌熙拎着行李箱来到剧组探班时，他在他的眼睛里没有看到丝毫讨好，只有一片赤诚。

　　许志强很想发作，但身后这么多工作人员，又不好教训他，最后只能特别生气地骂了一句："你和你哥真不愧是一家人，每个都不省心！"

　　由于合影的原因，安瑞枫在化妆间耽误了不少时间，当他回到摄影棚时，凌熙和狗的摄影部分已经结束了。

　　凌熙之前也拍过硬照，大多是在专辑宣传期拍的，在吴友鹏的运作下也上过几次杂志内页。杂志摄影和定妆照的区别也不大，凌熙的角色和他本人性格很像，他在镜头下挤眉弄眼地做了几个夸张的表情，又在摄影师的指导下，把狗一会儿捧在手上，一会儿揣在衣襟里，一人一狗默契十足，摄影师连拍了好几张照片，一直在夸他们镜头感好。

待他拍摄结束后，正要去卸妆，导演忽然带着两个身着职业西装的男人走到了他面前。

导演介绍，说他们是为凌熙提供黑科技仿真耳朵和尾巴的公司的职员，他们公司的产品花了大价钱做了产品植入，当时商谈的是除了有电视剧前后的赞助商 logo 展示以外，还要录一段五分钟左右的试装花絮视频，作为产品推广的重要一环。

刚才他们已经录了凌熙在拍定妆照时的一些体态动作，希望再补几个近景。

吴友鹏考虑了几分钟，觉得这差事虽然没有钱拿，但也算是互惠互利。凌熙所在的"扬天传媒"实在太抠门，根本不拿出钱来为凌熙做推广，只能靠吴友鹏找一些免费的资源给他打名气。黑科技公司很重视这个产品植入效果，肯定会主动传播这个试装花絮，凌熙的扮相很讨喜，说不定能有绝佳的展示结果。

于是吴友鹏爽快地说了 yes，凌熙在工作一事上还是很听吴友鹏的话的，吴友鹏让他做什么他就做什么。

对方很满意吴友鹏的爽快，主动说："我们也带了自己的摄影师，可以把凌熙的女朋友叫过来一起拍，就当给你们炒炒绯闻。"一边说着，还指向了在一旁休息的朱琳琳。

朱琳琳之前砸了一百万买通了编剧给她加了半个角色，今天集体拍定妆照，朱琳琳早早就到了摄影棚上妆拍照，只是她和凌熙关系不佳，俩人见面后连招呼都没打一个。

他们两人都是名不见经传的小明星，但脑袋上"爆吧夫妇"的名声倒是够响亮。黑科技公司的职员很好心，以为他俩私底下真有一腿，就想做个人情，拍拍他们两人的互动，若是凌熙在女朋友面前尾巴摇得更欢了，那不刚好符合他们公司的宣传需要吗？

凌熙吓得尾巴都夹起来了："不不不，我一个人就好。"

朱琳琳离得不远，把他们的话听得一清二楚，她冷笑："当姑奶奶稀罕！"拳头捏得嘎嘣响。

两位当事人不同意，倒是吴友鹏和朱琳琳的经纪人觉得这个提议还不错，凑在一起嘀嘀咕咕商议了半天，也不知道最后达成了什么协议，居然同意俩人一起合拍。

凌熙和朱琳琳的脸都拉得比驴还长，偏偏还要在镜头前强笑颜欢，摄影师一个劲儿地喊："近一点！再近一点！"俩人的距离却比天堑还要远。

最后照片拍出来的效果实在糟糕，两人身穿同款淡绿色门派服装，明明应该 CP 感满满，但照片里却弥漫着一股难以忽视的仇敌气氛。黑科技公司的人不满意，想重拍，凌熙说什么都不点头了。

看来一切只能交给伟大的后期了……

照片拍完，就该补拍凌熙的近景视频镜头了。只要不和朱琳琳的名字并排出现在一起，让凌熙做什么他都乐意。他按照要求，拼命回忆着开心的事情，但不知道是不是因为刚刚被朱琳琳吓到了，他现在精神不太好，尾巴怎么摇都透着一股沮丧劲儿。

视频重拍了好几遍，凌熙的尾巴越摇越低，到后来几乎不动了。

凌熙从来不知道，原来"快乐"也是一件这么累人的事情。

吴友鹏着急得恨不得帮他摇尾巴："你刚才不是挺开心的吗？"

凌熙说："你要知道，开心的事情你让我回忆一百遍，那就不怎么开心了啊。"

话音刚落，就听在那边准备定妆照的棚拍摄影师喊道："安瑞枫出来了，下一个拍他，大家做好准备！"

吴友鹏下意识地往那边看去，只见众人包围之下，安瑞枫仿若一个高高在上藐视众生的仙人，缓步走进摄影棚中。他一袭青色衣袍雍容华贵，一头白发用一支简单的桃木簪挽在脑后，表情犹如冰封，凛然冷酷。

吴友鹏确信自己听到了周围人吸气的声音。

可就当安瑞枫的视线划过凌熙所在的角落时，原本冷凝的表情忽然解冻，就好似一夜间冬梅吐出了春蕊、小雪化成了细雨，在众人都没有反应过来之际，他的唇角勾起，脸上绽出了一抹温柔的笑容，就连眼角眉梢都染上了暖意。

吴友鹏确信自己听到了身后的凌熙吸口水的声音……

待安瑞枫走过去后，吴友鹏黑着脸回头一看，果然，凌熙尾巴上的小马达又恢复了。

凌熙赶忙擦擦口水："你要知道，好看的人，你让我再看一百遍，他依旧是好看的……"

后来凌熙这段痴汉镜头被剪入了黑科技公司的宣传视频中，在定妆照公布后，黑科技公司的官方微博同一时间发布了这段长达五分钟的试装花絮。视频中，凌熙身上所戴的可以感知人类感情从而做出相应动作的智能穿戴设备，引起了所有人的注意。

长相清秀的凌熙在定妆照以及视频中的表现十分可爱，嫩绿色的门派制服让他看上去鲜嫩得像是一棵小树，毛茸茸的尾巴让很多女生母性大发，纷纷表示"很想把手伸过去摸一摸"。很多以前只听过他名字的"路人粉"，也跟风关注了他，这让他的微博粉丝摇摇晃晃地突破了一百五十万。

与此同时，因为视频中出现了惊鸿一面的安瑞枫，而凌熙对他的评价又十分"中肯"，这段视频很快引发了安瑞枫粉丝的转发狂潮，短短几天之内，转发量就突破了五万次。

至于"爆吧夫妇"的 CP 照？哦，那个发出来后根本没有人转啦。

安瑞枫的时间非常紧张，刚一拍完就急着卸妆换衣服，急匆匆地向机场赶。《侠盗记》那边明日一早他还有一场晨曦偷袭戏，三点就要起床准备。

如此争分夺秒，安瑞枫和凌熙的距离都没小于五米过。明明他们在同一间摄影棚里相处了三个小时以上，但唯一的交流只有眼神和手势。

天知道，他是多想知道凌熙头上那对毛茸茸的耳朵尖划过自己手心是什么感觉啊！

在被经纪人送上车之前，安瑞枫回头看了一眼凌熙。恰在此时，明明背对着他正在和黑科技公司职员说话的凌熙忽然转过了头，向着安瑞枫的方向望了过来。

两人都没有料到居然会如此有默契，凌熙非常开心地扬起了一个大大的笑容，大眼睛都弯成了月牙。他手里原本就抱着自己的尾巴，两人距离这么远又不能说什么，他想了想，干脆用动作表达了他的意思——他握住尾巴尖，向着安瑞枫的方向摆了摆。

安瑞枫跟着笑了，他晃了晃手机，随后在许志强的催促下转身上了车。

半分钟后，凌熙的手机上接到了一条微信。

枫：帮我问问赞助公司，这个狗尾巴和耳朵卖不卖？

三分钟后他收到了回复。

怪盗凌凌熙：他说现在只有几台原型机，没有量产，不卖。

后面还跟了一个沮丧的小表情。

枫：那你问问他原型机的造价多少钱。

凌熙很快报了个数，后面的零多到他心有戚戚，像他这种小歌手，走一个月的穴都不一定能赚来这么多钱。

枫：那好，你问他，我只是自己买来玩，可以签协议保证不泄露相关的产品机密，我给他造价五倍的钱，让他问问他们公司卖不卖。

怪盗凌凌熙：啊？！

安瑞枫：去问吧。

被有钱没处花的安瑞枫晃瞎了眼的凌熙乖乖地当了几次传声筒，黑科技公司的职员估计也没见过这么财大气粗的明星买家，反复打了几次电话同领导沟通，在一层层询问后，终于同意卖一台测试机给安瑞枫。

金钱的力量真大！

怪盗凌凌熙：他们问你的地址，尾巴和耳朵是直接寄到你家吗？

枫：不用了，你先帮我收着，等以后有时间我去你家取。

凌熙根本没意识到安瑞枫买这个东西是要送给他，还傻乎乎地盘算着：这么贵的东西放在家里，他如果去买个保险柜的话，能不能找安瑞枫报销？

第六章 —— 歌友会

　　拍完定妆照后，凌熙一下子闲了下来。他的工作一直没什么起色，虽然微博的粉丝量翻倍增加，但实体唱片的销量没有什么爆发。《Zero》那张专辑的网络下载率拜"惊吓 surprise"所赐确实有了很大的增涨，但国内音乐网络下载的版税分成非常少，几乎和毛毛雨差不多。

　　之前续约的时候他就有心理准备，很有可能《Zero》之后再无出专辑的可能性，吴友鹏帮他和经纪公司争取了好几次，但希望仍然很渺茫。

　　凌熙倒是看得开："大不了我以后专心做幕后，写写歌、填填词，争取从今往后，每个粉红级别以上的歌手，新专辑都有我的歌。"

　　吴友鹏却笑不出来："你唱歌都赚不了几个钱，你以为写歌就能有钱了？写歌那一点点版税，你连买钢琴的月供贷款都还不上！"

　　吴友鹏说的是实话，现如今唱片行业实在不景气，就连大神级别的歌手都不指望着靠实体专辑挣多少钱，若想来钱快，接代言、上综艺、开演唱会，再进一步跨界去影视。只可惜凌熙星运不好，浪费了这么多年也不见一飞冲天的机会。

　　吴友鹏看不得凌熙如此悠闲，拿着月历翻了翻，又掰着手指头算了算："现在《剑绝天下》已经开机了，但是因为安瑞枫还在忙电影的事情，所以片中最开头的在山门的那十集会放在后面拍。按导演之前给的日程上写的日子，大概还有一个半月才会到你的戏份，这段时间你也别闲着，我给你找找资源，你去巡演吧。"

　　凌熙吓得直接从沙发上滚到了地上。

　　有名的歌手巡演叫"演唱会"，像他这样的歌手巡演充其量只能叫"歌友会"。人数的落差可达百倍，但因为场子小，粉丝们距离偶像近，气氛更加活跃。别看歌友会的规模小，其实操心操得并不少，尤其是像凌熙这种东家不给力的，很多事情都需要他和经纪人亲力亲为。

一想到未来一个半月东奔西跑的生活，凌熙就两腿发抖。

"这个决定太仓促了吧……根本没有宣传的时间啊……"

吴友鹏根本不拿正眼看他："你以为你能有多少粉丝来歌友会？在你的微博、贴吧、官方网站上挂出来宣传就足够了，没钱给你买广告。而且这次只去四个一线城市，再挑四个省会，从南到北，三天一场，前后还能给你留出几天休息时。"

凌熙赶忙举起手里的剧本："可我还有台词要背……"

"你出场的时间还没那只狗多，台词加起来还没有一首歌的歌词长，我临时翻一遍都能背出来的东西，你是有多弱智到现在都背不完？"

凌熙被堵得哑口无言。

吴友鹏想到就做，不等凌熙再去找理由，直接出门打电话吩咐人做宣传、在网上做门票预售。待他一个小时的电话打完，歌友会一事已经尘埃落定，由不得凌熙再耍赖。

晚上洗完澡，凌熙趴在床上唉声叹气，手边的剧本都被他翻烂了，干脆拿来做扇子给自己降温。其实他心中有个秘密，就连带了他这么多年的吴友鹏他都没告诉过。

他心里是害怕见粉丝的。

并不是因为他个性羞涩，相反，他性格热烈得像是挂在天上的九个太阳，不管什么时候见到他，他的脸上都会挂着笑容。他害怕见粉丝的原因很简单：他觉得自己的成就对不起粉丝们的殷殷期待。

出道这么多年，和他同期的艺人，有的拿过最佳歌手，有的创立了自己的工作室，有的跨界去演电影，有的代言了高端品牌……而他却仍然如八年前一样，抱着自己的吉他默默唱歌。

他一首首地写歌，一首首地石沉大海。不是他自吹自擂，他真的觉得自己的歌很好听、很耐听，但总是缺了那么一点点机遇。他头上"两元店小歌王"的名声实在太响亮，他不希望自己的粉丝们向别人介绍偶像时，会被人嘲笑眼光不好。

这种"自寻烦恼"一般的忧虑，他说不出口。

他在床上翻了个身，破天荒地叹了口气。

小时候凌妈妈给他讲睡前童话，说小孩子不能叹气，因为每叹一口气，森林里就会少一只小精灵，这个故事他一直信到十二岁。等到了十二岁他开始变声，那段时间他心慌得不得了，担心以后自己再也唱不了歌了，整天叹气。凌爸爸找他谈心，说小孩子不能叹气，因为每叹一口气，晚上都会尿床。

十二岁的凌熙已经不傻了，当然不信，当天晚上入睡前故意叹了好几口气。

第二天早上起来，他倒是没尿床，但他梦遗了……

自此之后，凌熙再也不敢随便叹气了。

可是他今天心情实在糟糕，一时没忍住，陷入了悲观情绪，枕边的手机连续响了好几声，他才如梦初醒。手机上安瑞枫的名字一闪一闪地亮着，凌熙想都没想就接了起来。

"今天拍戏结束得这么早？"凌熙问。

"这还早？"安瑞枫的声音非常悦耳，"现在都快十一点了，我本来都担心你睡了。"

凌熙这才发现，原来他在床上已经发呆了将近两个小时。他故意问："我睡了你还打电话，就不怕吵醒我让我生气？"

"怕，不过还是想跟你说说话。"

人和人之间的缘分就是这样奇妙，几个月之前，凌熙绝对不会相信，他会和如今娱乐圈最顶尖的大势男星成为朋友。他们称兄道弟、无话不谈，安瑞枫身上没有一丁点的距离感，凌熙和他待在一起的时候，特别舒服自在。

最近安瑞枫每晚都会给他打电话，一般在十点前后。话不多，寥寥几句交代一下他这一天的工作，问候一下凌熙的情况，最后互说晚安。

凌熙从未见过比安瑞枫更温柔更贴心的人，他的细致妥帖就像是一条又轻又软的围巾，让你感到无比温暖，却又不会有任何负担。每次和安瑞枫聊天，凌熙的嘴角都会止不住地上扬。

今天凌熙的声音有点低落，安瑞枫非常敏锐地捕捉到了这一点，他问凌熙到底有什么烦心事，凌熙想了想，忽然发现这个不敢和经纪人启口的困扰，告诉安瑞枫居然一点心理障碍都没有。

静静地听完凌熙的剖白，安瑞枫开口："你为什么会觉得自己不足以让粉丝自豪呢？你有那么多优秀的作品，还给很多歌手写过歌，虽然你确实缺少了一些机遇，但你很勇敢地在这条路上走了这么久，从来没想过放弃自己的梦想。你不要只注意那些比你成功的人，其实有更多的人根本没在这条路上坚持下去。光是这一点，你就已经非常成功了。"

简单几句，困扰凌熙多年的心结就被轻易解开，可能安瑞枫身上真的有一种魔力，恰似一缕清风吹过他心头所有的沟壑。

凌熙不知道该怎么用语言表达对他的感谢，憋了半天才道："如果这是一篇修真小说的话，这时候我应该就冲破心魔，破丹结婴了……"

安瑞枫被他的形容弄得大笑不止。

"好了好了不说了，太晚了，我明天还要早起。"

"明天有通告？"

提及此，凌熙垮下肩膀，没忍住又叹了口气："明天要练歌。"

"新专辑？恭喜。"

"新专辑遥遥无期……'吴妈'给我安排了歌友会，再过一周就要开始跑了，从南到北，跑四个一线城市和四个省会城市，跑完后只休息一个星期就要入剧组了。"

安瑞枫饶有兴趣："歌友会？会来 S 市吗？"

"会是肯定会，但是你有时间来吗？"

"当然。"安瑞枫笃定地说。

凌熙自床上坐起来，语气严肃："那好，我给你留个 VIP 席。"

凌熙的歌友会在他的忐忑与经纪人的期待中顺利地举办了。

对于凌熙这种十二线小歌手来说，歌友会的意义就是联络粉丝感情，告诉大家"我还在创作，我还没放弃"。以往每年巡演的时候，凌熙都是带着愧疚之心上台的，他自觉八年来毫无建树，歌越写越多，场地却没有变大。

不过，今年的他因为得到了安瑞枫的抚慰，放下了心中的小包袱，上台前精神焕发，笑着跟吴友鹏说："我觉得我能 high 翻全场。"

吴友鹏狐疑地看着他："今天你是吃了什么灵丹妙药，怎么一点都不紧张？"

凌熙摇头晃脑："是秘密。"

歌友会的气氛比较随意，G 市的歌友会场地是经纪公司租的一个两层楼的小酒吧，场地完全清空，只在最后排预留了几个零星的座位。粉丝们聚在台前，待凌熙上台后，他们不约而同地向他挥手欢呼。凌熙并不怯场，望着台下那些或熟悉或陌生的面孔，心情十分好。

他大大方方地跟大家说了几句闲话，唱了几首专辑里的主打歌。他的歌多是轻柔优美的小情歌，唱起来带着点少年人的小忧郁，粉丝们不由自主地跟着他一起哼唱。

主打歌唱完后，他又挑了几首不是那么出名但他自己很喜欢的歌，就这么慢慢悠悠地唱了一个多小时，他嗓子有些累了，便停下来改为和大家闲聊。

自由聊天的环节最受大家青睐，很快就变成大家提问，凌熙回答。

有人问他："听说你现在开始演电视剧了，是不是以后就不唱歌了？"

凌熙摇头："不会，我更喜欢唱歌。"

有人问他："我看了你的定妆照，很可爱，你觉得是演电视剧难，还是唱歌难？"

凌熙想了想："都难。电视剧我一点底子都没有，怕自己演不好导演失望。唱歌的话我怕自己再没有好作品，你们失望。"

有人问他："透露一下你的交友情况吧！"

凌熙回答："你们问的是哪种交友？如果是普通的交友的话，最近确实认识了一个关系很好的朋友。"

粉丝继续问："那不普通的交友呢？"

凌熙："不普通的交友……依旧是零。"

大家不忍再欺负他，挤兑了他一阵后就又安静地听他唱歌，这一次凌熙没唱自己的歌，而是唱了他写给别人的歌。凌熙的歌偏柔情，很受女歌手喜爱，词大多讲的是情情爱爱，主题围绕着求而不得、分手劈腿、错的时间遇到对的人等。

凌熙连着唱了五首，站在第一排的一个女粉丝不知被哪句歌词戳中了伤心处，"哇"的一声哭了出来，泪流成河。凌熙开了这么多次歌友会，见过求婚的、接吻的，从来没见过哭的。他慌得不知怎么办好，在台上手足无措了一会儿，赶忙放下吉他，跳到台下抱住了那个女粉丝。

抱女粉丝的时候，凌熙注意不搂腰、不碰胸，两只手虚虚地搭在她肩头，尽显绅士风度，但即使离得这么远，他还是能闻到对方身上传来的酒味。

女粉丝哭得双眼红肿，声嘶力竭地问他："你写过这么多失恋的歌，是不是你被甩过好几次？"

凌熙囧了："那写侦探小说的作者是不是都杀过人啊？"

女粉丝发起酒疯："你快去谈一场恋爱，谈完之后你就不准再写失恋的歌了！"她酒劲上头，话没说完，就吐了凌熙一身，吴友鹏吓了一跳，赶忙叫人把她扶下了场，又领着凌熙去后台换衣服。

还好当时他们准备了两套舞台装，凌熙用最快的速度清理干净自己，重新回到台上继续他的表演。但他心中憋了一股气，不明白自己好好的歌友会怎么会遇到这种匪夷所思的插曲。

待歌友会结束后，凌熙洗漱完毕躺在酒店的大床上已经将近一点，他在床上翻来覆去了好一会儿，闭着眼数了半天羊，终于意识到他今天为何不能安然入睡了——因为他今晚没有接到安瑞枫的电话。

平时他们都在晚上十点左右通电话，但他今天结束歌友会时已经过了十一点，之后便是卸妆和扫尾，折腾回酒店又花了好长时间，以安瑞枫的作息估计早就睡了。

凌熙拿过手机翻了好几遍，通话记录里根本没出现"未接来电"的红色字样。

他愤愤地把手机扔到了床头，赌气开了飞行模式，想了想又怕耽误事，重新调回了震动。

在他放下手机三秒钟之后，安瑞枫的电话却突然来临。

凌熙接起电话，问："都这么晚了，你怎么还不睡？"他深知片场有多辛苦，演员看着风光，其实经常早上四五点钟就要起床化妆。

安瑞枫好言好语地解释："这不是算着时间好给你打电话吗？"

"明天打也行啊，你不能熬这么晚。"

"这可是咱们认识之后，你开的第一场歌友会，作为好朋友我必须要问候一下。"安瑞枫扯出一面大旗。

凌熙勉强接受了他这个解释，催促他赶快去睡觉。

安瑞枫每天二十四个小时中有十八个小时都在工作，唯一的一点乐趣就是每晚睡前能和凌熙说上几分钟的话。

"我还不困，你给我讲讲歌友会的事情吧。"他柔声说。

"歌友会有什么好说的……"凌熙别别扭扭，他挑了歌友会前后的一些琐事给安瑞枫讲了，又委屈地把他今晚遭遇的醉酒女粉丝的事情吐给他听。

凌熙对女粉丝的要求颇有微词："我没谈过恋爱写歌就写得这么好，我怕我谈了恋爱，'单身狗'光是听我写的歌就要投河自尽了。"

电话那端的安瑞枫没了声音。

"你睡着了？"

"没，"安瑞枫开口，"你打算谈恋爱了？"

"怎么会！"凌熙咳嗽一声，觉得和安瑞枫讨论这种问题有一种莫名的羞耻感。他的视线在屋里飘啊飘，一会儿飘到天花板上，一会儿飘到电视上，一会儿又飘到自己身上。

"那你什么时候谈恋爱？"安瑞枫紧追不舍。

"就……"凌熙小声，"遇到对的人的时候吧。"

安瑞枫毫不掩饰地笑了一声："对的人？那什么人对于你来说是'对'的人呢？"

凌熙掰着手指头开始数："长得好看。"

"嗯。"

"性格好，温柔，关心我。"

"嗯。"

"最好也是这个圈子里的，以后可以一起打拼。"

"嗯。"

"身高啊、年纪啊、家世啊，这些我都不在意。"

"嗯。"

"最重要的，胸要大。"

安瑞枫"扑哧"一声笑了："据说男人如果喜欢胸大的女孩子的话，都是有恋母情节。"

凌熙气得哼唧了半天。

两人聊了很久，在挂电话之前，安瑞枫问："你 S 市的歌友会什么时候开？"

凌熙被他打了岔，忘了之前的话题，开始兴致勃勃地算起时间："之后还有一场 X 市、一场 C 市的，然后才是 S 市，我算算……应该是九天后。"

"那好，那咱们九天后见。"安瑞枫说，"你别忘了你答应我的，要给我留个 VIP 席。"

"你就不能老老实实地躺在病床上休息吗？"许志强满面寒霜地坐在驾驶座上，目光灼灼地透过后视镜观察着后排安瑞枫的表情，见他面色如常，许志强愤愤地捶了一下方向盘，压得车喇叭发出刺耳的噪音。

安瑞枫被这声噪音惊醒，懒散地睁开眼睛看了许志强一眼，又往后靠了靠，昏昏沉沉地说："我现在不舒服，你声音不要这么大。"说完，他重新闭上眼睛，侧头靠在了车窗上。他双腿并拢，左手托着右手置于膝上，右胳臂的袖子卷起到肘部，手臂上缠绕着一圈圈的绷带。

麻药刚过，伤口疼如针扎，因伤势引起的低烧让他非常难挨。

医生的建议是让他静养几天，至少要在医院观察一晚，但他借口拍摄进度不能停，堂而皇之地溜出了医院。若不是许志强给他送饭时刚好堵住了他，恐怕他真能背着所有人从影视城奔到 S 市去。

许志强对安瑞枫从来是嘴上严厉、心里宝贝，见安瑞枫神色恹恹，他从副驾驶座的包上掏出退烧药和一瓶水，反手递了过去："吃药。"

安瑞枫老实接过，吞了药后重新蜷缩了回去："许哥，谢了。"

"这么难受你还非要出来……"许志强凶巴巴地数落他，"王立力是怎么回事？跟你拍打戏的时候怎么这么不知道分寸，看看都把你伤成什么样了！"

"不怪力哥。"安瑞枫道，"你当时不在现场，是我吊威亚的时候太心急，没掌握好方向，自己撞上力哥的刀的。"说完他还自嘲地笑了下，"还好今天这场戏力哥没拿火枪，要不然我这胳臂肯定要炸开花了。"

许志强又瞪他一眼："有什么分别？你的胳臂现在就快被片成三文鱼片了，去医院的路上满头冷汗，看把那几个小护士心疼的。"

安瑞枫没接话，不知是没力气了，还是不想在这个话题上纠缠。许志强安静地开了一会儿车，但是沉默没到三分钟，他又开始叨叨。

"你说你，半个月前一听说凌熙要来S市开歌友会，你连睡觉都能笑醒。之前导演一说'咱们再多拍两条'，你转头就跟我吐槽导演太严酷。结果呢，这几天你主动去找导演问能不能每天多拍一条，就为了把今天下午腾出来！

"尤其是今天早上，起得比鸡都早，到了化妆间，傻眼了吧，连保洁大妈都没来！现在倒好，手受伤了，麻药都没过就往外跑，万一伤口又裂了怎么办？你到底知不知道你是明星，身上一个伤口都不能有啊？

"我真想问问你，你到底图什么？"

前面几个问题，安瑞枫都左耳进右耳出，他知道许志强是刀子嘴豆腐心，不让他说痛快了，他能像唐僧一样烦你一路。唯有最后一个问题，安瑞枫无法忽视，他坐直身子，声音很小，语气却透着坚定与执着："图我喜欢。"

四个字，铿锵有力，直接封住了许志强的口。

自家艺人怎么就非要和一个十八线小艺人当兄弟呢！可许志强管天管地，却偏偏管不了他想和谁做朋友。

许志强只能把心中的怒火发泄到方向盘上，他决定等把安瑞枫送到目的地，就跑去游乐园玩两个小时的碰碰车，逮谁撞谁。

安瑞枫迷迷糊糊地在车上睡了一会儿，醒来时日头已经偏西，他看看时间，发现距离歌友会开场已经不足一个小时了。S市的歌友会没有像前几场一样选在酒吧，而是选在了某所高校的篮球馆中，据说是有神秘土豪一口气买下了一百张票，留言说是喜欢凌熙，要把票赠送给其他粉丝。经过商议，凌熙的经纪公司换了场地，从原定的能容纳三百人的酒吧，换成了五百人的体育馆。只是那所大学刚好坐落于商业区边缘，若要抵达那里，几乎要横跨整个 S 市。

"还有多远？"安瑞枫问。

任劳任怨的许司机调出了导航，瞄了眼："五六公里，也就是一脚油门的事情，但前提是不堵车。"

无奈许司机这个乌鸦嘴说中了路况，还不等他们驶进商业区，就在高架桥上被堵住了。

据说前面出现了水管爆裂事件，整个街区都被封锁，所有车辆必须绕行。周末高峰时段，很多人都想进入商业区，而再往前 1.5 公里就是驶向商业区的出口，现在所有人都被困在这里，路面上堵得水泄不通，宽敞的四车道眨眼间变成了大型停车场。

安瑞枫头一次变得如此焦躁。

他向前探了探身子，问许志强："能不能想想办法？"

许志强把自己的手机递给他："锁屏密码是 1234。"

安瑞枫划开了手机。

许志强："往后翻两页，有个'常用软件'文件夹。"

安瑞枫："我找到了。"

"点开。"

"嗯。"

"里面有个'滴滴打飞机'APP……"

安瑞枫一脸困惑："哪有这个软件？"

"敢情你知道啊！"许志强通过后视镜瞪他一眼，"大哥，你睁眼看看，现在前后都堵成这样，咱们又是在高架桥上，我就算想都开不出去。除非你真能叫来一架直升机，要不然咱们只能在这儿等着！"

　　他正要继续数落安瑞枫的异想天开，前面的车终于动了动，往前挪了五米的距离，许志强眼睛一亮，发动车子正要往前滑行，右边的汽车突然变向，非要往他前面的空地挤！许志强猛踩刹车，却躲闪不及，两辆车发生了摩擦，最糟糕的是，跟在他身后的车一个没刹住，紧接着"嘭"的一声追尾了他的车……

　　好嘛，三辆车连环相撞，被夹在正中间的许志强是真的别想走了。

　　三位车主下车扯皮，许志强主动打电话报警。他万分庆幸今天开的车贴了深色的车膜，让人看不清车中人的样貌，否则车内的安瑞枫肯定要被人围观。

　　时间一分一秒地走过，安瑞枫的眉头越皱越紧，他一狠心直接拉开了后车门的把手，但车门刚开了一个小缝，就被许志强发现，他第一时间把门撞上，甚至还用膝盖紧紧顶住车门，让安瑞枫无法出来。

　　"许哥！"安瑞枫降下车窗，但刚降下一个小缝，仅仅露出眼睛，车窗就被锁死。

　　许志强压低声音，面色漆黑："安瑞枫，我劝你不要发疯。"他一指身后堵得无法动弹的车流，声音冰冷，"你想学电视剧那样，徒步走过去？这儿距离那边足有六公里，你还发着烧，若是你晕倒在半路怎么办？"

　　安瑞枫缄默不语。

　　"安瑞枫，你看看这在哪里！你可是明星！这座高架桥上足有上千辆车，你信不信你现在下车，三分钟后微博上就全都是你的视频？！"

　　许志强深深地吸了一口气："我背着经纪公司、背着导演把你偷偷带出来，是看在咱们是朋友的面子上，请你不要逼我把你放回到工作伙伴的位置。若你今天执意下车，那以后咱们真的只能公事公办了。"

　　安瑞枫咬牙，他很想任性一把，但他深知他的任性只会给他的经纪公司和经纪人带来无限的麻烦。虽然理智上他知道什么样的选择是对的，但他内心里又不愿辜负凌熙的殷切期盼。一边是待他不薄的许哥，一边是他的好兄弟，安瑞枫一时间陷入了两难的境地。

见他眼神里充满矛盾，许志强深知他内心的挣扎。他默默叹了口气，摇摇头："若你真的做不出选择……那就让我当这个坏人吧。"

许志强按下遥控钥匙上的锁车按钮，四扇门同时间落锁，车窗升起，那双深邃的深灰色眼眸被隐藏在了背后。

几秒钟后，车内传来一声咒骂，安瑞枫的拳头狠狠地砸到了车窗上。

"这也是没法避免的啦。"在开场前二十分钟，凌熙接到了安瑞枫的道歉电话。电话中，安瑞枫告诉他今天片场结束的时间稍微晚了点，他们赶上了晚高峰堵车，他无法出席凌熙的歌友会了。

安瑞枫的声音很低沉，微微有些沙哑，听起来精神很不好。

"你声音怎么怪怪的？"凌熙很敏锐地察觉到了，"你是不是哪里不舒服？"

"没有，只是想到好久没见你，你明明来了 S 市，我却不能听你的歌，觉得很遗憾。"安瑞枫打起精神说，"你记不记得那次录节目，我打断了你的《Zero》？我一直很想听你完整唱一遍。"

"嗯，我知道。"凌熙也觉得十分遗憾，《Zero》是他上一张专辑中的主打曲目，这一次歌友会前，他拉着伴奏团队排练再排练，就是希望能够在歌友会上，完美无缺地唱给安瑞枫听。

少了这次机会，不知安瑞枫何时才能听到了。

两人又聊了几句，气氛一直活跃不起来，这次的会面不仅安瑞枫很期待，就连凌熙也掰着手指头数着日子，可现在因为突然的变故，一切都泡汤了。

"我不能再聊了，吴哥那边在催我过去了。"凌熙说道，他内心无比希望安瑞枫是在骗他，希望他一走到台上，就发现安瑞枫已经坐在了他预留给他的 VIP 席上。然而他知道，安瑞枫绝不会拿失约开玩笑。

"嗯。加油。"

"我会的。"

两人都不再说话，过了几分钟，安瑞枫主动催他："快去吧，我隔着电话都能听到吴哥的咆哮了。"

凌熙这才磨磨蹭蹭地挂了电话。

待他从洗手间里钻出来时，吴友鹏脸上的不耐烦都快结成冰了："都什么时候了你还在说悄悄话？"

凌熙扭过头，像个被妈妈抓到把柄的中学生一样。

"他说什么？"吴友鹏不用猜都知道凌熙在和谁打电话。

凌熙玩弄着手里的琴弦，不开心地说："他说他不来了。"

"我就知道，男人嘴里的话没一句是真的。"

凌熙强忍住了吐槽的欲望。

见吴友鹏一边教训他，一边拿着一盘子各色方形小蛋糕在啃，凌熙觉得非常好奇："吴哥，你从哪儿弄的蛋糕？"他伸手想偷一块，被吴友鹏拍掉了。

"你要上台了，不能吃甜的！"吴友鹏又咽下一块，"刚刚有十几个人往后台送了茶歇，我一看制服，绣的名字是五星级饭店的——不要用这种眼神看我，我没经费给你买茶歇——送来的人据说是你的粉丝，连面都没露，就留了个名字。"

"什么名字？"

"枫林细语，和之前一口气买了你一百张歌友会门票送人的土豪名字一样，肯定是一个人。"

凌熙眼睛一亮："哪个枫？"

吴友鹏回忆了一下，面色变得超级难看："枫叶的枫。"他顿时觉得哽在喉头的那口蛋糕咽不下去了……

能用这个字，有很大可能性那人也是安瑞枫的粉丝。刚刚听说安瑞枫不来歌友会，吴友鹏就差没放烟花庆祝，结果兜兜转转还是没有绕过他……

吴友鹏哪知道，枫林细语不仅是安瑞枫的铁杆大粉丝，还是 S 市枫叶粉丝团的副团长呢。

十分钟后，在主持人的介绍与观众的掌声中，凌熙抱着吉他再一次登上了舞台。这一次的演出场地在一所高校的篮球馆，篮球馆场地宽大，内场为椭圆形，舞台就搭在椭圆形的三分之一处。舞台对面的看台上已经坐满了观众，宛如一个扇形环绕在凌熙周围。

歌友会规模小，没有设置座位号，也没有不同看台价格不同的规矩。一切全凭粉丝自觉，先来的人自然就能往前坐，抢到好位置。好在凌熙的粉丝都很懂事，场内并没有出现打架斗殴的事件。这一次上座率很高，待所有人都找了位置安稳坐下后，大家发现在舞台正对面的空地上，有一张孤零零的空沙发。

唯一的内场座，却没有人坐。

待凌熙唱了五六首歌之后，又进入了自由提问环节。他抱着吉他坐在高高的木椅子上，两只脚一晃一晃的。

有粉丝问关于那个空沙发的事情。

凌熙抠抠脸，举起话筒："我有一个很好的朋友，虽然我们认识的时间不长，但关系非常好，他很照顾我，在这点上我非常感谢他。最近他在 S 市拍戏，很辛苦，我就邀请他来我的歌友会，因为他是我很重要的朋友，所以我就说要给他留一个 VIP 席。大家也看到了，这里就这么大，而且他是个名气很大的明星，我怕把他安排在你们中间，你们就不看我光看他了。所以我想啊想啊，就决定把他安排在我对面。"

他指了指那个空荡荡的座位，大家的视线不约而同地汇聚在了那张舒适又华丽的沙发上，开始想象什么样的人才能成为凌熙的朋友，又是什么样的朋友值得凌熙特地为他准备一张沙发。

"只是很可惜，因为堵车，今晚他来不了了。"说到这句话的时候，凌熙低下头，他声音干涩，听着莫名有些委屈，"说真的，在这个圈子里，找一个真心待人的人并不容易。我很庆幸能遇到他，虽然我们之间也发生过口角，但一次真正的争吵都没有过。他是大明星，却一点架子都没有，他真的很温柔、很包容。我知道网上有很多粉丝管我叫'正能量小太阳'，如果我是你们的小太阳的话，那他就是宇宙。"

很快，自由提问环节结束了，凌熙休息够了，重新拨弄琴弦，手下滑出了另一首歌的前奏。

然而没过多久，吉他声便停了。

所有观众都好奇地看向他，不知道他要做什么。

凌熙拍拍麦克风，眨眨眼睛："不好意思，我暂停一下。我刚刚忽然想到，他虽然不能来我的歌友会，但是我依旧可以唱给他听啊。"

粉丝们问他怎么听，凌熙用行动回答了他们。

他在众目睽睽之下，在独属于他的舞台上，掏出手机，给安瑞枫打了电话。

凌熙并没有开免提功能，但是他放在耳边的手机距离话筒很近，大家可以模糊地听到话筒中传来《Zero》的彩铃。粉丝们不约而同地屏气凝神，连喘气都不敢，整个会场内鸦雀无声。

电话接通，不等安瑞枫开口，凌熙就抢先说话。

"是我，我知道你要问什么，我歌友会还没结束，现在也不是中场休息，我刚刚突然想到，虽然你不能到场，但我仍然可以让你听到我的歌声。"凌熙丝毫不在意身边有五百个粉丝在围观，"你不是想听我为你唱一遍《Zero》吗？"

《Zero》这首歌是一首曲调悠扬的小情歌。凌熙非常擅长写这种情情爱爱的曲和词，明明没谈过恋爱，却天生自带写情诗的好脑子，张口就是风花雪月、儿女情长。从他嘴里唱出这首歌后，空气里好像都弥漫着恋爱的粉红色。

因为手机没有地方放，凌熙特地让出了屁股下的高脚椅，把手机安稳地放在上面。而他则站在凳子旁，调低麦克风，背着吉他开始了他的演唱。

他为了让手机那端的人听得清楚一些，演唱声音比平时大了一些，但是声音大也意味着消耗的力气多，在音乐间奏时，他略显粗重的呼吸声透过麦克风传到了每个人耳边。

握着手机的安瑞枫不知道现场的观众怎么想，但是他听到这声声喘息，既心疼又心软。

他真希望自己能长出一对翅膀，直接飞到歌友会现场。

待一曲唱完，凌熙很搞怪地甩了甩手，往麦克风前面凑了凑："其实我唱到一半就后悔了。像我这么爱紧张的人，在这么多粉丝面前唱歌就很害怕了，我还好面子，非要让我的朋友听我唱，要是万一没唱好，多不好意思呀。现在我的手心里都是汗，刚才 solo 的地方还有弹错音的，你们会不会笑我？"

粉丝们嬉笑着跺脚拍手，齐声喊："别紧张！很好听！"

凌熙装模作样地摇摇头："不行，光有你们说好听不作数，我得问问他觉得好不好听。"他拿起手机放在耳边，问，"刚才我的歌你听到了吗？"

手机听筒里传来了一声轻轻的"嗯"。

凌熙不满意："我这里有这么多粉丝，你就'嗯'一声也太不给面子了吧。"

安瑞枫心中轻叹，明白以凌熙大大咧咧的态度，绝对不会意识到他这个行为会让敏感的八卦杂志记者产生什么样的联想。也是，以凌熙的咖位，估计见过的八卦记者还没有小区里的八卦妇女多。

于是安瑞枫放弃了谨慎的想法，开口说："很好听，但是这么好听的歌，希望下次见面时，你单独唱给我听。"

凌熙的手机并没有开免提，安瑞枫的回答穿过电波与麦克风后，会场里的粉丝只能隐隐约约听到几个词而已。粉丝们只把对方当作凌熙的好哥们儿，起哄问凌熙那人到底是哪个明星。

凌熙挂了电话，目光巡视场内一圈，很狡猾地说："你们就叫他大帅哥吧。"

他这个冠冕堂皇的回答引来众人不满，凌熙当作听不见，给了身后的伴奏乐队一个手势，音乐响起，他随着前奏轻轻哼唱起来。

他并不知晓，对于凌熙粉丝们来说并不熟悉的男声，在某位双担粉丝的耳朵里，简直比烟花爆炸的声音还要清晰。

枫林细语从座位上起身，没有再听凌熙之后的演唱，而是低着头快速向着体育馆大门走去。

负责安保的工作人员见她出来，很好奇地问："小姐，歌友会还没结束，您确定现在要离场吗？"

她语无伦次地说："嗯，我要赶快出去跑圈去。"

第七章

后台

　　这场歌友会一直开到晚上十点半，台下的粉丝群情激昂，凌熙望着粉丝们热情的眼神，根本舍不得下台。他返场数次，唱到口干舌燥也不愿离开。

　　无奈在校园里开歌友会，牵扯到学校学生休息的问题，校方派了人过来，跟他们说十一点学生宿舍熄灯睡觉，他们必须在那之前散场，以免影响学生休息。

　　在校方的多番催促之下，凌熙最后一次上台与粉丝们告别，约好来年还会再见。看着台下的他们兴奋而满足的表情，凌熙感触颇多，八年走来，他算不上籍籍无名，但也不是大红大紫，可还有这么多粉丝在坚持听他的歌，这让他倍感温暖。

　　下台后，他赶快去卸妆换衣服。别看他是男生，但上台前在脸上动的手段也不少，为了在灯光下显得皮肤又白又光亮，凌熙的脸像是整修墙面一样至少刷了一层腻子三遍漆，几乎都能脱模成型了。

　　卸妆时，吴友鹏一直黑着脸低气压地瞪着他的后脑勺，化妆师见情况不对，把卸妆水塞给他，借口尿急跑走了。

　　凌熙拿着卸妆水在脸上比画了半天，一抬头，就见吴友鹏阴森森地盯着自己，吓得抖了抖。他后知后觉地意识到，自己刚刚在台上当着那么多粉丝的面给安瑞枫打电话，这个行为并没有经过吴友鹏的同意……

　　"吴哥……"凌熙腆着脸凑过去撒娇，"你知道我最爱你了……"

　　吴友鹏一巴掌把他推远："不敢当，这种在舞台上直接给另一个明星打电话的事情你都敢做，是不是根本没把我放在眼里？"

　　"怎么会！"

"你慢慢卸妆吧，"吴友鹏垮下肩膀，"我去前面看看，一会儿回来接你。"说完，他转身出了门。

凌熙怀疑吴友鹏"大姨夫"来了，要不然这脾气怎么一会儿一变？

他对着镜子卸妆。上台前，除了粉底以外，化妆师特地给他画了内眼线，这样不仅不会显得女气，还会让眼睛有神又明亮。凌熙之前从没有自己卸过妆，但大概的步骤还是见过的：先把卸妆水倒在化妆棉上，擦干净脸和嘴巴，最后对付难搞的眼线。

他脸上和脖子上的妆非常厚，他奋斗了十几分钟，化妆棉浪费了十几片，才把一张脸擦得干干净净。

擦脸都这么麻烦，擦眼睛估计要用更多的卸妆水才对。

凌熙非常浪费地把一瓶盖卸妆水全都倒在了化妆棉上，把它弄得湿漉漉的，轻轻一碰就能挤出水来，然后他就把这么一张浸透了卸妆水的化妆棉直接盖在了睁着的双眼上。

"嗷！"

他一嗓子尖叫出来。

实在是太疼了，融化的眼线混合着过多的卸妆水落进眼珠里，像是有粗糙的砂纸在打磨眼珠一般，疼得凌熙直接流下了生理泪水。

他被迷了双眼，根本睁不开，在一片黑暗当中胡乱在桌上摸索着——他记得在桌子的某个角落里放着一瓶矿泉水，他要赶快冲冲眼睛，要不然非得疼瞎了不可。可是他越乱越找不到东西，在一阵"叮叮咣咣"的响动之后，桌上一多半的东西都被他扑腾到地上，而他唯一能做的就是皱着眉头坐在那里，双手不停地抹着汹涌而出的眼泪。

怎么这么疼啊！

他正手足无措着，忽然听到身后化妆间的门被推开了，他忙转过头，也不顾脸上斑驳的泪痕，可怜兮兮地闭着眼睛对着虚空抓了抓："是化妆师回来了吗？"

　　来人并没有否认，在看到凌熙的窘态后，他反手关上门，加快脚步向凌熙走来。随着那人越来越近的脚步声，一股非常熟悉的男士香水味席卷而来。他在凌熙面前止步，弯下腰，捡起滚落到地上的矿泉水，浸透了随身携带的手帕。

　　他一手抬起凌熙的下巴，一手举起湿润的手帕，轻轻地贴近凌熙的眼角，动作轻柔地拭去凌熙滚落的泪珠，又将手帕缓缓贴在他的眼睛上，揉动他的眼皮。

　　凌熙顺势眨眨眼睛，让泪水与混进眼睛里的杂质一同流出来，弄脏了眼前的手帕。

　　然后他重新闭上眼，待那人洗干净手帕，再一次重复刚才的动作。

　　几次过后，凌熙眼里的刺痛消退了大半，在手的主人再一次离开前，凌熙及时抓住了他的手臂。

　　他顺着他的手臂往下摸，摸过那人的手腕，摸上那人骨节分明的手掌。贴在自己眼睛上的手掌温暖宽大，凌熙一根根地摸着那人的手指，从指根到指尖，从指甲到指腹，摸清了，才喜滋滋地开口："是安瑞枫吧？"

　　眼前的手帕移开，久违的光亮出现在凌熙的眼中。他眨眨眼睛，因为刚才的意外，现在他看远处的东西都是模糊不清的，但眼前的这张俊美的容颜，却清晰得仿佛刻在心头。

　　"嗯，我来晚了。"安瑞枫没有问他是怎么发现自己的，低着头，与凌熙距离非常近，担忧地观察着凌熙通红的双眼。

　　凌熙本想等安瑞枫追问时好好卖弄一下他的推理过程，可当安瑞枫靠过来时，他脑中突然一片空白，好像一下丧失了语言能力。

　　安瑞枫的长相是公认的好看。现在娱乐圈流行奶油小生，然而安瑞枫因为是混血儿，所以棱角分明，充满浓浓的男人味，他的眼窝很深，看人时眸中仿佛蕴含着千言万语，自带深情。

　　这么一个绝世美男栖身靠近，凌熙即使性向笔直，这时也忍不住红了脸。

没办法，谁让颜控是人类的通病呢？

安瑞枫见他看呆，心情大好，伸手摸了摸凌熙的脸，说："这么烫，可以煎鸡蛋了。"他把剩下的小半瓶水倒在手帕上，重新敷在了凌熙的眼睛上："闭眼，眼睛还红着，待会儿我陪你去洗手间洗一洗。"

他的态度亲切自然，又十分随意，凌熙一时愣住了，待在那里一动都不敢动。漆黑的环境加剧了凌熙感官的敏感度，那只盖在眼上的手滚烫得可以烧掉他的 CPU。如果这时他戴着那条黑科技尾巴的话，恐怕尾巴都要悬停在半空中了。

拿下手帕后，安瑞枫又一次凑到凌熙面前，想为他吹吹眼睛。

凌熙摇头，推拒时，手掌不小心抓到了安瑞枫的右臂。安瑞枫右臂带伤，进屋前特地把袖口放下遮住了绷带，但伤口脆弱，根本禁不住凌熙的力气，安瑞枫当即闷哼出声。

凌熙也察觉出手下的触感不对，心里着急，解开他的袖扣把他的衬衫撸了上去，映入眼帘的就是被层层纱布包裹的右臂。见安瑞枫居然带了伤，凌熙捧着他的胳膊左看右看，追问他到底是怎么受伤的。

安瑞枫见实在瞒不过去，老老实实地讲了，到最后还告诉他，自己的伤口用的是最好的可吸收线缝合的，医生保证伤好后不会留疤。毕竟演员都是靠皮相吃饭的，安瑞枫的胳膊若是留了疤，肯定会影响之后的工作。

凌熙很关心地问："你受了伤，医生有没有让你补充营养？"

"当然有，刚好我现在的电影快杀青了，从两个星期前我已经开始慢慢恢复饮食了。只是等待拆线的这段时间里都不能再接工作，本来许哥说进《剑绝天下》剧组前要让我去一个运动类的综艺当嘉宾的，现在只能泡汤了。"

"你还是老实地听医生的话，要是胳膊恢复不好，那可怎么办？"

安瑞枫说："如果我以后接不到工作，你会不会觉得我没用啊？"

"你……"凌熙抬头刚要说话，化妆间的大门就被推开了。

刚刚出去巡视的吴大经纪人就像每一个破坏主人公好事的配角一样，刚刚好地踩着时间点出现了。

待吴友鹏看清楚室内的情况，他十分惊讶。

"安先生，您怎么在这儿？刚刚凌熙还跟我说您赶不到了，您最近在影视城那边拍戏，挺辛苦的吧？"吴友鹏假装客套。

"还好，确实挺忙，不过我也学到很多东西。"安瑞枫颔首，"之前路上堵得厉害，从桥上下来那段足足走了两个小时。本来和凌熙约好来听他唱歌，结果却迟到了。"他看了眼凌熙，"不过好在最想听的那首歌，我已经听到了。"

吴友鹏觉得自己牙隐隐作痛，忙换了个话题："老许呢，怎么没见他？"

"许哥在外面等我，学校里不让停车，而且一会儿他还要送我回片场，所以就没下车。"

吴友鹏一听，忙说："哎呀，明天还要拍戏是吧？你看现在都十一点了，再耽误下去怕你们赶回去太晚了。"

吴友鹏承担了护送安瑞枫出门的任务，凌熙本想跟着，吴友鹏冲他龇了龇牙，凌熙就可怜兮兮地坐下了。

"那凌熙，一个月后剧组再见。"安瑞枫彬彬有礼地冲他挥了挥手。

凌熙看着他的背影，想：他何德何能，能和这么厉害的一个大明星当朋友啊！

当天晚上，吴友鹏把凌熙送回酒店之后，做的第一件事情就是没收了凌熙的手机，拿出的理由也冠冕堂皇，说是怕凌熙分心，无法专心致志地准备剩下的四场歌友会。

凌熙控诉："我高考的时候我爸妈都没有没收过我的手机！"

"废话，你高三那年到处比赛，他们怎么没收你的手机？"

"哦……"凌熙挠挠头，"时间太久我都忘了。"

吴友鹏像个老妈子似的，特别担心凌熙会因为每天和安瑞枫聊天，影响歌友会的筹备。所以他干脆狠心地当个"王母娘娘"，切断了他们两人之间的联络。

后来凌熙又转战另外四个城市开歌友会，在此期间，他的手机一直被吴友鹏"保管"。刚开始，安瑞枫照例每天晚上拍摄结束后都会打电话给凌熙，但次次都是吴友鹏接听，次次理由都是"凌熙已经睡了"。

安瑞枫心思通透，打了三次电话之后就不再打，改为每天晚上固定发一条短信，时间并不固定，什么时候拍摄结束什么时候发，话题多围绕今日的工作状态以及问候凌熙的情况。

他笃定吴友鹏虽然会看，但是绝对做不出删别人短信的事情。

如他所料，吴友鹏每天晚上都会咬牙切齿地对着他发过来的信息捏手指节，大拇指点在删除键上数次，最终都没有按下去。

瞧瞧今天的——

> 安瑞枫：手上的伤口恢复得不是很好，武器都拿不住，入组之前我跟导演说不需要用替身，没想到最后还是"晚节不保"啊！你今天怎么样？现在应该在 Y 市准备明天的歌友会吧，我看了天气预报，明天很热，晚上会下雨，别中暑，更不要感冒。再过一个星期电影杀青，我定了十号的飞机回 B 市，这次行程我没让许哥通知粉丝，但我非常希望能在机场看到你。

这姿态，颇像是十几年前交笔友。

安瑞枫的短信写得实在高明，前面卖可怜，中间表关心，结尾搞升华，感情饱满却不腻人，妥帖得恰到好处。吴友鹏挑不出一点错来，只能眼睁睁地看着荷尔蒙溢出屏幕。

十日后，安瑞枫拍摄结束，急急忙忙坐飞机回了 B 市。为了躲避粉丝接送机，他并没有从 S 市起飞，而是大费周折地从临市乘机，于上午十点飞抵 B 市。

只可惜他冒着被人认出的风险在接机大厅转了好几圈，也没有见到凌熙的身影。

说不失望那是万万不可能的，亏他今日还特地用了凌熙送他的三文鱼行李箱，本来还想让凌熙开心开心。因吴友鹏从中作梗，他们已有一个月没有任何信息往来了，安瑞枫为了获取凌熙的消息，每晚都要在微博上搜索关键字，看看粉丝们参加歌友会时拍下的照片，才知道凌熙是胖了还是瘦了，白了还是黑了。

这趟飞机只有许志强同他一起，轻装简行，他的其他行李和随行人员会搭乘从 S 市直飞的班机回来，算是为他转移火力。只可惜他考虑得如此周全，却仍旧没有打动凌熙的经纪人。

许志强看出他情绪不高，偏要火上浇油，拍拍他的肩膀递过去一个手机："喏，看看这个。"

手机上是凌熙的微博页面，最新一条微博停留在两小时前，那时候安瑞枫还在天上飞呢。

@凌熙零零七 V:《剑绝天下》，我来啦！

配图是一张凌熙拎着鱼子寿司行李箱，逆着人流狂奔向机场登机口的照片。

为了不让他俩见面，吴友鹏使尽所有手段，居然让戏份还没狗多的凌熙提前入组了。

果然是道高一尺，魔高一丈啊。

第八章

道

观

　　飞机转火车，火车转汽车……在路上颠簸了十几个小时后，累得东倒西歪的凌熙站在 N 市下属的某地级市城郊的深山中，望着几乎称得上高耸入云的阶梯，倒吸了一口凉气。

　　"真的要爬上去？"他目瞪口呆。

　　跟在他身后的剧组工作人员一摊手："这里也没电梯啊。"

　　当初为了配合安瑞枫的档期，《剑绝天下》选择先拍十集之后的内容，拍摄地点在南方的另外一个影视城内。按照计划，五天后，安瑞枫和饰演师门里其他角色的人都会入组，一起拍摄剧中最开始师门里其乐融融的生活。

　　原本导演是想直接在影视城里搭景拍摄的，但是编剧不同意，说搭出来的师门驻地不够古朴，没有历史的沉淀感，最后愣是动用自己的人脉关系，在 N 市周边的深山里，找到了这么一处足有上百年历史的道观。

　　当地政府一听说有名导演名演员过来拍戏，恨不得举双手双脚赞成，毕竟戏火了，就能带动当地的旅游业啊！他们轮番派人拜访道观，最终说动了道观住持，同意出借道观，为期一个月。

　　在观中拍戏，需要架设摄影轨道、安装照明，再加上其他杂七杂八的准备工作，导演提前派了一组工作人员过来布置。吴友鹏拉着老脸和导演套了半天近乎，最终让导演同意让凌熙跟着先驱队伍一起到山上"熟悉环境"。

　　导演说："那地方山清水秀，只是信号特别差，没有信号不通网，你让凌熙提前过去，他受得了吗？"

　　吴友鹏道："挺好，修身养性。"

　　本来吴友鹏是打算陪凌熙一起上山的，毕竟他单方面截断了凌熙同安瑞枫的联系，心中带着一分愧疚，结果他刚下飞机就接到了经纪公司的电话，一再要求他立即返回 B 市，说是有很重要的事要让他做。

　　无奈之下，吴友鹏把凌熙送到会合地点后就赶忙飞回去了，留下凌熙一个人揣着根本没信号的手机，和其他人一同爬山。

　　最让凌熙反感的是，朱琳琳不知道发了什么疯，居然也提前进组了……

　　道观高得很，凌熙抬头仰望到脖子都酸了，才在山腰时终于看到了道观的影子。同组的工作人员介绍，从山下到道观，台阶共有八百八十八级，凌熙算了算，如果二十级算一层楼的话，那这足有四十多层楼高……

　　才爬到一半，凌熙已经双腿发颤，头顶冒烟了。往左看，背着几十公斤摄影器材的工作人员健步如飞，谈笑风生；往右看，踩着高跟鞋的朱琳琳脚步轻盈，同经纪人言笑晏晏；往后看，他在山下雇来帮他扛箱子的村民一边抽烟一边薅野菜；往前看，同样提前入组的狗演员"小祖宗"四只小短腿动得飞快。

　　凌熙都要哭出声了。

　　又走了没几步，"小祖宗"突然停下来，钻过众人的脚下，跑到凌熙面前，黑葡萄一样的眼睛亮闪闪地看着他。凌熙本来就喜欢狗，低头摸摸它的脑袋，它突然一蹿，"刺溜"一下就蹦到了凌熙怀里。

　　凌熙："你是累了想让我抱你吗？"

　　"小祖宗"的训导员走过来，摸了摸它的爪子，给它倒了点水："它连舌头都没吐，不累，就是想让你抱。"

　　凌熙："还真是个'小祖宗'。"

　　唉，他抱狗，谁抱他啊。

　　最后几级台阶，凌熙是连滚带爬、四肢并用地爬上去的。道观外，老道长带着六个年轻的小道士在门外排成一溜，对这些远道而来的客人表示衷心的欢迎。

工作人员之前就曾多次上山踩点，道观众人对他们很是熟悉，所以这一次，工作人员中领头的小队长为他们重点介绍了一下提前入组的几位演员。

女士优先，第一位介绍的是朱琳琳。

朱琳琳在外面没什么人气，在这网络不通的道观里更是没人认识。

之后就是凌熙，凌熙同朱琳琳的绯闻在道观里没人知道，不过凌熙当年的出道歌《心有凌熙》还是有人听过的，有两个小道士看着他眼神放光，琢磨着一会儿要找个机会偷溜过来让他签名。

老道长是一观之主，隐居多年，仙气非凡，他没有同他俩握手，而是一甩拂尘，行了个道士常用的礼，他们赶忙有样学样地跟着做了。

最后介绍的是"小祖宗"和它的训导员，老道长从大袖子里掏出一块饼喂给它，还让它舔了舔自己的手。

待全部人员介绍完毕，老道长目光凌厉地巡视了众人一圈，脸色严肃。他沉吟许久，问："怎么不见安瑞枫？"

工作人员忙解释，因为安瑞枫行程多，要过几天才会和大部队一起入组。老道长听了这个解释没有多说什么，冷淡地点了点头，跟他们说会有人告诉他们哪些地方可以搭设备，哪里可以休息。

交代完这些，老道长又行了个礼，转身离开。他脚步匆匆，凌熙怎么看怎么觉得他的背影充斥着一股怒气。

凌熙小声问工作人员："是不是咱们来这里拍戏，打扰了他们清修？要不然老道长怎么这么不高兴？"

工作人员："他不高兴不是这个原因。"

"那是为啥？"

"之前我们的人和他谈过好多次，价格开到了这个数，"工作人员比了个手势，"他都没同意出借道观。后来是听说这次来拍戏的明星里有安瑞枫他才同意的。"工作人员撇了撇嘴，"小道士跟我说，道长可爱看安瑞枫的戏了！"

凌熙心中陡然生出一股与有荣焉的兴奋。看，他兄弟安瑞枫就连在这么偏远的山区都有粉丝！

自从一个月前一别后，这还是凌熙第一次从别人嘴里听到安瑞枫的名字。在此之前，他只能在脑中一遍遍循环滚动着这三个字。物极必反，吴友鹏越是不让他联系，凌熙就越爱瞎想，安瑞枫的身影在他的脑海里越来越清晰。

今天吴友鹏好不容易同意把手机还给他，他还来不及高兴，就被打包扔到了这里，在这深山老林中，带个手机和带个空调遥控器没什么区别……

算了，再熬过这一周，待安瑞枫进组了，他要把这一个月没说的话一口气全说给他听。

他们一行人到山上时天色已经不早了，大家商量了一下，决定先回屋放东西休息，明天一早再开始搭设架子。这处位于山腰的道观占地面积不小，足有五进院子，前两进都供奉着道家信奉的各位仙人，第三进是平日里上课讲经的地方，第五进则是柴房、杂物间等，而第四就是供人休息的房间。

因为提前知道了他们要来，小道士收拾出了几间双人厢房供他们入住，但是身为计算外的成员，凌熙面临着无房可睡的境地……

见此情形，工作人员连忙和道士们一阵嘀嘀咕咕地商量，几分钟后，凌熙跟着其中一名小道士，拐向了院子的另一个方向。

大门打开，这间宽大的厢房在太阳的余晖下，静静地把自己展示给凌熙观看。这是一间足有别的双人厢房两倍宽的大房间，看起来刚刚打扫完，空气中还有灰尘飞舞，除了与其他厢房同样的衣柜、圆桌以外，这间房最特别的一点，就是窗户下那一溜足有五米长的大通铺……

凌熙因为爬山早就累瘫了，现在看见床，扔下行李，一个箭步冲上去，在床上滚了好几个跟头。巨大的通铺床板很硬，枕头小小的，被子薄得像是床单一样，但这些都无法降低凌熙在看到通铺后心中升起的兴奋之情。

现在只要给他一块床板，他就能睡着。

在入睡前，他甚至心满意足地想：嗯，这张床好歹也算是 kingsize 呢。

这一觉他睡了足足三个小时，爬起来时已经满天繁星。他神清气爽地伸了个懒腰，掏出手机想要给吴友鹏打电话报平安，结果不管走到哪里，电话都拨不出去。

他拿着手机满院子找信号，刚巧遇上拿着手机的朱琳琳，俩人皮笑肉不笑地对望了一眼，双双别过了头。

凌熙本不想搭理她，但见她手里拿着手机，也顾不得面子了，忙问："你刚才打电话了？"

"嗯。"朱琳琳说，"你也想打？"

"对，你怎么打出去的？"

朱琳琳不屑地伸出一只食指，指了指头顶。

凌熙望望头顶上那遮天蔽日的大树，艰难地吞了口口水："可是这么高的树，我爬不上去啊……"

"别傻了，这才多高啊，我指的根本不是树！"朱琳琳双手在胸前交叉，"你得走到山顶，那里才有信号！"

要知道，他们今天下午走了八百八十八级台阶，只是从山下走到山腰的道观而已。凌熙看看朱琳琳踩着高跟鞋仍然灵活轻巧的脚步，反思了一下自己，在经过激烈的思想斗争之后，他决定还是不给吴友鹏打电话了，毕竟他的超能力还没觉醒，不像朱琳琳已经进化到金字塔顶尖了。

在院子里转了一圈，凌熙缩着脖子回到了他的"kingsize 套房"。

夜深人静，深山里一点娱乐设施都没有，窗台前摆着一本道家的经书供客人参详，凌熙看了一会儿就眼皮打架。他在大床上翻来覆去地打滚，觉得这间屋子大得可怕，床也大得可怕。凌熙倒不是害怕空旷的环境，只是有些害怕寂寞。

人寂寞了，脑子里杂七杂八的东西就奔涌不停。

他想到了行李箱里的剧本，想到了提前上山踩点的工作人员，想到了这处安静的道观，想到了不苟言笑的老道长居然是安瑞枫的粉丝……

吴友鹏还给凌熙的手机里保留了安瑞枫在这一个月期间发过来的所有短信，短信有长有短，但该有的关心一分没少。凌熙从第一条读到最后一条，心里觉得不够，又翻回去读了一遍，这一次他对照日期回忆自己那天发生的事情，在心里默默模拟了一遍自己的回信。

若不是这一个月吴友鹏截断了他所有的通讯设备，他们肯定每天都要聊到很晚。

他抱着手机傻乐了一会儿，开始慢慢给安瑞枫写短信，结果一不小心短信就写成了长信。

凌熙：Hi，好久不见，不好意思，之前一个月经纪人管我管得特别严，他让我认真准备歌友会，所以我一直没办法联系你。你最近怎么样，算算日子电影应该杀青了吧？胳膊上的伤好些了吗？最近几个月不要用力。我已经提前到了山上，道观的环境非常美，空气很棒。"小祖宗"，就是那只戏份比我还多的狗，也很喜欢这里。对了，你订的狗耳朵和狗尾巴已经送到我家了，我忘了带过来，等戏拍完后，你可以到我家拿。

短信之后，他还配了一张厢房里 kingsize 通铺的照片。

这条短信毫无疑问地发送失败了。

发送进度条刚走到百分之二十就不肯再往下走了，一个红红的叹号显示在屏幕上。凌熙想了想，决定把照片删了试试。

这次进度条走到了百分之四十五，看来信息的大小确实影响发送情况。

于是他把短信内容进行了大刀阔斧地删改。

凌熙：之前一个月经纪人没收了我的手机，所以我一直没办法联系你。你的电影应该杀青了吧？胳膊上的伤好些了吗？我已经到了山上，道观的环境优美。你订的狗耳狗尾已经送到我家，回头你到我家拿。

这次进度条走到了百分之七十四，还是不够短。

凌熙：我在道观等你，你什么时候来呀？

这次走到了百分之八十八，胜利在望。

凌熙咬咬牙，把这条短信删到只剩下两个字，这一次短信发送走到了百分之九十九，却不知什么原因，在最后关头功亏一篑。凌熙在房间里上蹿下跳，甚至把手伸到窗户外也无法让进度条再多走一点。

他气得狠狠地把手机摔在床铺上，甚至想要拿枕头闷死它，但是发不出去的短信依旧发不出去。

这么一折腾，时间就跨过了十二点，凌熙即使再不甘心也只能睡觉了。他怀着满心愤懑闭上眼数羊，数着数着，眼前跳动着的大白羊就变成了安瑞枫的脸。

一只安瑞枫，两只安瑞枫，三只安瑞枫……

就这样，凌熙渐渐进入梦乡，而他不知道的是，他的脑袋刚好压住了枕头下手机上的"重复发送"键。

手机兢兢业业地给安瑞枫反复发送着最后一条信息，而在它没电关机前，终于不负众望地发出了凌熙精简后的短信。

——快来！

前一天晚上实在太累了，凌熙第二日一直睡到午饭时间才起来，他摸摸雷鸣一般的肚子，很沮丧地想起来上一顿饭还是在二十四小时之前的飞机上吃的。

不过起得早不如起得巧，他刚洗漱完，小道士就敲门提醒他午饭已经备好了，他乐滋滋地答应一声，随便套上一身衣服就出了门。

kingsize 套房不愧是套房，其他两人间的小厢房，都是一排三四间共用一个洗手间，而且不分男女，毕竟这道观里平常也只有男的。但是大通铺房里自带淋浴房和厕所，简直和公寓有得一拼。

凌熙哼着小曲跟着小道士到了斋堂，其他人都已到齐，每人手里端着一个海碗，安静地排成一行，跟在道士们身后从铁桶里盛饭。道观的斋堂有专门的厨子做饭，厨子是从山下村子里雇的，平时就住在道观里。斋堂的饭和学校食堂相比口味差不多，但至少学校食堂有肉，斋堂是一点肉都没有的……

凌熙吃饭向来是无肉不欢，他抱着大海碗"吭哧吭哧"吃了两碗素菜，摸摸肚子，感觉只吃了一个半饱。坐在他对面的朱琳琳只挑了两三片白菜吃，在她看来，女人一生最重要的事业就是减肥，见凌熙吃得头也不抬，她很不屑地"哼"了一声："吃货。"

中午没肉吃，晚上依旧没肉吃，凌熙觉得自己都要枯萎了。早知如此，他应该在山下买一箱香肠偷渡上来。

剧组的工作人员说，他们这个星期的准备工作因为劳动量不大，所以就没有专门准备荤菜，客随主便吃斋。待剧组所有人入住后，会有专门的厨子定期为大家做肉食。

但是凌熙觉得自己熬不到一个星期以后了。

最令人愤怒的是，所有的人类都在吃素，"小祖宗"身为一只狗，居然吃上了肉……

"小祖宗"的训导员说："我们'小祖宗'可是学校里的明星，你以为一只能拍电影的狗是随随便便就能培养出来的啊？它的一日三餐都是营养师特别搭配的，有肉有菜有蛋有奶，少一种它都闻得出来！"

"小祖宗"吃肉时，老道长从旁边经过，看了一眼狗，什么话都没说。

凌熙大着胆子凑上去，同他商量："道长，你看一只狗都能吃肉了，人能不能也开开荤啊？"

老道长问："为什么你一定要吃肉呢？"

凌熙挠头："我这人不吃肉总觉得跟没吃饱饭一样，中午吃了个半饱，晚上也只吃了个半饱。"

老道长点点头："你中午吃了半饱，晚上又吃了半饱，这加起来不就是'一饱'了吗？你都吃饱了，为什么还要吃肉呢？"

这诡辩无懈可击，以凌熙的智商根本找不到话反驳。他沮丧地摸着肚子离开，背影看起来可怜极了。

现在唯一能安慰他的，就是他的 kingsize 套房里那张 kingsize 的床了，至少在梦里，他的肚子能填得满满的。

他走到道观的第四进时，正巧看到朱琳琳拿着手机坐在长廊上玩。凌熙的手机昨天晚上没电了，今天早上他也没充，毕竟没信号的手机充上电也和空调遥控器没什么区别。他见朱琳琳表情认真，盯着手机屏幕眼睛都不眨，他一时好奇凑过去，想偷窥一下她在做什么。

朱琳琳警惕性很低，凌熙站在她身后猛地咳嗽了一声，她才发现身后有人。她吓了一跳，转头一看是凌熙，反而放心了。她和凌熙同期出道，互相掐了这么多年，对彼此的那点黑历史知根知底，她也不避讳他，埋下头继续看她的手机。

　　凌熙好奇地探过头去，无语地发现朱琳琳居然正在看女网红的照片，她们穿得一个比一个少，表情一个比一个挑逗。她津津有味地看着那些照片，好久才翻一页。

　　凌熙："你看这个干什么？"

　　朱琳琳："经纪人让我研究一下，到底什么样的女艺人会吸引男粉丝！"

　　凌熙无言以对，只能换一种方式和她继续聊："你手机里存的这三个网红都挺好看的啊。"

　　这一次，朱琳琳终于拿正眼看他了。她瞪大眼睛，像是一只妄图打鸣的小母鸡："三个？这难道不是一个人吗？"

　　凌熙赶忙说："怎么会呢？你看第一个下巴削得更尖，第二个眼角开得比另外两人都大，你现在看的这个，山根上的玻尿酸应该是刚打完……"

　　朱琳琳按照他的指点把三个人的照片翻来覆去地对比了好几遍，终于确认凌熙说得没错。她由衷地赞叹："真没看出来你还有这份慧眼，你不该当明星，你该去当整形医生。"

　　凌熙又一次被噎住了。

　　凌熙无聊地在道观里绕了几圈，很快就把这间道观整个摸透了。这里风景宜人，空气新鲜，一想到未来一个月都要在这里拍戏，凌熙心里很是畅快。

　　当然，要是手机信号能好一点就更好了。

　　忽然，一阵小爪子踏过石砖地面的声音自他身后响起，凌熙还没来得及回头，毛茸茸的小家伙就一头撞到了他的脚踝处。凌熙低头一看，果然是剧组里永远停不下来的"小祖宗"。

　　凌熙见到小狗后，心情变好了许多，他把它抱起来，在它毛茸茸的脸上亲了亲。看，还是狗好，什么烦恼都没有，每天只要卖萌就有人爱。

他问训导员："这么晚了，遛狗呢？"

训导员摇头："不是遛狗，是陪"小祖宗"散步。"

凌熙觉得今天皇历上绝对写着"不宜聊天"，要不然怎么谁和他说话都能把他噎得哑口无言？

两人寒暄了几句，训导员伸手要抱"小祖宗"回去休息，可是"小祖宗"一口咬住凌熙的袖子，死不松口。

"看来"小祖宗"和你很投缘，想找你'侍寝'呢。"训导员拍了拍手，"那就麻烦你了，我记得你的屋子是个大通铺，通铺一般比较高，你最好在床边加把椅子，这样它上下床的时候比较容易。"

凌熙都要跪了："这狗……它睡床？它和人一起睡床？"

训导员说："嗯，它睡相比较差，你晚上注意不要压着它。"

真是世道炎凉，人不如狗啊！

待训导员走后，凌熙抱着狗进了房间，"小祖宗"也不害怕，这里闻闻那里闻闻，很快找到了桌下的一片空地，在那里盘成了一团肉球。它尾巴轻轻摆动，下巴放在前爪上，乖萌可爱，当凌熙看向它时，它会抬起脑袋歪着头看他，小舌头露在外面，看上去根本没有训导员说的那么难伺候。

凌熙放了心，拿着换洗衣服进了淋浴房。男人洗澡都快，凌熙只花了十分钟就把自己洗得香喷喷，想着一会儿就要换了睡衣睡觉，而通铺房里除了他之外也没有其他人，所以他就没有把换洗的衣服带进去，只在腰间围了一块浴巾就从浴房里走了出来。

紧接着，他看到了一个实体现场还原版成语——满目疮痍。

卫生纸被撕得满地都是，男士护肤品被从行李箱里叼了出来，原本放在桌子上的 iPad 不知怎么摔在了地上，水洒了，蚊香倒了，电风扇的电线被咬断了……而身为始作俑者的"小祖宗"，正追着一颗透明的棕黄色圆球满屋子乱跑。

那颗球是从哪里来的？从凌熙行李箱上抠下来的呗！

凌熙的内心瞬间有八百万条弹幕飘过，每条弹幕都在喊：啊啊啊！我不信我不信！一定是我洗澡的姿势不对！

最终，"小祖宗"用十分钟创造的战果，凌熙花了一个多小时才收拾完毕，待他躺倒在床上时，觉得身心比昨天还累，甚至再也没有多余的脑力去思考其他任何事。他实在是太累了，反正安瑞枫还有六天才会入组，足够他……

"呼……"

足够他慢慢地……

"呼呼……"

去思考……

"呼噜……"

凌熙连睡衣都忘了穿，只穿了一条内裤，就这样在大床上昏昏睡去。而精力旺盛的"小祖宗"在床上折腾了二十分钟后，最终也老实下来，摇摇晃晃地钻到了凌熙的臂弯处，乖乖地把下巴搭在了凌熙的胳臂上，侧躺着陪他一起进入了甜甜的梦乡。

接连两天的身心劳累，让凌熙的这一觉睡得无比香甜，像是坠入了一个温暖而缠绵的梦境，无论如何也不愿醒来。

夜深了，套房的门"吱呀"一声被从外推开，柔和的月光不加遮掩地洒入套房之中，刚好笼罩在了床榻上那个半蜷着身子的青年身上。他的头低垂着，凌乱又湿漉漉的头发遮挡住他的眼睛，随着他绵长的呼吸，鼻尖前的几丝头发被微微吹起又缓缓落下。

千里迢迢赶来的客人在看到这一幕后，轻笑着摇了摇头，他放轻了脚步，身披月光，一步步走近床榻。

忽然，凌熙的怀里冒出了一个毛茸茸的小脑袋，深黄色的小狗警惕地望着突然到来的客人，耳朵立着，像是随时可能叫出声来。

　　来人没有料到这里除了他之外居然还有一个不速之客，不过他要承认，睡着的青年怀中抱着一只狗的场景格外养眼又格外温暖。他不愿让小狗惊扰到凌熙的休息，主动伸出手来让它嗅闻他身上的气味，他坦荡的行为安抚了小狗的紧张感，它盯着他，屁股却已经先一步坐回了榻上。

　　在钢筋水泥的城市里生活了这么久，凌熙第一次在早晨听见山林里的鸟鸣。道观里虽然没网没信号，但有着外界没有的山清水秀，凌熙躺在床上翻了个身，在床上摊成了一个舒展的"大"字。

　　睡在大通铺另一边的"小祖宗"见他有了动静，摇头摆尾地蹭过来，小舌头在他脸上舔来舔去。

　　凌熙连眼睛都懒得睁开，随手把它推到了远处，从脑袋下抽出了枕头，盖在了自己脸上。

　　"小祖宗"误以为凌熙在和自己闹着玩，扑腾着小短腿冲过来，又要舔他，刚跑到半途，就被旁边伸过来的一双大手拦住。

　　"乖，下去玩。"安瑞枫压低声音哄它，见它不听话，又伸手弹了弹它的脑门，"小祖宗""呜呜"地哼了两声，被安瑞枫从床上抱到了地上。

　　耳边没了烦人的噪音，凌熙翻身侧躺，把压在脸上的枕头改为抱在怀中，准备再舒舒服服地睡一个回笼觉。

　　若他现在睁眼瞧一瞧，就会看到安瑞枫正待在他身边不远处，失笑地看着他。

　　安瑞枫走到床头，拍了拍凌熙的肩膀，凌熙误以为是"小祖宗"在玩闹，根本不理。

　　安瑞枫无奈，从凌熙的行李箱中翻出他的毛巾，在洗手间用水打湿，盖在了凌熙脸上。

原本困得睁不开眼的凌熙这下完全被惊醒了。

难不成"小祖宗"其实是深藏不露的狗妖，昨晚窥得天机幻化成人啦？

他忙拉下盖住脸的毛巾，抬眼看了过去。因为安瑞枫逆光站着，凌熙第一眼看到的只是一个周身泛着毛茸茸的金边的身影，过了几秒，待他的眼睛适应了光亮，才看清安瑞枫带笑的眼睛。

凌熙吓得慌忙拿过毛巾重新盖住了脸。他一定是还在做梦，要不然"小祖宗"化成人形，怎么和安瑞枫长得一模一样啊！

"快起来，要吃早饭了。"安瑞枫又没有读心术，哪里明白凌熙的纠结。他把凌熙从床上拉起来，又拿来衣服让他套上。凌熙被照顾得面面俱到，直到要穿裤子时，凌熙才醒过神来，慌张地夺过裤子，连蹦带跳地给自己穿上。

他从床上跳下来，差点踩到"小祖宗"的尾巴："你……你怎么来了？我听工作人员说，你们大部队要过几天才到。"

安瑞枫掏出手机在他眼前晃晃："可是你给我发了短信。"

昨天晚上他接到短信后，第一时间给凌熙回了电话，但那时候凌熙的手机碰巧没电关了机，安瑞枫怎么打都无法接通。他硬撑到天亮，才联系了《剑绝天下》的导演，从导演那里得知凌熙和先遣人员已经到了外景地熟悉环境。

之后的一切顺理成章，他在得知外景地地址后，买了最早的一班航班赶到 N 市，接着坐火车、转汽车、独自登山，奔波了十几个小时，终于在星幕高挂时赶到了道观外。

守门的小道士从不追星，见到安瑞枫深夜来访，只当他是追着明星过来的疯狂粉丝，不愿放他进入道观。安瑞枫费尽口舌说动他，让他把道观的主事人请出来说话。

小道士跑去跟老道长说："师父，门外有个人说他叫安瑞枫……"

"啊！贫道的本命！"老道长甩下徒弟，红着老脸一路奔到门外，在开门前，又忙放缓脚步，调整好脸上的表情，然后才带着修道人的矜持请安瑞枫进门休息。在得知安瑞枫要去找凌熙时，老道长亲自把他领到了客房，送到了大通铺的门外。

安瑞枫只觉得这位仙风道骨的老人家真是一副热心肠。

两个人去斋堂吃早饭，见安瑞枫出现在这里，提前到来的工作人员惊讶地同他打招呼。安瑞枫只说是听说这里环境好，所以就当提前来放松身心。

这种理由居然真的有人信。

吃完早饭，凌熙拿着充好电的手机，拉着安瑞枫陪他一起下山。他吃够了山上的菜叶子，急需吃几口肉补充一下能量。当然此行最主要的目的，是他要给远在 B 市的经纪人吴友鹏打电话报平安。

他们认识了十一年，吴友鹏一手把他带出来，不管是工作还是私事，都事无巨细地帮他处理得妥妥当当，都要成为他第二个老妈了。

凌熙下山后，先吃了一顿全肉宴打牙祭，然后才拨通了吴友鹏的手机。电话第一遍没接通，凌熙打了第二遍，还没通，直到第三遍响了许多声后，电话才"嘟"的一声接通了。

"凌熙啊……"吴友鹏的声音很沙哑，"不好意思，我刚刚在睡觉，没有听到。"

"啊？这都中午了……你还在睡觉？"

"嗯，昨天喝酒去了，今天起得有点晚。"吴友鹏起床走动的声音从听筒里传来，"对了，上山后怎么没来电话，现在才打过来？"

凌熙解释："信号不好，短信都发不出去。我特地下山给你打电话报平安，怎么样，感动不感动呀？"

"感动、感动。"吴友鹏敷衍地说，"大明星隔了这么多天才想起来给经纪人打电话，我特别感动。"

凌熙一听他有生气的苗头，忙道："吴哥你别生气！你没看到，这山直上直下，好几百阶，我走一次就累掉半条命。"说完这句，他又补上，"以后我绝对乖乖的，你让我往东我就不往西，你让我每天打几个电话我就打几个，你想怎么管我就怎么管我。"

他使出他的撒娇绝招，尾音拖得超级长，他知道吴友鹏最受不了他耍赖。

"凌熙，我真管不了你。"

"管得了！"

"管不了。"

"管得了！"

"凌熙，我没跟你开玩笑。"吴友鹏说完这句后，安静了好一会儿，再出声时，便是沉重的叹息，"你知道这次公司紧急招我回来是什么事吗？"

一种难以言喻的危机感袭上凌熙的心头："什么事？"

"最近公司准备新推出一组偶像团体，上面决定把我从你身边调走，成为她们的专属经纪人。那天让我回来，就是给我下通知书的。

"所以对不起，凌熙……"吴友鹏声音模糊，在凌熙心中伟岸得像是一座山一样的经纪人，居然发出了可以称之为软弱的声音，而这是凌熙十一年来头一次听到他哽咽，"吴哥以后，是真的管不了你了。"

第九章

———

拍

戏

　　凌熙扔下手机，双眼失神地盯着通话结束的界面，眼眶瞬间就红了一圈。

　　吴友鹏刚才的话直白又残忍，公司的命令像是一座大山一样压在两人身上，作为卖身契掌握在公司手中的小艺人，他一点反抗的余地都没有。凌熙再傻也明白，以后在荆棘丛生的娱乐圈之路上，再没有一个可以全心信赖的经纪人为自己保驾护航了。

　　因为吴友鹏的声音压得很低，凌熙又没有开免提，所以安瑞枫并不知道他们两人说了什么。他见凌熙挂了电话后，什么都不说，只有眼泪一个劲儿地滴答滴答往下落，误以为吴友鹏说了什么强硬难听的话。

　　这是安瑞枫第一次见到凌熙如此沮丧的模样。他认识的凌熙，一直以来都像是《植物大战僵尸》里的向日葵，能源源不断地生产小太阳。如今向日葵哭皱了脸，安瑞枫赶忙拍了拍他的后背，问他："吴哥骂你了？"

　　"不是，"凌熙摇摇头，"刚刚吴哥跟我讲，公司要调他去带新人，再分派别的经纪人带我，一想到要和吴哥分开，我就挺难受的。"

　　吴友鹏和凌熙相识十一年，吴友鹏对他既有知遇之恩，又有师徒之谊，每年过节，凌爸凌妈都要叫上吴友鹏一起热热闹闹地吃一顿。吴友鹏也为凌熙操碎了心，凌熙虽然被吴友鹏管得死死的，但心里非常尊敬他。现在听说吴友鹏要走了，凌熙难受得恨不得扔下工作，跑回 B 市和扬天经纪公司的高层同归于尽。

　　安瑞枫不知要怎么宽慰他才好，见他伤心得眼泪都止不住，赶忙贡献了自己的衣襟给他擦眼泪。

凌熙本来是兴高采烈地下山的，哪能想到一个电话就把他弄得如此凄惨。回程的路上，凌熙红着鼻子，走一步，哭两声，根本不像是上山，倒像是上坟……

因为哭得太伤心，体力本来就差的凌熙走了一半就走不动了。抬头望上去，远在山腰的道观是那么遥远，凌熙垂头丧气地往路边的大石头上一坐，决定休息会儿再爬山。

他们刚刚在山下耽误了不少时间，现在天色渐暗，石阶两旁又没有路灯，若等天黑了再上山十分危险。见凌熙哭得眼睛肿成小桃子，又累又困地在大石头上左摇右摆，安瑞枫二话没说，直接走到凌熙面前，背对着他蹲下了身。

凌熙知道现在不是逞能的时候，但他一个大男人让别人背实在丢脸，而且另一方面，安瑞枫前几日才结束了拍摄，身体也很疲惫。"你也很累，还是不要……"

安瑞枫不听他废话，直接把他拉到了自己背上，凌熙只得乖乖地趴好。

见凌熙趴好了，安瑞枫双手托着凌熙两边的腿弯站了起来，他手上一使劲，没忍住，口中痛呼一声。凌熙这才想起来，一个月前安瑞枫右臂受伤，伤口很长，算算日子，应该前几天刚刚拆线，现在他右手使力托着他，势必会加重伤势。

"我还是下去吧，别让你的伤口又撕裂了。"

"如果你担心我右手的伤的话就别乱动。这样吧，你把腿盘上来，用手搂着我的脖子，借点儿力，这样我的胳臂就不需要使太大力气。"

凌熙赶忙老老实实地搂好，像一只无尾熊攀在了赖以生存的大树上。

安瑞枫的体力很好，若不是之前拍《侠盗记》时需要减肥，现在还在恢复期，就算让他背着凌熙从山下爬到山顶都没有问题。现在背上多加了一个人，他的呼吸声也并没有变得沉重。他的肩膀很宽，凌熙从后面搂着他，觉得前所未有地安心。

凌熙记得自己小时候看过一本书，里面有一句话他没懂，但是一直记在心里。书里说，人是群居动物，每时每刻都要有人支撑陪伴，才能在漫长的人生中走下去。

凌熙想，十五岁之前，陪伴他的人是父母，出道之后，陪伴他的人是经纪人，而从今以后，陪伴他的人就是朋友了吧。

想到这里，吴友鹏的被迫离开也不是那么难以接受了。虽然吴哥不再是他的经纪人，但是吴哥还是他的朋友啊。至于之后的那个新经纪人会怎么样……兵来将挡水来土掩呗。

反正他的合约还有两年就要到期了，他之前就决定两年内混不出什么名堂就回家卖奶茶的，实在不行现在就把零零熙奶茶店建起来，到时候让安瑞枫多去他店里喝喝奶茶，粉丝们闻风而至，那他的零零熙奶茶店不就能一生二、二生三、三生无穷啦？

凌熙的思想一瞬间就跑出去十万八千里，幻想着自己的奶茶连锁店称霸全国，每年生产的奶茶能绕地球一圈，代言广告就请安瑞枫来做，台词他都想好了，"你把我当作你的什么？""我把你当作我的零零七呀"……

至于安瑞枫的天价代言费？

嘿，亲兄弟，就别算了吧。

凌熙从小就属于那种特别能开导自己、给自己找乐子的人。据凌妈说，小时候，他崩一个屁，都能自己追着玩半天。

他的伤心来得快去得快，安瑞枫背着他慢慢往山上走，刚开始还能听到凌熙在自己背上啜泣，过一会儿安静下来又开始哼哼唧唧地笑，而且声音越笑越大……

安瑞枫问他："怎么突然这么开心？"

凌熙像只小乌龟一样拼命伸长脑袋，骄傲地说："安瑞枫，有你这么一个好兄弟，我真是太幸运啦！"

"我也是啊，能认识你，真是太好了。"安瑞枫笑着回答。

两人一边聊一边走，几乎是一眨眼的工夫就走到了道观门口。他们回来得晚，众人都吃过晚饭，各回各屋休息去了，所幸凌熙刚刚下山吃了顿大鱼大肉，现在肚里有粮，能扛到明天早上。

凌熙本想下来自己走，安瑞枫说不差这几步路，直接背着他从道观门口走到了他们住的院子外，到了院门口，凌熙坚持从安瑞枫的后背上跳下来，刚一落地，就见一个婷婷婷婷的身影自阴影处走出来。凌熙吓了一跳，待看清楚那人是朱琳琳后才松了一口气。

朱琳琳看着凌熙哭红了的双眼，不禁向他投去了同情的目光。

到了晚上，朱琳琳让她的经纪人送来了几只鸡蛋。

凌熙拿着鸡蛋很感动，屁颠屁颠地送到安瑞枫面前炫耀："我这几天越来越觉得之前看错朱琳琳了，她根本不像我想象的那么坏嘛，你看，她见我眼睛肿，还特地送来了几只熟鸡蛋让我敷眼睛！"

安瑞枫默默地接过来，磕开一个给凌熙吃。

第二天中午，吴友鹏从 B 市跑来见凌熙，凑巧的是，他在来的飞机上遇见了同样出发去 N 市的许志强。不过许志强带着安瑞枫的行李大包小包地跑上山是为了同自家艺人会合的，而吴友鹏上山是为了同自家艺人道别的。

四个人在凌熙和安瑞枫现在住的 kingsize 套房里开了个简短的讨论会。

许志强看看两人不仅独占一张五米长的大床，有独立的卫浴，还养了一只狗（"小祖宗"又过来玩儿了），而且桌上还放着几只红鸡蛋……他酸溜溜地说："你俩这小日子过得还挺红火。"

吴友鹏把凌熙叫到一边，拍着他的肩膀细细嘱咐了一通，话题大多关于他今后的工作。

"这次上面要把我调走，我当时就提出了抗议。第一，我说我和你感情深厚；第二，我说我对你的路线极为了解，包装上更得心应手；第三，你的工作开始有起色了，粉丝数量是个表现，现在还接了连续剧；第四，我和新组合不熟悉，我也不确定能不能带好偶像团体。但是一、二、四点，上面都拿我的合约把我压下来了，我还有四年约在公司手上，除非有公司要挖我，要不然我真的反抗不了。"吴友鹏很愧疚地把自己的难处同凌熙说了，然后话题转向了一个更为沉重的方向。

"凌熙，你做好心理准备，我说的第三点，我看公司上层并不放在心上。毕竟你是歌手，公司最看重的还是你的专辑销量。你现在专辑销量上不去，说什么他们都不听。很有可能前脚把我调走，后脚就调来一个新人来带你，这就意味着……"

"这就意味着我被公司放弃了对吗？"凌熙苦恼地笑了，"我从刚出道起就没盼着自己能大红大紫，就像我妈说的那句——反正我也红不了。但我以为怎么也能爬到八线上，没想到奋斗到现在也只是个十二线歌手。"

吴友鹏挺难受地抱了抱他："是我无能，没把你捧出去。"

"吴哥，我知道这十一年来你也挺难做的，你这么有经验，却在我身上浪费了这么多精力，我没成才，还总是给你添麻烦，不管是公司里还是圈子里，很多人都给你白眼看，你一次一次帮我求资源、求提携，我真的……"凌熙搓搓鼻子，挤出一个阳光灿烂的笑脸，"吴哥，答应我，一定要把那个偶像组合带成天团，给那帮看你笑话的傻子一个耳光，好吗？"

从始至终，凌熙没掉过一滴眼泪。他不是一个会被同一种悲伤击倒两次的人，昨天已经伤心过了，今天他就会开开心心地面对。

他可能这辈子都成不了骄傲的歌王，那就让他成为一个傲娇的奶茶店主吧。

吴友鹏离开时没让凌熙送，安瑞枫主动接过了任务，把他从山上送到了山下。

下山的路很长，两人之间又没什么交集，唯一能聊的话题就是凌熙。

吴友鹏真像个妈妈一样，不停地叮嘱安瑞枫："以后我不在了，再没有人能给凌熙要来资源了。这估计是他的最后一部戏了，希望你能好好照顾他。"

"我明白的，您放心。"

"凌熙有时候会有点小孩脾气，说风就是雨。但同时他也很乐观，一般的困难打不到他，就算遇到大事，掉两滴眼泪，自己就能想通。"

安瑞枫笑了："看来您真的很了解他。昨天回山的路上，他刚开始哭个不停，后来自己莫名其妙地想通了，又开始乐，确实像小孩子一样。有时候我实在搞不清楚他的脑袋里到底在想什么。"

"这确实很'凌熙'。"吴友鹏无奈地摇摇头，脸上却笑容满满。

安瑞枫停下脚步，转向吴友鹏："其实我也有个问题想要问你。"

"你说。"

"在我昨天听凌熙说了你们公司的决定后，其实我一直在等你开口。"安瑞枫垂下眼睛，"你应该听说过，我能在这个圈子里顺风顺水，背后是有人的。虽然这个人不是什么集团财主，但若只是把你和凌熙从"扬天传媒"挖出来，不管是来我们"新贵娱乐"，还是单独成立一个工作室，都不是问题……我以为你今天来，是要来找我说这件事的。"

吴友鹏听完他的话，先是讶异，接着啼笑皆非："我和凌熙都从来没想过从你身上获取任何便利。我们能靠你一时，总不能靠你一世。人啊，各自有路，又不是山穷水尽，咬着牙总能走下去的。"吴友鹏道，"不过你能想方设法地帮凌熙，这点真的让我很触动，看来凌熙真的很有看人的眼光。"

之后的一段路，他们两人走得很安静。

吴友鹏离开三天后，《剑绝天下》摄制组的大部队浩浩荡荡地上了山，原本清静的苦修之地，在灯光、轨道等设备搭建起来后，很快就变成了比菜市场还要喧闹的地方。随着工作人员一起到山上的，还有这部连续剧中最重要的角色——饰演男主角的鲍辉。

《剑绝天下》前十集可以当作前传独立成篇，基调活泼，剧情幽默，故事围绕着男主和师父以及师兄弟间令人忍俊不禁的门派日常，讲述了还在门派里时的"小虾米"男主与师门深厚的情谊。

在电视剧中，大师兄已有六十高龄，满脸皱纹；三师弟忽男忽女，性格难以捉摸；他们的师父童颜鹤发，不惹半分尘埃……所以在师兄弟中，男主角和修成人形的犬妖四徒弟最为要好。

鲍辉和凌熙之间积怨已久，前有抢歌之恨，后有定妆照之仇，凌熙一想到未来一个月都要和这种货色在镜头前相亲相爱，就烦得不得了。

安瑞枫安慰他："放心，你的戏份主要和我在一起，男主角大多和"小祖宗"搭戏。你和鲍辉直接搭戏的内容只有三场，忍一忍就过去了。"

凌熙仔细看了看剧本，发现确实如安瑞枫所说，脸上瞬间雨过天晴。只有三场戏，鲍辉在众目睽睽之下，总不能要什么手段吧！

剧组到后并不是马上开拍，前两天主要是整理场地以及让演员们试妆试衣。与之前拍定妆照时相比，现在穿在演员身上的服装完善了细节，就连配饰都精致了不少。"小祖宗"身上的毛被吹得蓬松，套上专门为它制作的门派制服后，萌得女工作人员满眼桃心。

"别动别动！眼线都要画歪了！"为凌熙化妆的化妆师直跳脚，"看什么狗，看你自己不就够了！"

凌熙赶忙转回脑袋正襟危坐，试图装作一副心无旁骛的模样，只是他屁股后面僵直的道具尾巴，彰显了他心中的尴尬。

　　一别两个月，黑科技公司的技术又有了新的发展，他们提供的由脑电波控制的尾巴耳朵，已经能识别六种情绪，一些之前无法捕捉的小波动现在都能很好地展现出来。凌熙戴上这套装备后，什么都不敢想，生怕自己藏不住心事，在剧组里出丑。

　　"小祖宗"对自己突然多了个长尾巴的同类很好奇，待他化完妆后，一直跟在他屁股后面不肯走，一人一狗全都是黄毛大尾巴，同进同出，同走同停，看着就像同类一样，好多工作人员掏出手机偷拍，导演见了并不批评他们，因为他都忍不住想拍呢！

　　导演拍着凌熙的肩膀说："你不要辜负"小祖宗"对你的信任，有时间多向它学学演技！"

　　凌熙从没遇到过这么荒诞的事情，居然需要向一只狗学习演技，"学什么？"

　　"学它的神态啊，你看它的表情一直是很兴奋的，对人非常热情。还有它的叫声，清亮高亢，你在剧中基本没台词，一直在'汪汪'，你要学会'汪汪'！对了，最主要的是，你要学会它的撒娇……"

　　凌熙插嘴："撒娇？"

　　"对啊，四徒弟最喜欢就是师父了，它是狗的时候总会让师父摸肚子，但是变成人时不能摸。所以你看向安瑞枫的时候，一定要全身上下都透露出那种'来啊来啊来摸我'的气质！"

　　凌熙的脸"嗡"的一下就红了，他忙按住自己摇个不停的尾巴："这、这不太好吧？"

　　导演皱眉："有什么不好，只是让你引诱他摸你的肚子，又不是让你勾引他。"

　　可这俩根本没什么区别好吧？

　　凌熙正和导演纠结于如何表演时，安瑞枫已经做完造型，从化妆间里走出来了。他银发垂落、剑眉入鬓，手持阵盘，长身而立，周身仙气缥缈，凛然不可侵犯。

如果说凌熙的造型是让所有工作人员看到后都想掏出手机偷偷拍照的话，那安瑞枫的造型就是让所有工作人员看到后忘掉一切，别说偷拍了，连呼吸都不会了。

看到两人的扮相，一旁的编剧连说了三声"好"。他是金牌编剧，每一部戏都在选角上力求尽善尽美，本来他还遗憾安瑞枫不能出演他笔下的男主角，现在看到安瑞枫扮演的师尊同样俊美过人，他放心不少。

安瑞枫之前也与他合作过几次，见他亲临现场，赶忙同他打招呼问好，寒暄几句后，安瑞枫见他有事要忙，就带着凌熙到了一旁闲话聊天。

两人找了个偏僻的角落坐着，凌熙盯着安瑞枫经过化妆后更显俊美的脸庞，一时移不开眼睛。他上辈子绝对是个捡了一分钱都要交到警察叔叔手里边的好孩子，正是因为他又乖又好，上天才奖励他这辈子能有安瑞枫这样的朋友。

安瑞枫伸手揪了揪他头上的狗耳朵，又大又尖的三角耳朵上覆盖了一层极为逼真的绒毛，摸上去又滑又软，让人爱不释手。上次拍定妆照时，安瑞枫就开始肖想这对大耳朵了，现在摸到手，比他想象中的手感还要好。凌熙也不挣扎，乖乖地顶着大耳朵随他摸，他摸完左边那只，他还送上右边那只让他摸。

安瑞枫一边摸着狗耳朵一边问他："刚才导演跟你说什么了？"

凌熙厚着脸皮，支支吾吾地说了："他让我引诱你摸我肚皮，这我怎么做得出来？"

安瑞枫挑挑眉毛："小狗不都是要讨好主人的？"

凌熙把尾巴紧紧地搂在怀里，担心摇动的频率太快被其他人注意到。

两人压低声音说着悄悄话，在离他们十米远的地方，编剧眯着眼睛看了看两人的互动，低下头琢磨了几分钟。

他走到导演身边，叼着烟，以一种指点江山的气势说："导演，我要改一下第十集的剧本。"

导演大惊："这都准备开拍了，你要改剧本？这哪里来得及？"

"不多改，"编剧指了指远处的凌熙和安瑞枫，"就改他俩死的那一场。"

导演回想了一下剧本内容，想起第十集的灭门惨案中，魔教中人闯进山门中大肆杀戮，师父在被歹人围攻时，四徒弟冲上来咬住了坏人的手，却被歹人一脚踹开，一刀砍在它的腹部，让它当场毙命。师父见此一幕急红了眼，但最终寡不敌众，被一剑穿胸。

编剧凑上去，在导演耳边嘀嘀咕咕地说了几句新的构思，导演眼睛一亮，向他比了一个 OK 的手势。

嘿嘿，这年头，骂得越多，往往收视率越高，他不怕当后爸，就怕观众不哭。

远远坐在墙角的凌熙和安瑞枫根本不知道他们两人的剧本将要出现的变动，他们低声说着话，两人之间的气氛谁都插不进去。"小祖宗"原本跟在他们身边这里闻闻那里嗅嗅，现在累了，直接跳上安瑞枫的膝头盘成一团。

朱琳琳上完妆，头上顶着繁复的假发，耳朵上、脖子上、胳膊上、腰上挂着叮叮当当十几件首饰，花枝招展地从他们身边经过，不知道的人还以为剧组是请她来演圣诞树的。

凌熙同她摆摆手，她高傲地翻了个白眼算是打招呼。

现在两人越来越熟悉，凌熙知道她脾气臭，也不恼她，待她转身离开后，故意在她背后做鬼脸。

只是朋友间的嬉闹，落在有心人眼中就成了他们不合的证据。

鲍辉眼珠一转，觉得敌人的敌人或许可以发展为朋友。他度量极小，凌熙不给他片尾曲这件事，让他一直记恨到现在——不过是一个小小的十二线歌手，有什么资本拒绝他的要求？呸，别以为抱上安瑞枫的大腿就有多厉害！

在中午休息时，鲍辉故意凑到朱琳琳身边同她"联络感情"，希望能从她嘴里探听出来凌熙的污点。可他们两人之前一点交集都没有，鲍辉甚至都没听过她的名字，还是拿到演职人员表后才知道她就是唱过几首口水歌的洗剪吹小天后。

"你就是朱琳琳吧？我听过你的歌，很好听。"鲍辉扬起他的营业用笑容，"没想到你歌美人更美。"

"谢谢。"朱琳琳狐疑地看着他，"鲍辉，咱们之前不认识吧？"

"多聊聊天不就认识了嘛。"

朱琳琳很想告诉他，她一点都不想和男人多说一句话。

见朱琳琳沉默不语，鲍辉赶忙又挑起一个话题："我刚看见你让经纪人给那些小道童送糖，看来你很喜欢孩子啊。"

这句话倒是说在了朱琳琳的心坎上，这道观里除了有老道长和小道士以外，还有几个被家人送上来学经的小道童，他们梳着两个小道髻，穿着利落的道童服，憨态可掬，虎头虎脑。朱琳琳见他们小大人一般，特地让经纪人给他们送了几包糖果。

见朱琳琳表情软化，鲍辉心中大喜，他就知道以他的魅力，没有女人能拒绝他！他顺着话题说："琳琳，你这么喜欢孩子，怎么不自己生一个玩玩啊？"

朱琳琳用看神经病的眼光看了他一眼，反问他："安瑞枫还喜欢狗呢，你怎么不去问问他，什么时候生一只狗出来玩玩啊？"

扔下这句话，朱琳琳转身离开。她心想，这剧组里的男的怎么都这么不正常啊……

鲍辉瞪着她翩然离去的背影，恨恨地咬牙：这帮不入流的小歌手，给脸不要脸！

在全部准备工作就绪后，紧锣密鼓的拍摄于第二天正式开始了。《剑绝天下》前十集的内容并非从男主进入山门讲起，而是随着故事进展慢慢让观众了解每个人的身份背景。

一开篇，几位徒弟端坐在讲经室中，听他们的师尊讲解术法要领。这至关重要的第一场戏将会彰显几位徒弟的性情，大徒弟老实刻板、二徒弟阳光好学、三徒弟阴柔娇气、四徒弟活泼调皮，他们围绕在由安瑞枫饰演的师尊身边，宛如众星拱月一般。

对于这场非常重要的戏，凌熙一点都不紧张……因为他根本没上场。

没错，这一场戏是由"小祖宗"演的。

凌熙抄着手站在工作人员旁边，兴致勃勃地看着场内大家的表演，凌熙对演戏一知半解，只在这之前突击过几节课，但即使他一窍不通，也能看出来场内安瑞枫是当之无愧的中心人物。

明明鲍辉才是剧中的男主角，主机位却一直瞄准安瑞枫的方向。而安瑞枫对于这种待遇也坦然处之，走位精准，台词一气呵成，气势拿捏精准，表演张力十足。这一场戏并没有什么难度，只是几位演员互相不熟悉，还需要磨合，拍了三条后，导演就让过了。

导演在回放录像时，凌熙腆着脸凑到他身后一块儿看监控屏幕。其中有个镜头是从安瑞枫侧面取景，其他人都被模糊成一个个虚影，唯有他那张棱角分明的侧脸占据了一半屏幕。

凌熙酸溜溜地想：同为男人，为什么自己就没有安瑞枫帅气潇洒呢？

他耳朵灵，听到导演和副导演小声讨论。

导演："拍过电影后就是不一样，安瑞枫演技有进步啊。"

副导演："我有个哥们儿认识王立力，他也在《侠盗记》剧组，王立力说安瑞枫在剧组里挺好学的。"

导演："嗯，这就是典型的越帅越努力。"

凌熙听到他们表扬安瑞枫，开心得像是在表扬自己一样。他之前去《侠盗记》剧组探过班，还稀里糊涂地当了一回群演，听安瑞枫说过在剧组里遇到的一些挫折，还好安瑞枫没有被击退，还有了不小的收获。

凌熙怕自己再听下去会笑出声来，赶忙乐颠颠地退到了一旁，装模作样地拿着剧本温习他出场的情节，只是他的心思根本没在剧本上，眼神飘啊飘啊就飘到了片场中正和鲍辉对戏的安瑞枫身上。

说来奇怪，明明鲍辉饰演的二徒弟才是男主角，但在前十集里，二徒弟和师尊的戏份是一样多的，摄影机也一直绕着师尊打转，全方位地体现着这位得道高人的完美。不明就里的人看了，肯定会误解师尊才是主人公。

正巧，安瑞枫的经纪人许志强在场外守着，凌熙就过去向他请教。

听了凌熙的问题，许志强耐心地解释："这有什么难理解的？鲍辉看着挺红，但他才拍了几部剧？这是他头一次在长篇连续剧中担当主角，单靠他的粉丝量根本带不动收视率，所以导演和编剧特意在前面增加安瑞枫的戏份，以此来吸引'枫叶'，最后再给他安排一场惨烈的战死戏……你看过后面的剧本没？编剧功力极强，看了前十集后，即使没了安瑞枫，观众也会追下去。"

这算是互惠互利的好事，安瑞枫的角色很正面，可以让名气更进一步地增长，而连续剧本身也需要演员吸引剧粉。

许志强又说："安瑞枫和鲍辉是同一家经纪公司的，导演已经跟我们打过招呼，准备过段时间就去炒'同门师兄弟为抢角色反目成仇'的黑料，等关注度吸得差不多了，再让他俩一同去出席活动，到时候安瑞枫会说男主角是他主动让给鲍辉的，他们两人情同兄弟，希望粉丝多关注他们一同出演的连续剧。看，这样他们不合的传闻就不攻自破了。"

他看了一眼凌熙，叹口气："当然，他们私下的'不合'是无法调解的。"

凌熙:"你刚才一定是在想,凌熙真是'蓝颜祸水'。"

"你?呵呵,你撑死了算是妖言惑众。"

连续剧的拍摄进度很快,到了下午,凌熙迎来了他的第一次正式拍摄。与上一次在《侠盗记》片场客串不同,那次他扮演的是一个出场两秒就死掉的角色,但是这一次,他可是有台词的!

上午拍摄时,同样是由歌手跨界来演戏的朱琳琳被导演骂得一无是处,嘴贱小天后在众目睽睽之下被说到眼泪止不住,眼线花到下巴,凌熙在旁边听着都心有余悸。他觉得自己的演技还没朱琳琳好呢,估计今天下午也难逃被骂得狗血淋头的结果。

这一场戏发生在师尊的书房中,观众们会从这场戏里得知四徒弟能从狗化人。

场务喊下"action",镜头由远推近,聚焦在端坐在书房正中、手捧书卷潜心研究的安瑞枫身上。他看书时专心致志,眉头微皱,时而埋头沉思,时而提笔在书卷上点点画画。就在他认真研读之时,房门"吱呀"一声被推开了……

只见一只黄毛小狗,身穿量身定做的门派服装,头顶一个宽大的托盘,上面放着一只精巧的茶壶并一只茶杯,摇摇晃晃地走入了书房之中。它四爪动作轻快,落地无声,端坐在书桌后的人好像根本没有发现它的到来。

待小狗走到桌前,它安静地坐下,垂下头,让托盘轻松地从它头上滑落到地。它人立而起,伶俐地转了两圈,一阵青烟自它身上飞出,很快就把它包裹在层层烟雾之中。待烟雾散去,原本应该是小狗所处的位置早就不见了小狗的踪影,一名头顶狗耳、身后有长长尾巴的青年乖巧地站在那里,两颊自带红扑扑的腮红。

"师父……"凌熙停顿了两秒,才羞耻地叫出声,"汪?"

"卡！"导演叫，"凌熙你怎么回事？汪都能汪出一声疑问句？会不会念台词！你把问号给我去了，重新来一遍！"

刚一亮相就被骂，凌熙为数不多的自信心被轰成了渣渣。待他调整好再次开始，比刚刚还要束手束脚，尾巴紧张地坠在身后，毛发都僵直了，不过好在他的角色对师父充满敬畏，紧张倒也说得过去。

凌熙因为第一次蹲下时踩到了自己的尾巴，于是又吃了个NG，第二次，他从地上端起托盘，慢步走到安瑞枫身侧，把茶壶茶杯逐一放在安瑞枫身边。这套精巧的茶具由白瓷烧制而成，壶身圆润可爱，凌熙手持壶把儿，茶水自壶嘴徐徐流下，在空中划出一道优美的弧线。

"汪，师父喝茶。"他双手持杯，讨好地说。

"放着吧。"

凌熙不放手，依旧重复："汪，师父喝茶。"

安瑞枫无奈地看他一眼，从他手中接过茶杯，两人的手指无意间碰到一起，凌熙赶忙收回手背到身后。安瑞枫像是没注意到他的反常行为，轻抿了一口茶水，随手放到桌上。镜头从他的手指上移开，重新回到凌熙身上，而这时的凌熙正在殷勤地劝说："汪，师父再喝一口，这是我亲爪泡的……"

"卡！"导演又叫，"凌熙你好好看看剧本！咱们拍的是徒弟给师父倒茶，不是花魁劝嫖客喝酒！你脸红什么？！"

"精神焕发？"

导演气得七窍生烟，想咬他又不知哪里毛少："再拍，再拍一遍！"

在旁围观的鲍辉毫不掩饰地嗤笑一声，转头跟自己的经纪人闲话："我就说嘛，是歌手就老老实实地唱歌，演什么戏？和这种人在一个剧组，我都觉得被拉低了档次。"

他的经纪人还没说话，在旁的许志强直接插嘴："鲍辉，看在同公司的份上，我劝你慎言。这里这么多人，不光是"新贵娱乐"的艺人，还有很多别的经纪公司的演员和工作人员。你这么评价别的演员，落在别人耳朵里，会觉得是咱们"新贵娱乐"仗着牌子大就欺负小艺人。"他上前一步，压低声音，"当然，仗着新贵牌子大就欺负小艺人的事情，你已经做得得心应手了吧？怎么，歌抢不到还生气呢？"

别看许志强只是一个经纪人，但是他在"新贵娱乐"待的年头很长，手下带出来的明星不止一二，很多刚出道的艺人微博粉丝还没有他多。公司里早有传言，只要安瑞枫拿下影帝，上面就会提许志强做艺人管理部的 VP（副总监）。鲍辉被他骂了也不敢反驳，脸色漆黑地在那里站了一会儿，就借口不舒服匆匆下去休息了。

朱琳琳当时正站在不远处背剧本，他们之间的争执她全都听到了耳朵里。她心里藏不住话，敢说敢言："许哥，我以为你讨厌凌熙，没想到你会向着他。"

许志强转移视线，嘴硬道："我讨厌他是一回事，向着他就是另一回事了。"

第一场戏拍下来，凌熙累得浑身发颤，尾巴夹在两腿之前，仔细看去，尾巴尖都在发抖。正式扮演一个角色绝对不像他之前客串死人那么简单，眼神、表情、动作、语言一个都不能少，凌熙在表演上的天赋少得可怜，他就像掰棒子的笨狗熊，顾得了这个就顾不了那个。

安瑞枫知道他紧张，也不逼他，而是用自己的演技耐心引导，NG了几次之后，居然带着凌熙入了戏。凌熙看他的眼神就像小狗一样纯洁又满怀孺慕，他的眼睛里像是洒满了星星，而他师父就是这些星星中最亮的那一颗。

凌熙的戏份结束后，安瑞枫无暇同他多说话，就要开始准备下一场同大徒弟的戏。凌熙像是濒死的野狗一样一个人爬到片场外，攀着道观走廊上的廊柱，慢慢滑到地上。

他靠着廊柱休息了一会儿，等到回血满一半了，才站起身活动了一下僵硬的身体。忽然，他听到身后传来一阵窸窸窣窣的声响，他回头一看，不出所料地发现了几个挂在矮墙上围观他们拍戏的小道童。

因剧组进驻，道童们无心修炼，老道长勒令他们老老实实地待在房间里不准出来，但凌熙每次回头，都能在院墙外、房顶上、树丛间见到道童们的小发髻。

见有人发现他们，道童们慌忙从矮墙上跳下，像是一群落到地上的弹珠一样"噼里啪啦"地分散开来，凌熙故意装作一副凶神恶煞的模样去追他们，跑得最慢的小豆丁身高还不到他的屁股，小短腿跑三步，凌熙一脚就迈过去了。

小豆丁跑啊跑，不知怎么回事左脚踩了右脚，"啪嚓"一声就结结实实地摔到了地上。

凌熙怕他真摔坏了，赶忙走过去想要扶他起来，结果小豆丁见到凌熙越走越近，身子的阴影笼罩住自己，吓得"哇"一声就哭了出来，小手小脚一个劲地乱摆。

"走……你走！"小豆丁哭得直打嗝，"各位师叔，有狗妖要来吃我啦！"

凌熙无辜极了，他一直以来自诩是未成年之友，还去某幼儿园的十周年园庆上走过穴唱过歌，当时幼儿园的小孩子们可喜欢他了，非要让他留下来当老师，哪想到时过境迁，今天居然在这里遭遇了滑铁卢。

他最怕小孩哭，总觉得小孩的哭声能招来狼："别哭别哭，我真的不是狗妖……你见过我这么好看的狗妖吗？"

小道童透过指缝看他一眼，哭得更厉害了。

"我是在拍戏，电影知不知道，连续剧知不知道？我是过来演戏的，这个耳朵和尾巴都是假的！"凌熙屁股后面的尾巴是通过专门的腰带固定在腰间的，他摸索着解开了暗扣，只听"啪嗒"一响，刚刚还灵活地左摇右摆的尾巴就滚落在地，变成了一根硬邦邦的棍子。他捡起尾巴在小道童面前摆了摆，向他证明自己所言非虚。

结果小道童吓得全身都在颤抖："书里果然没有骗人，妖精真的能变成人！"

拍摄结束后，安瑞枫没有在斋堂发现凌熙的身影，他问了一圈，只有朱琳琳提供了线索，说好像看到他往后面的小院跑过去了。

"他跑后院去做什么？"

"不知道。"朱琳琳吃着清淡的涮白菜，挑挑拣拣找着最小的那一块，"野性难驯，估计追蝴蝶去了吧。"

安瑞枫担心凌熙出事，一个人出了斋堂往后院走去。剧组人员的活动范围有限，安瑞枫第一次到后院去，摸索半天才找到后院的小门。朱琳琳确实没有诳他，刚一进院，他就见凌熙蹲在廊檐下，怀里抱着个圆滚滚的布袋，待走近了，才发现那居然是个梳着道童髻的小豆丁，那孩子胖得跟米其林轮胎的 logo 一样，腮旁的两团肉都要从脸上挤下来了。

小道童靠在凌熙怀里，眼皮肿成了桃子，眼睛只剩下一条缝，偏偏这条缝里还含着泪，像是下一秒就要滚落出来。

见安瑞枫来了，凌熙像是见到了救星一般喊道："这孩子不让我走，又不把我的尾巴还给我，你快去叫个道长来，把这个小皮球领走！"

安瑞枫好笑地看着眼前的这一幕，故意逗他："原来这孩子是道观里的？我还以为短短一会儿工夫，你就生了个大胖小子出来呢。"

"瞎说什么！"凌熙脸都红了，"我这么瘦，我生不出来这么胖的……"

安瑞枫哑然失笑，每多接触凌熙一分钟，就会多发现他身上的一个亮点。凌熙就像是一个缤纷的万花筒，透过他，好像世界上每一件乏味无趣的事情都会变得有意思，你永远猜不到从他嘴里能说出什么奇妙的言语。

第十章

———

玩

火

———

剧组的运转速度非常快，再加上《剑绝天下》前几集的内容轻松诙谐，没有太多困难，导演拍起来得心应手，进度喜人，很快就到了前几集中最大的一个笑点桥段。

三徒弟受血脉限制，忽男忽女，这日他化为女儿身，去山门后面的湖里洗澡。少年心性血气方刚的二徒弟从没见过女人的身体，想要偷窥老三洗澡，但他不敢一个人触雷，故意忽悠傻乎乎的四徒弟陪他过去。老四同他关系最好，跟着他去偷窥，结果偷窥时被老三发现，老四化为小狗逃跑了，留下二徒弟被狂揍一顿。

这段剧情是剧本中为数不多的凌熙与鲍辉的对手戏，剧本中，几乎都是鲍辉一个人在说，凌熙全程只需附和，然后提一些傻问题就好，比如"什么是女人啊汪""为什么看三师兄洗澡不能被发现啊汪"，任务简单，难度极低——只要鲍辉不故意使坏就好。

早上出门拍戏前，安瑞枫忧心忡忡地看着凌熙，眉头紧皱："许哥说那天他警告过鲍辉了，但我觉得他不会这么简单地放过你。他在我们公司内部的风评很一般，有几个接触过他的艺人说他心眼很小……要不今天的戏我陪你去吧，就说我去观摩学习。"

"观摩学习我怎么被导演骂？"凌熙苦着脸，"你以为我不想把你绑过去？然而今天要拍的可是朱琳琳的洗澡戏啊！她的经纪人要求清场，除了我们三个演员外只剩下工作人员，你过去太突兀了。"

今天这场戏本来为朱琳琳准备了裸替，但是她经过各方面的慎重考虑，决定亲自上场，待今天的戏份一结束，她的经纪公司就会把提前准备好的稿件发出去，力求把她塑造成一个敢于为表演艺术献身的女歌手。

安瑞枫即使再怎么担心，也不能违抗剧组的命令，陪着凌熙去拍摄现场。

"要不我把许哥借给你？他对这些有经验，如果在那边万一有什么突发情况，他也能帮上你。"

要怪就只能怪凌熙所属的经纪公司"扬天传媒"，在把吴友鹏从凌熙身边调走后，居然迟迟没有派新经纪人来。凌熙本来就混得很惨，身旁除了经纪人，连个助理都没有，现在吴友鹏一离开，凌熙在剧组里就孤零零的了。别的演员拍完一段戏，都有经纪人倒水扇风，反观凌熙，只能自食其力。

好在安瑞枫和许志强都很照顾他，绝对不会让他在这方面受委屈。

但遇到今天这种情况，安瑞枫就插不上手了。

"还是算了，许哥毕竟是你们'新贵娱乐'的人，我让他陪我去拍戏，实在说不过去。"凌熙挤出一张乐观的笑脸，"算啦，我这是去拍戏，又不是在演宫心计，那么多人看着呢，他能使什么手段？"

事实证明，从没拍过戏的凌熙，真的把鲍辉想得太简单了……

"Cut！"

在凌熙又一次在树林里走着走着撞树后，导演气急败坏地把帽子扔到了地上："凌熙，我跟你说过多少次了，让你往中间走，往中间走！你怎么每次都出状况，不是撞树就是摔跤，戏服都被你滚脏一身了，你到底知不知道怎么走位？！"

凌熙听着导演的骂，一语不发地低下头，他面上看似羞愧，其实心里的小人已经拿剑把身旁的鲍辉戳成烂泥了。

拍摄时频频出状况，但这事的责任根本不在凌熙身上。这一场戏是树林里的对话，凌熙扮演的四徒弟问鲍辉扮演的二徒弟为什么带他来后山的小树林，在这里，二徒弟把自己想要偷看三徒弟（女）洗澡的计划和盘托出。

鲍辉："老四，你想不想知道女人的身体是什么样子？"

凌熙："什么是女人啊汪？"

鲍辉："哎呀，就是和我们长得不一样的人！"

凌熙："可是哪里有女人汪？"

鲍辉："你忘了今天是单日了吗？三师弟每个单日都会变成女人，双日才会变回男人！"

刚拿到剧本的时候，凌熙就对这种无脑设定无语了，又不是开车，还分单双号限行……不过他非常喜欢自己频频把鲍辉噎住的一些桥段，背台词时格外认真，发誓绝对不会因为忘词而落下把柄。

但是等到正式拍摄时，凌熙才发现鲍辉的卑鄙之处。这处对话取景在树林中，两人在树林里一边走一边说，讲完台词，下一个场景就会换到山涧的小湖旁。就是这么一个看起来平平无奇的场景，鲍辉使遍了小手段。

首先就是抢镜。鲍辉的走位非常有特点，每一次他走的位置，都是摄影镜头的正中心，他一个转身、一个扭头，经常把凌熙的脸遮住一大半。

其次就是挤人。这片树林没有人工开凿的痕迹，唯有一条小路是道士们去山涧取水时踩出来的。这条路很窄，堪堪容纳两个人并排走过。拍摄时，鲍辉"偶尔"往旁边一偏，就会把凌熙挤到旁边去，除了脚下的小路外，其他地方都被树枝、树叶堆满，凌熙被他挤得撞树两次、划伤三次，还有一次直接被凸出的树根绊倒，摔了个狗啃泥。

剧组里都是人精，一次两次还能说是凌熙不小心，次数多了，大家都看出来是鲍辉在故意针对凌熙。但凌熙身后无人，连经纪人都被调走了，而鲍辉是"新贵娱乐"的重点培养对象，经纪人、助理排成一个连地守在旁边，在这种情况下，导演也不好说什么。

他只能拐弯抹角地"提醒"凌熙，让他"往中间走"。随着鲍辉的行为变本加厉，眼看要耽误拍摄进度了，导演实在忍不下去了。

你不是爱抢镜吗？你不是要挤人吗？行，两个人都给我站在正中间拍！谁都不准迈一步！

待好不容易磕磕绊绊地拍完这一场戏，已经比计划多浪费了两个小时。大军再次开拔，向着原定的山涧湖泊出发。一路上导演的脸色黑如铁板，他拍过那么多的戏，演员不合互相抢戏的事情见过多次，但演员们心里都有分寸，不会耽误整个剧组的拍摄进度。然而刚刚因为鲍辉，剧组耽误了两个小时，这种错误是不可原谅的。

他不知道鲍辉和凌熙到底有什么过节，但这么不顾全大局的演员，拍完这部戏后他是绝对不会再合作了。

众人沿着林中的小径走了十分钟左右，就到了拍沐浴戏的小湖旁。说是"小湖"，其实浅得像池塘一样，湖旁是一座高约十米的小山，潺潺的水流自山上落下，形成一个小小的瀑布，汇聚成一个直径十米左右的小湖。湖水清澈见底，几尾小鱼悠闲地游来游去。湖旁有树有花还有个高约三米的天然石台，一会儿的偷窥戏就会在上面拍摄。

提早到的一批工作人员早就在湖旁架好了灯光，铺好了轨道，原以为鲍辉他们的树林戏很快就能拍完，没想到多等了两个小时，才见他们姗姗来到。

朱琳琳早就提前准备好了，她下身穿着一条不到膝盖的短裤，上身包着一件厚实的外套，只待开机后脱掉上衣就能直接下水。

见凌熙一副无精打采的模样，她把他拉到一旁："你们怎么拍得这么慢？"

凌熙三言两句把鲍辉做的好事都倒了出来。

朱琳琳："你忍得下这口气？"

凌熙耸肩："忍不下又怎么办？我总不能扔下这一帮工作人员，一路哭着去找安瑞枫让他给我出气吧。"

见朱琳琳一脸怒其不争的表情，凌熙反而宽慰她："他爱欺负人就让他欺负去，人贱自有天收，待我回去就求道长开坛做法，让他下辈子投胎成小保姆，每天都要被无良雇主欺压。"

凌熙想了想，又补了一句："对了，我刚才捉了三只毛毛虫，趁他不注意顺着他领子扔进去了。"

他话音刚落，身后不远处就传来鲍辉的痛呼声，他一边叫着好疼好疼，一边疯狂地扒着身上的戏服，他的经纪人、助理和随团的医生全都围了过去，生怕这个金疙瘩出了什么事。

凌熙坏笑着看了他们的方向一眼，转回头，陶醉地唱起来："听，海哭的声音！"

朱琳琳从没见过比凌熙还会自我开解的人。

鲍辉身上被毛毛虫蜇了一大片，疼得嗷嗷直叫，凌熙凑过去装模作样地关心他，无辜的表情根本看不出他就是始作俑者。

待细皮嫩肉的鲍辉处理完身上的伤口，时间又过去了半个小时。导演被他的状况频出搞得头大，见他终于没事了，赶快招呼大家迅速拍摄。

女明星拍裸戏，只要不是三点全露，其实私下都有防护措施。比如朱琳琳这一场湖中沐浴戏，只拍她的裸背，既不拍臀也不拍胸，所以她下身直接穿了短裤，正面则是贴了防走光的乳贴。

湖水非常浅，她站在湖中，湖面刚好没过她的腰部。导演让她做出一副正在沐浴的样子，双手并拢，以手掬水，泼在身上。山里水凉，朱琳琳刚在湖里待了一会儿，就觉得要冻僵了。

两台摄影机一架正对着她的裸背，一架追随着跌跌撞撞的师兄弟二人，悄悄地来到了湖边的天然石台上。

鲍辉饰演的二师兄目不转睛地盯着湖中沐浴的美丽佳人，口水都要流下来了："来晚了来晚了，只看到老三的后背，没看到她脱衣服的模样。"

　　凌熙扮演的狗妖老四不懂男女之别，懵懵地问他："每次三师兄和咱们练武，都会脱衣服的汪。"

　　鲍辉摇头："傻狗，这能一样吗？"一边说着，他一边伸手去摸凌熙的脑袋。

　　这是剧本中根本没有写的动作，而做出这个动作的人是凌熙最讨厌的鲍辉。凌熙毕竟不是专业演员，遇到拍戏中的突发情况，他没有余力去考虑如何演得更顺畅，而是完全凭借本能地后退一步，条件反射性地"啪"一声打掉了鲍辉的手。

　　"Cut！"导演喊了暂停，"凌熙，那是你二师兄，不是你的杀父仇人，你那么防备干什么！"

　　鲍辉的行为虽然不在剧本的设定中，但根据人物在剧中的关系，他的动作不算突兀。反而是凌熙的防备破坏了剧本的连贯性，好好的兄弟出游，被搞得剑拔弩张。

　　第二次重拍时，凌熙紧绷着脑中的一根弦，时刻告诫自己保持警惕心。但当鲍辉伸手摸他的毛耳朵时，他依旧没忍住，偏头避过了。鲍辉发现了他的弱点，每次讲台词时，总是自作主张地添加一些没必要的小动作，故意干扰他，搞得凌熙寒毛直竖，连台词都说不利落。

　　在多次 NG 后，鲍辉终于如愿以偿地摸到了凌熙的脑袋。这是工作，这是工作……凌熙抖抖耳朵尖，忍了，结果鲍辉变本加厉，没说几句话，居然要拽凌熙的尾巴……

　　别逗了，他的尾巴连安瑞枫都没拽过，凭什么给你这个屎壳郎拽啊！

　　这次凌熙没躲，而是一甩尾巴，直接扇了鲍辉一耳光。

　　别看他的尾巴毛蓬松软绵，其实里面都是一截截的金属撑起来的仿真骨架，这么一甩，就像是一根警棍甩到了鲍辉脸上，偏偏这警棍外面还包着一层柔软的皮毛，所以疼归疼，却一点也看不见外伤。

鲍辉被他看似轻飘飘、软绵绵的大尾巴直接抽到了地上，捂着脸倒吸了好几口凉气，他觉得牙齿根都在晃动，嘴里一股血腥气。

凌熙假装吃惊地说："哎呀，这尾巴怎么乱动啊？"

鲍辉怒急，偏偏嘴巴发术，说话都不能大声说。他觉得他已经在尽力嚷嚷了，其实声音小得只有他们两人能听见："你别装傻，你身上带着传感器，如果不是你讨厌我，你的尾巴怎么会打我。"

"原来你知道我讨厌你啊……你也不想想，你做的这些破事儿，哪件讨人喜欢了？先是抢我的歌，又是找经纪公司压我，拍个定妆照还故意磨蹭，你红你有理？我没经纪人撑腰，就活该让你抢镜让你挤是吧？"凌熙本来不想扯破脸，就在刚刚他还告诫自己忍一忍就过去了，待戏拍完就不用再见这个跳梁小丑。但连日来经纪公司的漠视以及今天受到的欺负在这一刻凝结在一起，像是一颗包裹在糖衣下的酸梅糖，不加设防地在味蕾上爆炸，酸涩得完全突破了他的底线。

他的尾巴看似无意地搭在了鲍辉的脚腕上，猛地收紧，疼得鲍辉脸上变色。他压低声音："欺负我没完了是吧，欺负我特别有意思是吧，你是不是非要靠欺负我才能觉得痛快啊？！我是没经纪人，我是不红，但比你红的人多了去了，就你一副嚣张跋扈的模样，真以为我是灰姑娘啊，是不是还要撒把红绿豆在地上让我捡啊？"

他弯腰，哥俩好一般把鲍辉从地上扶起来，还帮他掸掸膝盖上的灰尘，脸上堆满笑意，说出来的话却极为刺耳："你信不信你再惹我一次，我就把你扒光了吊在道馆门口？你说，我把你的裸照拍下来卖给八卦杂志怎么样？"

凌熙语速极快，一堆话劈头盖脸地砸下来，根本没有给鲍辉反应的时间。站在不远处的工作人员以为他们在聊天，见鲍辉摔倒后被凌熙扶起来，满脸苍白，还以为是刚才那一下摔疼了。

大家议论纷纷：现在的男明星怎么都这么娇气？

之后的几条，凌熙发挥正常，反而是鲍辉频频忘词，前言不搭后语。导演被他烦得不行，让大家休息半个小时，一会儿再拍。

凌熙开开心心地摇着尾巴走下石台休息，路过鲍辉时，又往他领口里扔了只毛毛虫。

湖边难得有信号，他跑到湖边掏出手机和安瑞枫聊天。

电话刚响了一声，安瑞枫就紧张地接起来了。

"怎么这么久还没回来？我以为你们两个小时前就该拍完回程了。"

凌熙老实汇报："刚才拍戏的时候鲍辉又耍手段折腾我，耽误了点儿时间。"

安瑞枫听后有些心疼，凌熙又乖又软，即使被欺负了也不爱和人家起争执。想到鲍辉那副嘴脸，安瑞枫决定回去后一定要给他一些教训，让他学会适可而止。"我早说我应该陪着你去……你们现在到湖边了？你等着我，我现在过去。剧组如果要轰我，我就当听不见好了。"

"不用不用，真不用，"凌熙忙说，"我刚才已经和他说清楚了，他绝对不会再找我麻烦了。"

"真的？"安瑞枫狐疑地问。

"真的真的……"虽然安瑞枫看不见，但凌熙仍然很用力地点了点头，"他把我看作可以被他作践的野狗，却没想过野狗也是会咬人的！"

"哪有人把自己比作狗的？"安瑞枫故意逗他，"你怎么也得是个狗妖吧。"

"哈哈哈，没错，我就是个折磨人的小妖精！"

凌熙挂了电话，开开心心地回去继续拍戏了。

刚刚鲍辉衣服里又掉出一只虫子，把鲍辉给恶心坏了。凌熙跟在随队的队医身旁看热闹时，嘴里还假惺惺地说："哎呀，看来鲍辉今天的运气不太好呀。"

　　饱受精神与肉体折磨的鲍辉强撑着拍完了这段湖边偷窥戏，他怀疑衣服里的虫子是有人故意扔进去的，锁定了嫌疑人，却一直抓不到把柄。可除了凌熙，谁还和他有仇，会拿这种不入流的手段报复他？

　　鲍辉盯着凌熙的背影，眼里又惧又恨。明明是个背后无人还被经纪公司放弃的十二线小艺人，怎么敢和他那么说话，还用这种恶心的玩意儿折腾他？

　　凌熙经验太少，以为仅靠语言恐吓和一点点肉体惩罚就能让心怀不轨的人打消念头，却没想到这只会让对方变本加厉。

　　最后一幕拍摄完毕，工作人员收拾岸边的设备，准备班师回营。凌熙身上戴着好几斤重的狗尾巴，为了掌握平衡，走路时向来慢悠悠的，这样一来他就落到了最后。奇怪的是，鲍辉居然一声不吭地跟在他身边，眼睛一直往他身上瞄。

　　凌熙脑中的警铃被拉响了。

　　看来某人根本没有从刚才的事情中得到教训，还妄图在这个时候对他下手。

　　这个天然石台高约三米，一侧有小土坡可以攀爬。凌熙每一步都迈得小心翼翼，生怕一不小心就从湿滑的土坡上滚落。他一边向下走，一边用余光观察着身旁鲍辉的动作，就怕他突然发难。

　　待两人走到距离地面大概还有两米的位置时，鲍辉突然往凌熙的方向一倒，看着像是脚滑一样，重重地栽倒在了凌熙身上！凌熙虽然千防万防，但在这种窄小的土路上无法躲闪，被他一挤之下，直接栽向了旁边的小湖之中！

　　危急时刻，凌熙一把拉住鲍辉的衣角，扯着他一同落入了湖中……

　　"落水了，有人落水了！"

　　随着他们的失足落水，整个剧组都沸腾起来。这湖水不深，只有一米，他们从两米高的位置栽下，水托不住，最终肯定要砸到湖底。

　　不过凌熙不怕，他身后的大尾巴在落水时成了最好的缓冲，再加上湖水的浮力，他就像轻飘飘地躺到了柔软的羽毛床上，很轻松就能站起身来。只是山中温度低，湖水冰凉，凌熙站起来时打了一个大大的寒战。

　　至于鲍辉，他自食恶果，比凌熙惨太多了。

　　鲍辉哪承想自己居然会被凌熙带下水，砸入湖底时，他整个后背都拍到湖底的鹅卵石上，疼得他眼冒金星，又在湖底被灌了好几口水，才被随行的经纪人和助理手忙脚乱地拽起来。他虽然没受伤，但受惊不小，整个人瑟瑟发抖，看着凌熙的表情带着深深的忌惮。

　　明明凌熙才是狗妖，但鲍辉看着更像一只落水狗。

　　朱琳琳贡献出她的毛巾让凌熙擦身子，导演急赤白脸地问他们事情是怎么发生的，凌熙无辜地说："有人太狡猾……不对，有人脚太滑，我们就掉下去了。"

　　他本来还想着吓吓鲍辉就行了，但照现在看来，光吓吓没用，还是得想办法把人打疼了才能让对方得到教训。只是光靠他自己恐怕难以达成这个目标，回去还得问安瑞枫有没有什么办法。

　　另一边，安瑞枫在房中苦等许久，都不见凌熙回来，颇有些坐立难安。

　　安瑞枫在屋里待不下去了，他算了算拍摄时间，决定主动去找剧组会合。不凑巧的是，安瑞枫刚一离开道观，就遇上了拍摄完毕回道观的工作人员，他们告诉他，凌熙好像抄近道先回去了，安瑞枫担心与凌熙错过，急急忙忙地赶回住处。

　　当他走近他们居住的小屋时，果然听到门内传来了一些声响。安瑞枫推开门，原本以为能看到凌熙晃着尾巴热情地同他打招呼，结果却看见凌熙手足无措地对着火盆点火的场景。

　　道观里生活朴素，并没有使用现代化的取暖设备。每间屋子的角落里都放着一个火盆，待天气转凉后就会使用。可是现在并非秋冬时节，凌熙却搬出了火盆，艰难地点着火想要引燃火盆中的煤。

最要命的是，坐在火盆旁的凌熙身穿睡衣，头发湿漉漉，嘴唇有些发白。

见安瑞枫进来了，凌熙朝他做了个飞吻的手势。他形貌狼狈，偏还有心思开玩笑："你猜我这是在干什么？我这是在玩火啊。"说完，自己先把自己逗乐了。

安瑞枫被他这种苦中作乐的态度打败了，赶忙冲过去看他的情况，凌熙的双手还有些凉，指尖摸着像是在摸冰块一般，这完全不可能是刚洗完澡的情况。

"你落水了？"安瑞枫把凌熙从地上拉起来，把他往被窝里塞。

凌熙表示自己没事，冲过热水澡了，只是还有些冷。

安瑞枫说："我去给你生火，你先把头发擦干净。"

只是他完全不会使用这种古老的玩意儿，他以前拍古装剧的时候，见过剧组的工作人员点火盆，他看人家做得轻轻松松，结果自己做的时候完全点不燃，费心折腾了半天，除了把煤炭戳成了煤渣，别的一点进展都没有。

安瑞枫起身："我还是先去问问化妆师的吹风机在哪里，先把你头发吹干再说。"男人头发短，平常他们两人洗完头发都没有吹的习惯，只是落水和洗澡不同，如果头发不吹干怕是要生病。

见他急着往外走，凌熙赶快叫他："你别去，化妆师那里的两个吹风机都被道具组拿去吹我的尾巴和耳朵了，那玩意儿不吹干了怕把电机烧坏了，你就别过去给他们添乱了。"

"这么说，你是拍戏的时候掉下去的？"

"嗯，衣服也湿了，被他们带走烘干了。"

安瑞枫回头看他，脸色不太好看："你一个人掉下去的？"

"当然不是，你也知道我走路有多小心。都要怪那个鲍辉。"凌熙围着被子从床上坐起来，他把自己包裹得像一座小山一样，而他的脑袋就像是山顶上升起的红太阳。

他叙述了一下鲍辉的报复行为，很苦恼地问："你有没有什么能让鲍辉再也不敢惹我的办法？"

他丝毫不觉得向安瑞枫求助有什么丢脸的。他和他亲如兄弟，自己能处理的，凌熙不会去麻烦安瑞枫，但若是遇到了超出自己能力范围的，他绝不会磨磨叽叽地为了顾忌"男人的面子"而强撑。

听了凌熙的控诉，安瑞枫脸上不见有什么怒气，但熟悉他的凌熙很敏感地察觉出他只是把那股怒气憋在了心里。安瑞枫那漂亮的灰色眼睛深处泛着显而易见的火光，但他极力控制住情绪，不把这种愤怒发泄出来。

若不是条件不允许，安瑞枫恨不得现在就让人把鲍辉绑到跳水馆里，然后把他从十米跳台上推下去，让他也尝尝被人推的滋味。

一想到如果拍戏的石台再高一点、湖水再浅一些，凌熙可能就要从这个世界上消失，安瑞枫就觉得万分后怕。

他在凌熙床边坐下，语气中全都是在意与担忧："凌熙，你放心，鲍辉那边就交给我处理吧。"

这天拍完戏，凌熙接到了吴友鹏的问候来电。看到屏幕上一闪一闪的姓名，凌熙第一时间按下了通话键。

"吴哥！"凌熙开心极了，元气十足地向他问好，"你最近还好吗？"

"终于通了……"吴友鹏熟悉的嗓音自电话那端传来，"你们山上的信号也太差了，我连续打了好几次，前面全都是忙音，我还想，如果这一次再打不通就不打了。"

信号很差，像是同时有十几只蜜蜂在电话线里"嗡嗡嗡"地飞来飞去。

"我最近蛮累的，新接手的偶像团体成员里最小的十六，最大的才十九，正是最闹腾的时候，而且一来就来五个，你能想到我有多忙吧？不过这几个小丫头挺能吃苦，跳舞唱歌都很用功，公司现在正在准备她们的第一首单曲，估计三个月后就会冲榜。"

说起自己新接手的艺人，吴友鹏的声音虽然疲惫，却难掩兴奋。他之前围着凌熙转了十一年，积累的很多人脉、资源都不适合凌熙使用。凌熙的人气一直不温不火，他也跟着陷入了一种困境，有时甚至会怀疑自己的能力与价值。现在公司把他调过去负责新艺人，对于他来说，像是从头培育一株幼苗，他可以尽情地施展，避开当初陪伴凌熙成长时走过的那些弯路。

听到吴友鹏兴致勃勃地讲述自己新带的艺人，凌熙心中略有吃味。这种感觉像是曾经的毕业生在教师节探望自己的班主任，结果却听到慈祥的班主任向他介绍他现在的得意门生，让他不得不再次面对"我已经从老师的班级里毕业了"的事实。

不过他很快就调整好了自己的情绪。吴友鹏和他的关系亦师亦友亦亲人，如今吴友鹏能重新获得公司的重用，去带一个未来一片光明的少女偶像团体，作为他的朋友和亲人，凌熙是打心里为他高兴的。

吴友鹏问："你呢，最近怎么样？"

"特别好！"凌熙听到这个问题，他顿时来了精神，"身体倍棒，吃嘛嘛香，早睡早起，没胖没瘦。至于拍戏，还是那样喽，戏份没狗多，吃得没狗好。"

他报喜不报忧，坚决不提鲍辉抢戏、挤人，还害他落水的事情。毕竟现在吴友鹏是别人的经纪人，告诉他只能让他徒增烦恼。

"那和新经纪人相处得怎么样？"吴友鹏问出这个问题时，心里带着一丝惆怅，他一方面希望凌熙能和新经纪人相处好，合作顺畅，一方面又担心凌熙和对方合作得太好，结果把自己忘掉。

"哪有什么新经纪人？"这个问题瞒不住，凌熙坦诚相告，"我到现在都还没有见到他的影子，连他是男是女是老是少都不知道。"

吴友鹏一听，顿时怒火滔天，嘴里苦得像是干咽了一把味精，"你等着，我一会儿就拿把菜刀冲到总裁室，他不给我个交代，我就把他最爱的金丝楠木办公桌劈碎了给你当柴火烧。"

凌熙被他逗笑了："现在都什么年代了，哪里还需要烧柴火？算啦，等我过几天给他烧纸钱的时候，问问他到底怎么回事吧。"

这么沉重的话题被凌熙巧妙地带过，之后两人又谈了谈其他八卦，没想到话题兜兜转转，最后居然转到了鲍辉身上。

吴友鹏上网方便，又因为职业而消息灵通，总能知道一些凌熙不知道的消息："鲍辉不知道得罪了什么人，这几天网上有不少他的黑料。不是那种能置他于死地的黑料，只是说他不尊重其他艺人、放记者鸽子、对粉丝爱搭不理这种，现在网上掐成一片！放料的黑手不知是谁，虽然换了不少马甲和论坛，但是放料的速度很稳定，有图有录音，一看就是团队做的。真是替天行道！"

"原来是这样！"凌熙恍然大悟，"我说他这两天怎么这么老实，拍完戏就和他经纪人回房间待着，原来是网上丑闻缠身，没有时间兴风作浪。"

吴友鹏又嘱咐："现在鲍辉跟你们一起拍戏，你注意离他远一点，别被人拍到他和你起冲突的场景……即使你占理，但靠你粉丝的那点战斗力，估计分分钟就被他恼羞成怒的脑残粉掐成灰了。"

凌熙心里细一琢磨，越想越觉得时间巧。他前几天刚跟安瑞枫告完状，这几天鲍辉就被放黑料，怎么看这两者之间都有关系。但是他的想法只停留在猜测上，没证实前他也不方便说。他嘴上答应吴友鹏一定注意距离，待挂了电话后，赶忙跑去找安瑞枫证实。

道观不小，他先跑到前面的片场找了一圈没找到，又挨个院子地去找，最终在道观后的一个小亭子里看到了安瑞枫的身影。他正要冲上去打招呼，一拐弯才发现原来亭子里除了他之外还坐了三个人，一个人是许志强，而另外两个就是最近黑料不断的鲍辉和他那目中无人的经纪人。

凌熙不知他们四个能谈些什么，好奇得抓心挠肺，赶忙猫着腰小心翼翼地挪过去，藏身于灌木丛中。他耳朵灵，他们的声音又不小，他很轻易地偷听到了他们的谈话。

他们的谈话听起来刚开始不久，鲍辉正寒暄着，说有幸能和同公司的大明星师兄同进一组，他非常开心，最近从师兄身上学到了不少云云。

安瑞枫耐着性子听他套近乎，间或回复几句"嗯""啊""是吗""你也很好"，态度不冷不热，实在称不上亲近。

鲍辉现在的经纪人是他的亲戚，没受过正规的经纪人培训，仗着鲍辉现在名气渐涨，狗仗人势，脾气越来越大。他见安瑞枫一副不动如山的模样，沉不住气，率先开口："安先生啊，最近几天网上有些消息对我们鲍辉不太好，你也知道，我们鲍辉脾气直，藏不住话，也不知道什么时候得罪了人，最近有很多人在黑他。"

不用安瑞枫开口，和他配合默契的许志强接腔："哦，是吗？这还真没听说。山上信号不好，我们每天都睡得很早，没有时间关注这些。不过这个圈子就是这样，像安瑞枫身上也经常有八卦，一会儿和这个女星谈恋爱，一会儿和那个女星搞暧昧，不去管它就好了。只是不知道鲍辉是什么样的黑料，公司怎么说？"

鲍辉忙道："都是些无中生有的小八卦，公司说会帮忙处理。但是有一些传言是针对我的交友的，公司让我自己找一些朋友在微博上互动一下……你看，师兄，咱们合张影吧。到时候我发在微博上，你记得给我转发一下就好。"

他的用意很明确，那些黑料说他不尊重其他艺人，还曝光了他嘲讽其他艺人的音频，那他就多秀几张与其他明星的合影，再在微博上和他们开开玩笑，"人缘差"的流言自然就不攻自破了。安瑞枫是他的同门师兄，人气又旺，抱他的大腿再好不过。

只可惜他打错了算盘。安瑞枫听了他的要求，一个字都没有说，只是勾起一边的嘴角往旁边侧了侧头。这动作看似随意，可是鲍辉盯着他的表情，心里莫名"咯噔"一声，预感到自己很难获得他的支持。

果然，许志强代替安瑞枫开了口，冰冷的语言打破了他的妄想："很抱歉，山上信号太差，光是打电话都很费劲了，联网更困难。你发合影没问题，但是恐怕得等安瑞枫拍完戏下山后才能和你互动了。"

拍完剩下的戏至少还要半个月，鲍辉今天发的合影照片，安瑞枫半个月后才回复，怎么想都不可能关系亲近。

再也没有比这更直白的拒绝了。鲍辉不明白自己究竟什么时候得罪了安瑞枫，让他不顾同门之谊，不仅横插一刀抢了片尾曲，更不愿和他多加互动。他心高气傲，被安瑞枫拒绝了也不懂婉转地探听一下缘由，直接站起身来说了句"那就算了，不打扰师兄了"，就拽着自己的经纪人匆匆离开了。

从头至尾，安瑞枫说的话都没超过五句。

待他们二人走后，许志强见左右无人，便调侃安瑞枫："怎么样，当幕后黑手的感觉爽不爽？"

就如凌熙猜测的那样，这次针对鲍辉的爆料行为确实和安瑞枫有关。他和鲍辉同为一个公司的艺人，想要探听出他的一些消息易如反掌，他匿名给狗仔团队指了几个方向，闻风而至的狗仔们就顺藤摸瓜地查出了很多黑料。鲍辉本来就人缘很差，墙倒众人推，很多与他有过节的人为他的黑料添砖加瓦，不过几天的工夫，水池就被搅浑了。而作为始作俑者的安瑞枫早早就退出了争端，根本没人想到这场针对鲍辉的战役是他第一个举起的利剑。

说起此事，安瑞枫语气平静："本来只想给他个教训，让他以后别这么目中无人，搞清楚不是什么人他都得罪得起的。我也没想到能查出这么多黑料，居然还留下了那么多他在后台骂人的视频音频，明明事业刚刚起步，却这么肆意妄为，公司是怎么忍下他的？"

许志强摸摸下巴："估计公司也没想到他私底下胆子这么大吧……你想，他连经纪人都换成了自己的亲戚，一旦做了什么出格的事情，经纪人肯定帮他一起隐瞒，哪管得了他？"他拍了拍胸口，"所以说，选经纪人还要选我这样的，不能一味地顺着艺人，要告诉他们什么能做什么不能做……"

说到这里，他看了眼安瑞枫，叹口气道："不过你是意外，你不是我的艺人，你简直就是我的甲方！"

之后两人又闲聊了几句剧组里的事情，还有之后的档期问题。安瑞枫人气旺，各种广告邀约、电影邀约堆满案头，许志强已经帮他筛掉了一部分，剩下的需要等他回去后自己挑选。两人谈了没多久，许志强的电话响了，他拿着电话匆匆走向前院，那里信号稍微好一些。

待许志强走后，安瑞枫一个人又在亭子中坐了一会儿，凌熙屏息趴在灌木丛中，左思右想，不知道何时现身比较好。偷听别人说话实在不是什么光彩的事情，凌熙不好意思这么大大咧咧地走出去。

他原本准备这么一直趴到安瑞枫离开，却忽然听到了安瑞枫的脚步声。那声音越来越近，一直从亭子里走到他的身前才停下。凌熙傻傻抬头，顺着面前两条又直又美的大长腿一路望上去，一直望到脖子都酸了，才在高耸入云的地方找到安瑞枫的脸。

凌熙满面尘土，头上还顶着两棵杂草，安瑞枫并不嫌弃，弯腰把他从灌木丛中拉出来，小心擦干净他的脸和手，又把他身上扎着的灌木刺一一拣净。

凌熙搓搓鼻子："你怎么发现我的？我还以为我藏得很好。"

"算不上'发现'，就是冥冥之中有一种感觉，往这边一看，我就注意到你了。"安瑞枫仔细检查着他的手掌，担心他被灌木丛划破，"如果真要问为什么的话，估计是因为默契吧。"

凌熙"嘿嘿"傻笑。

安瑞枫问他什么时候来的。

凌熙答："你们刚开始谈话的时候我就在这儿了。"

"下次想听可以大大方方地出来听，别趴在地上，多脏。"

凌熙眨巴眨巴眼睛，问："我听你们刚才说，鲍辉的事情是你做的？"

"是。"

"因为他欺负我？"

"嗯。"

简简单单、普普通通的两句回答，让凌熙听后开心得不得了，嘴里却假惺惺地推辞："我又不是名满天下的陈圆圆，你怎么还做起冲冠一怒为红颜的吴三省了呢？"

"吴三省是谁？"安瑞枫一头雾水地抬起头，"冲冠一怒为红颜的是吴三桂吧。"

第十一章 —— 杀青

　　戏份没狗多的凌熙跟随着剧组在山上封闭拍摄了二十天后，终于迎来了他的最后一场戏。作为完全靠关系硬塞进来的非专业演员，凌熙的演技虽然不是顶好的，但好在编剧分给他的台词不多，依靠现有的演技就足够撑过大部分戏份。毕竟他的本职是歌手，演戏纯属跨界。导演对他的期待原本并不高，没想到他的"本色出演"居然误打误撞，与角色非常契合，工作人员也都对他颇有好感。

　　凌熙的最后一场戏很有意思。他爬到道观正中央那棵百年老槐树上，双腿分开骑在最粗大的一枝树枝上，两只脚一摇一晃，尾巴跟着节奏一起摆动。他嘴里哼着小曲，眺望着远处的山川河流，表情轻松惬意。

　　至于他哼的什么小曲，导演在他上树前告诉他自由发挥，在这种古装剧里哼现代歌曲显然不合适，他干脆哼唱起《剑绝天下》的片尾曲，这首歌由他亲手谱曲亲自填词，歌词第一段描述了少年人无忧无虑的心境，在这时唱来刚好切题。

　　安瑞枫扮演的师尊从书房里走出时，凌熙脚上的布鞋不偏不倚地甩落到他面前。

　　安瑞枫拾起他的布鞋，脸上的表情又是无奈又是生气："你到底是狗是猫，怎么还学会爬树了？"

　　凌熙天真地低头看他："师父真笨，我是狗妖呀汪。"

　　"你说你成天除了冒傻气还会做什么？"

　　凌熙掰着手指数："第一，我会给师父倒茶。第二，我会给师父捶背。第三，我会给师父看家护院保护周全。"然后他伸出双手捂着脸，却故意叉开手指露出圆溜溜的眼睛，"等到了冬天，我可以当黄香，给师父温……"

安瑞枫打断他:"你哪里像黄香,几天没洗毛了,都要成黄臭了!"

之后就是一阵鸡飞狗跳。

待拍摄结束后,他顺着剧务搬过来的梯子溜下来,凑到导演旁边看这场戏的回放,毕竟是他的最后一场戏,他希望能演得完美无缺:"怎么样导演,这一个月下来,我进步大不大?"

"凌熙啊……"导演斟酌了一下,"我觉得你刚才唱的小曲挺好听。"

凌熙沮丧极了:"我这都杀青了,你们不送我鲜花和掌声让我热泪盈眶地在镜头前说一句'感谢这段时间剧组送给我的温暖'也就罢了,怎么导演你连句表扬都不跟我说啊?"

导演手里的烟差点没拿住:"谁说你杀青了?后天的决战戏你不拍了?"

"啊?我哪儿还有戏啊!"凌熙赶忙掏出自己被翻得皱巴巴的台本给导演看,别看他演技不好,但是对待工作他相当认真,把有自己的地方全都提前用荧光笔画了出来,台本都被他翻得边缘起皱了,"你看,今天是我最后一场,后面就没啦!决战戏可是有武打场景的,我哪儿会功夫啊,那是'小祖宗'拍的!"

这话从他嘴里说出来真是心酸,一个人类拍武打戏还不如一只狗身手敏捷。

"不对啊,你到现在都没拿到新台本吗?编剧给你加戏了!"

导演急匆匆地叫来编剧和助理,一问之下才知道闹了乌龙。原来编剧在改完剧本后,按照惯例,他的助理会把剧本发给演员的经纪公司看。这次加戏涉及两位艺人,一个是凌熙,一个就是安瑞枫了,安瑞枫的经纪公司"新贵娱乐"很快就回复对改动没有意见,而凌熙的经纪公司"扬天传媒"到现在还没有回音。

编剧和凌熙之前的经纪人吴友鹏关系密切,早就耳闻凌熙和他经纪公司的那点破事儿，干脆问他："加戏这种事情，你自己做得了主吗？"

"没问题！"他拼命点头，反正他的新经纪人估计连他原本有几幕戏都不知道，编剧加戏总不会是害他。

助理赶快把新增加的最后一场戏打印出来交给凌熙，凌熙捧着热乎乎、轻飘飘的两页纸，觉得心中豪情万丈：看，他表现得多好，把编剧都给折服了，主动给他加戏！

导演好奇："你现在不是和安瑞枫住一间房吗？这次加戏和他也有关，怎么，他没跟你讨论？"

但凡有空，凌熙都拿来追着安瑞枫聊八卦了，哪有心思讨论工作？凌熙眼神飘忽地说：""小祖宗"在吊威亚了，我过去看看！"然后"唰"的一下脚底抹油溜掉了。

导演看着他毛毛躁躁的背影，心中没底："就他这样天天傻乐呵的人，能把最后一幕拍得催人泪下吗？"

编剧倒是很有信心："你不懂，这叫反差虐。"

就这样，理所当然的，凌熙杀青的日子又往后拖了两天，他将与师门中的其他演员一起迎来精彩绝伦又感人肺腑的决战戏。这最后一场戏讲的是男主角所在的师门因为藏有异宝而被歹人觊觎，满门被屠。

原本安宁祥和的山门被鲜血染红，众人死状惨烈，大徒弟被斩首扔进了自己的丹炉，三徒弟被斩断手脚弃于大殿外，四徒弟还来不及化为人形，就被歹人狠狠一刀斩断脊骨摔到墙上，它小小的身躯顺着墙面缓缓下滑，留下一道触目惊心的血痕。至于他们的师尊，战到青衣染血、经脉寸断，在藏宝阁外被一剑穿心，永远地倒在了那里，甚至临死前，他都无法瞑目，一双美目仇恨地望着天空……

凌熙刚拿到剧本时，看完这段戏后只有一个想法：这编剧到底和这山门有多大仇啊！明明前面还是清甜小品剧，为什么要让剧情急转直下全死光啊？

那时候吴友鹏跟他解释，说编剧大神当年是写狗血爱情剧出身的，成名作就是一个温暖的大家族集体爆发了无法治愈的遗传病，死的死，残的残，失忆的失忆，车祸的车祸，但是大家仍然抱着希望走下去的故事……

凌熙怀疑这编剧天天都能收到观众寄来的刀片，还能乐滋滋地用刀片拌饭吃。

原本这段戏凌熙只是看看而已，他对武打戏一窍不通，与他相反，"小祖宗"有充分的拍戏经验，咬人、被反杀、撞墙、装死这一套流程它做得相当娴熟，一点都不需要操心。最开始写剧本时，编剧经过多番考虑，担心他的演技表现不出来最后一幕的那种绝望，所以才决定不让凌熙上场。但是在看到凌熙和安瑞枫穿上戏服的互动后，他灵感迸发，决定临时增加一幕——

在歹人一剑穿透师尊胸口，扬长而去后，原本昏死在一旁的四徒弟从犬形化为了人形，他整个后背血肉模糊，双腿毫无知觉，但他仍然竭尽全力，仅靠双手一寸寸爬向了师尊。蜿蜒的血迹从他身上流淌而下，染红了地面。

他最终爬到师尊身旁，像是当年刚进山门时的小狗一样蜷缩在师尊的臂弯里。他抬起头，双眼中闪烁着从没变过的崇敬与希翼，无声地喊了句"师父"，然后就这样力竭死在师尊怀里。而在四徒弟安然死去之后，师尊的眼角居然流下了一串血泪……

这一集最后的长镜头是从这对相拥而死的师徒身上慢慢摇起，划过战死的另外两名徒弟，从上空鸟瞰整个山门，最终定格在碎裂的山门牌匾上。

凌熙在看完更改后的剧本后，整个人都被打击得魂不守舍。之前的剧本已经让他非常难受了，他还庆幸那一幕戏是由"小祖宗"出演，他可以眼不见为净，没想到编剧脑洞大开寥寥几笔增写了一段后，杀伤力成倍增长。

当安瑞枫结束当天的拍摄回到所住的厢房时，看到的就是凌熙蜷缩在自己的被窝里，一脸闷闷不乐的模样。

凌熙性格开朗，安瑞枫认识他这么久，几乎没见过他板着脸的模样，忙问他怎么不开心。

凌熙指指剧本："新剧本你看到没？编剧未免太狠了。这个山门上辈子到底欠编剧大多少钱，死得一个比一个惨。"

"原来是因为这个……"安瑞枫没有笑话他居然会为了一个不真实的剧本搞得自己心情抑郁，"这是这个编剧的风格，他很擅长写这种先扬后抑的题材，而且很能抓住人心。我接过他几个剧本，刚开始也像你一样把自己弄得很抑郁，现在见多了就能自我调节了。"

可惜凌熙完全没有他的自我调节能力，一直愁眉苦脸苦大仇深地盯着剧本，若凌熙手里有一根魔杖，一定会替天行道给编剧一个阿瓦达索命。

在拍最后一场戏前，凌熙肿着大眼睛恍恍惚惚地去片场上妆，编剧在旁边幸灾乐祸地问他："哎呀，凌熙，怎么眼睛这么肿啊，是看剧本看哭了吗？别不承认啊，是不是特感人肺腑，特催人泪下，特虐特惨特绝望？"

凌熙一想到剧本就心里难受，气得"哼"了一声用尾巴对着他。编剧满足了自己的恶趣味，撸了一把他的尾巴，背着手开开心心地走了。

待凌熙化完妆走出化妆间时，其他演员都已经站在各自的位置上做准备了。这一场戏的武打场景非常多，几名武术指导走到演员身边，跟大家一对一地确认最终的武打动作，安瑞枫听得很认真，见凌熙从他身边走过，还抽空向他递了个眼神。

两个人默契十足，光是这么短短一瞥，凌熙就从安瑞枫的眼神里读出"今天只是拍戏，你不要伤心，认真看我拍戏，不要不开心""要杀青了，你紧张不紧张""期待你最后的表演""你在我眼里是最棒的"等十几种意思。

如果《安瑞枫眼神含义研读》是一门课程的话，凌熙在期末考试上一定能拿满分。

凌熙的出场排在最后，他闲来无事在场中四处转悠，刚好看到朱琳琳在角落里绑威亚安全带。

同样都是歌手出身，朱琳琳在剧组的这一个月十分吃苦耐劳，演技有了不小的进步，到了今天这出戏还将挑战威亚，一会儿就要被吊起五米高。凌熙对她很是佩服，觉得她的意志力像铁塔一样矗立在地平线上，永垂不朽。

见凌熙来了，朱琳琳率先向他打招呼："你怎么来了？今天不是没你的戏了吗？"

"嘿嘿，编剧给我加戏了，你没看新剧本吧？"凌熙挑眉，一副小人得志的模样。

因为新增加的内容和其他演员没有关系，所以朱琳琳他们直到前一天才拿到新剧本，但见自己的部分没有改动，她就没有往后翻。

"加戏？什么戏？"她好奇，之后的剧本她背得滚瓜烂熟，根本插不进什么新情节了。

凌熙戏言："死戏！"

朱琳琳更疑惑了："怎么死的？这一场不是'小祖宗'拍吗？"

"变成人后，爬到安瑞枫怀里，相拥而死……"

朱琳琳上下扫描了凌熙几遍，摇头叹道："你这种死法，真是娘出银河系了。"

最后一场山门大战，整个剧组从天不亮开始准备，一直拍到下午两点，才堪堪拍完群战戏。已经六十多岁的大徒弟率先完成任务，被敌人一刀斩首扔进炼丹炉；第二个退出战斗的是朱琳琳，她浑身都是血浆，托着腮站在镜头外，看反派演员剁下了道具假人的手脚。至于男主角鲍辉，他在师尊的掩护下怀揣着门派至宝翻墙离开，现在他被经纪人请去一旁休息了……

于是大家都惬意地捧着水杯，站在道观的一座偏殿搭成的藏宝阁外，围观安瑞枫这场一对多的血战。不过演员之间还是泾渭分明的——最近黑料缠身、在剧组里声名狼藉又高傲自大的鲍辉被其他演员排除在外，一个人占据了一个角落。

刚开始大家围观的心态还是挺轻松的，毕竟这是最后一场戏，拍完后就可以从这个信号不好的地方回到科技社会了！但随着打板声响起，安瑞枫表情一肃，举着剑挽了一个干净利落的剑花，气势陡然变了。

明明安瑞枫私下里是个温柔爱笑又很细心的人，但在镜头之下，他仿佛真成了那个仙风道骨的师尊，感情内敛，不怒自威，武功高强，心志坚定。即使他的两名爱徒已经战死，一名爱徒踏上逃亡之路，他却不会想着舍下门派出逃，誓与这山、这殿、这一草一木同进退！

安瑞枫经验丰富，身体强健，每日都会锻炼身体，一些武打动作中基础的起转腾挪他都无须替身就可以完成。剑起时，他身姿潇洒，动作飘逸，青衣如林，白发如瀑，即使身染鲜血也不影响他行云流水一般的动作。

但毕竟双拳难敌四手，围攻他的人足有十几个，很快他就落了下风。

片场外，虽然所有人都心知肚明接下来的剧情发展，但仍不由自主地屏气凝神，希望师尊能够逆转劣势，杀他们一个片甲不留。

眼看着一名反派挥舞着手中的长剑就要刺向安瑞枫的肩头，只听一声尖亮的狗吠声自旁响起！电光火石之间，一只黄毛大尾巴的神犬腾空而起，从旁边的侧殿穿出，一口咬住了歹人持剑的手腕！

"死狗！"那人痛呼一声，却甩不开那只犬。

明明平日里是只娇憨可爱的萌狗，这时却凶性毕露，低声哼叫，牙床都裸露在外，看着极为可怖。

但狗的力量毕竟无法和人比拟，被它咬住的人拽住它的尾巴，一脚端到了它柔软的肚子上。它呜咽一声松了口，来不及跑，便被旁人一刀斩断背脊，紧接着拎着它的尾巴狠狠一甩，就把它扔向了旁边的围墙。

"老四！"安瑞枫眼见自己最为珍惜的徒弟因保护自己失去了性命，他心神大动，面白如霜，手中的招式也失了准头。

明明知道这一切都不过是拍戏，但围在旁边的工作人员们的情绪还是无法自制地低落下来。他们被安瑞枫的演技带入了戏，仿佛他真的是一个高高在上的仙人，被心思恶毒的凡人用鲜血与罪孽拉下了神坛。

尤其是演技如神的"小祖宗"，直接把这一出戏的悲情感烘托出了一个新高度，把大家虐得难受极了。

喜欢狗的朱琳琳快崩溃了，眼泪哗哗："导演和编剧到底怎么回事！不知道好莱坞有个不成文的规定是'小孩和狗不能死'吗？！"

她的经纪人在旁边拼命拽她："姑奶奶，咱这不是好莱坞……"

安瑞枫情绪拿捏得极准，多之一分就显得做作，少之一分就显得寡淡，把这个角色演得入木三分。当他被人一剑穿心，力竭倒地时，整个片场鸦雀无声，所有人都被他的演技折服了。

"小祖宗"的演技也很精湛，别看它又是被踹又是被杀又是被扔的，其实剧组里早就做好了防护措施，就连它撞上的围墙也是海绵做的，保证不让它受一点点伤。待"小祖宗"下场后，它的训导员迎过去给它喂了不少好吃的。它摇摇尾巴站起来，神气活现得像是拿了影帝一样。

训导员不无自豪地说："不是我王婆卖瓜，如果奥斯卡有最佳动物演员奖的话，我们"小祖宗"早就拿下十个八个奖杯了。"

他越是夸奖"小祖宗"，一旁的凌熙就越紧张——如果他是一只狗的话，估计连叼拖鞋都不会。"小祖宗"珠玉在前，而他演技那么糟，他很怕自己不能配合好安瑞枫，把最后一幕演完。

开拍最后一幕前，导演把凌熙叫去角落说戏。凌熙紧张得手脚都不知往哪里放，站在导演面前头都抬不起来，他不是专业演员，在表演一事上又缺乏悟性，他极其担心自己出错，把最后一幕演得狗尾续貂。

导演倒是很有耐心，把这一幕戏掰开了揉碎了给凌熙反复讲了几遍，见他还是紧张，导演想了想，说："你如果实在拿捏不好那种心情，那你就换个角度这么想……"

其实导演说的例子有些不恰当，可是确实说到了凌熙的心尖上。他眼睛闪闪亮，连连点头："我明白了！谢谢导演！"

一旁的鲍辉远远看到他们两人说话，很不屑地说："导演居然让一个歌手来演感情难度这么大的戏……呵，可别把'爬向师尊'演成'丧尸出洞'。"

幸亏他还知道自己最近名声不好，声音压得很低，要不然让别的人听到了，估计又要掀起一阵腥风血雨。

他本来抱着看凌熙热闹的态度站在旁边，还想等凌熙接连 NG 后可以嘲笑他，没想到经过导演的点拨，凌熙的表现让他出乎意料。

在"action"响起之后，凌熙自墙边缓缓睁开眼睛，摄像机推过去，可以看到他的眼睛初时是迷茫而痛苦的，迷茫于想不起刚刚发生的事情，痛苦于身上的伤痛。

盘踞在他整个后背的可怖刀伤，几乎快要把他斩成两半，汩汩的鲜血自背上流出，在地面上汇聚，填满了一个浅浅的土坑。

他抬眼，搜寻着熟悉的身影。刚刚的恶战留下了一地狼藉，而在这片狼藉之中，那个倒在血泊中的身影是那么刺眼。

四徒弟想要站起来，可是下肢早就失去了知觉。他茫然地看了眼自己的脚，再看看倒在藏宝阁外的师尊，选择了一个他最为熟悉的方式到他的身边——爬。

每一个动作都加剧着他背上的伤势，可他却像感受不到那份疼痛一样，双眼望着师尊的方向，撑住身体，缓慢而坚定地爬过去。原本干净的指甲缝里全是泥土，因失血过多而苍白的脸上滚落无数汗珠。青石板地面上，拖曳出一道触目惊心的血痕……

终于，他爬到了师尊的身边。他没有多费力气去探一探师尊的鼻息，因为他心中已经知道了结局。他只是像小时候一样，像自己被师父从山门外捡回来时那样，把自己团成一团，挤进了他的臂弯里。

他的眼中没有对死的惧怕，只有对身旁这个逐渐失去了温度的躯体的无尽依恋。

他的师尊永远天下第一。天下第一地帅，天下第一地强，天下第一地疼他。如有来世，他愿再次跟随这个人。若能成人，便为他做饭捶背，逗他欢笑；若不能成人，继续当他身旁的一条狗也好。

他带着无尽的眷恋闭上了眼睛，而他身旁的师尊在他咽下最后一口气后，眼角划过一串血泪……

镜头拉高，俯瞰狼藉的山门，原本安定祥和的门派如今只剩下断壁残垣与遍地尸体。大门上原本高高挂着的门匾掉落在地，金字斑驳，溅满血迹。

……

这充满难度的最后一条居然一遍就过了，待所有演员从地上爬起来后，工作人员给他们献上了热烈的掌声。因为没死而无须出场的鲍辉满面阴郁地站在片场外，他原以为能看到凌熙出丑，没想到居然听到他被人所有人赞扬，而他也不得不承认，刚才凌熙的表演确实让他非常吃惊，即使由他上场，也无法演得更完美了。他这人小肚鸡肠，看不得别人出风头，见大家都去恭喜凌熙，直接黑着脸离开，连之后的庆功小宴都没参加。

在补了几个近景和其他角度后，凌熙及安瑞枫的戏份正式杀青了。

剧组提前准备了鲜花送给他们，感谢他们这段时间以来的付出。

安瑞枫提早让许志强订了豪华的茶歇甜点，在拍摄结束后从山下雇人搬了上来。刚刚还满地血迹的道观被打扫一新，干净得像是从没发过血战一样。大家吃吃喝喝地欢聚一堂，因为之后的剧集早在来道观之前就已经全部拍完，所以今日其实是整个剧组的杀青之日，之后母带会交给后期工作室进行剪辑处理，算上之后的审批时间，最快半年后这部电视剧就会开播。

见整个剧组都喜气洋洋的，朱琳琳一时间无法适应这个气氛。明明刚刚拍摄时，大家都被最后的血战感动得眼眶泛红，心情激荡，怎么转眼间都笑得这么开心啦？

其实这就是职业演员、职业剧组与她这种半个外行人之间的最大区别。演员们拍过那么多戏，剧组们接过那么多剧本，他们能清楚地分清故事与现实，在离开工作环境后，能很轻松地把自己从那种感情中抽离。若朱琳琳有心想跨界去影视圈发展，显然还需要多多历练。

凌熙身上的妆比较难卸，待他好不容易把自己打理干净从化妆间出来时，甜点几乎都被其他人吃干净了，只剩下一些残羹冷炙扔在那里，让人看了就胃口全无。

安瑞枫见他吃不到东西满脸沮丧，把他叫到一旁："放心，我给你提前留了不少点心，直接让许哥送到咱们房间里了，等晚上你可以慢慢吃。"

凌熙听了眼睛发亮："奶油的？"

"嗯，都是你喜欢的奶油蛋糕，奖励你刚刚的表现。"

安瑞枫想起刚才拍摄时凌熙的完美表现，竭尽所能地用最棒的词汇表扬了他。

"实话实说，本来这一幕戏我是有点担心你的，害怕你达不到导演的要求，被他骂。"安瑞枫很诚实，"这并不是不信任你，只是担心你给自己太大压力，反而发挥失常。不过你刚刚的表现非常惊人，我看了几遍回放，你的眼神表情都非常到位。没有对死的恐惧，只有满满的依恋与坦然赴死的平静。"

他中肯地说："我敢说，即使让别的比你更有经验的演员来演，恐怕也不能演出更传神的眼神了。"

凌熙被他表扬，抑制不住地傻乐："嘿嘿，其实都是导演教得好，我本来也抓不住感觉，开拍前导演把我叫过去，点拨了我一下，我就立即抓到重点了！"

安瑞枫好奇："他跟你说什么了？"

"他跟我说：'凌熙呀，你如果实在抓不住感觉，你就这么想，你和安瑞枫是好朋友，如果有一天他不和你玩了，去和别人做朋友了，甚至更进一步，不在国内发展了，要回加拿大去，你是不是很难受？这个比喻可能不太恰当，但在剧中，师尊也是永远离开了他一手带大的徒弟，他们的感情也很深厚。'……"

"不会。"安瑞枫突然打断他。

"啊？"

"我不会离开的。"

凌熙脸红红："我知道呀，可是这只是'如果'。"

安瑞枫坚定地说："'如果'也不会。"

熬到聚会结束，两人拍了一天的戏都很疲惫，干脆回房间睡觉。可不等他们踏入房门，就看到一个面熟的小道童团成一个圆球坐在廊下，双眼通红，正在那里哭哭啼啼地抹眼泪呢。

见到他们俩经过，小道童哭得更凶了。他像是一只灵活的皮球一样从地上弹跳而起，一手抱住凌熙的大腿，一手抱住安瑞枫的膝盖，硬把自己当作一个腿部挂件挂在了两人身上。

凌熙极为辛苦地把他从腿上摘下来，抱在怀里问他为什么哭。

小道童一边抹着眼泪一边哼哼唧唧："我不要师尊死，我不要狗妖死！他们都是好人，不能死！"

原来这小道童没听老道长的话，又偷偷跑出来看他们拍戏。他偷看的正是最后一幕狗妖化为人形爬进师尊怀里坦然赴死的戏。他们演得感情真挚，就连成年人都无法自持地感动流泪，更何况是一个天真的孩子呢？

小道童哭得包子脸都肿了，像是左右腮帮子里各含了一个鸡蛋。凌熙和安瑞枫之前就体会过他的大哭神功，但是这一次他哭得比上一次还要惊天动地，两个人都没有当奶爸的经验，抱也不是，哄也不是。

凌熙苦口婆心地跟他说："那个是演戏，是故事，没有人死！你看，我和你安叔叔都活生生地站在这里。那些都是假的！"

小道童费力睁开两只肿得只剩下缝的眼睛，一边抽泣一边奶声奶气地说："虽然故事是假的，但是感情是真的呀。"

安瑞枫："这思想觉悟真是太高了。"

两人围着孩子手足无措了好一会儿，正发愁怎么哄这个小家伙，救兵到了。

原来是老道长听到了孩子的哭声，循声过来查探，刚好救他们于水火。

见道长来了，两人不约而同地松了口气，赶忙把孩子交还给道长，三言两语地把他们怎么发现孩子哭的事情告诉了他，希望道长好好劝劝小家伙。

老道长一手抱着沉甸甸的小家伙，另一只手抚了抚长及胸口的白须，道："他哭便让他哭吧，他哭的不是故事，哭的是那段师徒间生死相随的感情。他天生心思细腻，对很多事情想得比较多比较深，这并不是坏事。"

小道童哭着哭着，声音越来越小，靠在道长怀里昏昏欲睡，小脑袋点啊点啊，困得左摇右晃。道长拍拍他的后背，目光转向面前的两人身上，跟他们道别："明天我们观里会做法事，就在正殿前。若你们明天早上起得来，可以过来看看。"

两人赶忙应下。道长向他们点了点头，抱着孩子消失在茫茫夜色中。

第二日，两人睡醒时已经日上三竿，明显已经错过法事的吉时。等两人急匆匆地穿好衣服，赶到道观正殿外时，法事已经进入尾声了。

昨天杀青后，绝大多数演员因档期今早就离开了，而鲍辉因为黑料缠身，昨晚就匆匆下山回了 B 市，所以现在留在山上的演员只剩下三位，除了两人外，第三位刚好是他们的老朋友——朱琳琳。他们两人赶到时，朱琳琳也在观礼。

他们之前拍摄时，约有一半戏是在正殿拍的，师尊会在这里给各位徒弟讲经，还会教他们法术，与他们一起练剑。而昨日拍摄的血战戏正是以这里为起点，山门众人且战且退，死守藏宝阁，最终血洒满地。再次来到这里时，地面、围墙全部洗刷一新，原本铺设的拍摄轨道已经全部拆完，堆在一旁等待工作人员运输下山，仿佛之前一个月的辛劳都是梦境。

正殿外的空地上，老道长带着两位年轻道士开坛，他们头戴高冠，身穿浆洗过的挺括的道家法衣，高标清逸，矜重威严。老道长手持法器，口中念念有词，另两位道士低声诵经。法坛上香烟袅袅，庄严肃穆。

凌熙凑过去同朱琳琳打招呼，小声问她："道长他们这是在做什么法事？"

"说出来你都不信，"朱琳琳转头看向他们，"他们在给昨天剧中战死的角色超度。"

凌熙："我以为只有和尚才会超度。"

安瑞枫："现在是讨论谁会超度的时候吗？"

三人面面相觑，皆不明白为何道长要辛苦地为只存在于剧本中的人物诵经做法，但见场中众人面色严肃，他们也跟着肃然起敬。耳边听着那些韵律天成的经文，眼中看着庄重神秘的法事，他们躁动的心渐渐静了下来，他们仿佛再一次成了剧中的人物，被经文洗涤了浴血而死的灵魂。

又等了大约半小时，法事结束，老道长让几位小道士和道童收拾法坛，自己则去换下身上的法衣，穿上平时在观里常穿的道袍大褂，走过来同他们三人闲话。

安瑞枫先一步道歉："道长，不好意思，这段时间拍戏辛苦，今早没有起来。"凌熙也忙说了几句对不起。

老道长摸摸胡子，很和气地说："没事，没事，本来这开坛超度就不是为了让旁人围观才做的。多一人看，少一人看，抑或是无人看都无妨，毕竟这场法事的主角并非你们。"

说到这里，又引出了三人萦绕于心的问题，朱琳琳心里藏不住话，干脆向道长抛出了询问——戏中角色只存在于电视剧中，他们三位演员都好好地站在这里，为何要超度并不存在的角色呢？

见对面三人脸上满是疑问，道长一笑，娓娓道来："你们是否觉得这场法事荒诞无聊？那是因为你们从你们的视角出发，把他们当作了自己扮演的角色，把他们的世界当作剧本中虚构的一方天地。你们是演员，可以很好地表现出的他们喜怒哀乐，但你们终究不是他们。他们死，你们未死，所以你们才觉得他们只活在那短短的几出戏里。"

道长又说："但在我看来，当编剧提笔构建出第一个人物时，他便活了。当编剧落笔写完最后一个句号时，那方世界便自成一体。他们真的生活在我们无法感受到的一个世界中，也曾哭，也曾笑，也曾辛劳修炼，也曾悠闲度日……最终，他们为保护门派浴血奋战，血染这片土地。既然是战死的亡魂，我自然应该超度他们，让他们免过三涂五苦。"

他说了这么多，大家虽然不能完全信服，但也能理解他的意思。道长所思所想的角度和他们完全不同，简直给他们打开了新世界的大门。

见大家还是似懂非懂的样子，老道长接着说："你们把剧中的师徒当作编剧笔下的人物，跳出他们的世界，用一种旁观者的眼光去评价他们的悲欢离合。但说不定，你们也是其他人笔下的人物，当别人翻阅这本书的时候，也会看到你们的喜怒哀乐。"

这种说法真是新颖无比，安瑞枫想了想："这种想法挺有意思的。剧中人物存在于编剧笔下，让屏幕外的观众为之落泪。如果我和凌熙也存在于某人笔下的话，我希望读者能因为我们的存在感到快乐。"

"没错！"凌熙连连点头，"必须是那种看到我们出场就能笑出声的快乐。"

又过了几日，剧组和道观协议的租借日期到了，剧组剩下的工作人员在把道观恢复原样后，一同下山离开。本来安瑞枫想陪凌熙再在道观上住几日当休假的，但他的经纪人许志强拿出排得满满的行程单贴在他脸上，勒令他必须马不停蹄地重回工作的怀抱。

两人下山前，先去了老道长的厢房与他道别。安瑞枫对老道长印象非常好，之前超度时听他说的书中世界理论让安瑞枫颇觉有趣。

这段时间剧组多有叨扰，甚至在这里演了一出"杀人"戏，道观本是清修之地，却因为他们的到来沾染了烟火气。安凌两人商量了一下，决定各拿出一些钱捐赠给道观修缮大殿，结一份善缘。除了捐款以外，凌熙又让安瑞枫送了一本签名写真集给老道长当私人礼物，老道长收到后都舍不得放下。

直到这时，安瑞枫才发觉这位仙风道骨的老道长居然是自己的粉丝。

见他满脸惊异，老道长胡子一吹，向自己的偶像开炮："你是觉得道士不可以追星，还是年纪大的人不可以追星？"

"都不是，"安瑞枫漂亮的灰色眼睛眨了眨，"我只是第一次见到男粉，有点紧张。"

　　两人下山后，许志强安排了保姆车来接。凌熙一直看着手机，从山上到山下，手机信号从无到有到满格，手机却连一声都没响起过。

　　安瑞枫问他在看什么，凌熙苦笑一声把手机扔到了一旁："自从吴哥被调走以后，我在山上每一天都在想，新经纪人什么时候联系我？公司什么时候直接跟我谈这件事情？这么长时间不联系我，是不是代表我之后的两年……出不了新专辑了？

　　"每个艺人身边都有经纪人，虽然许哥也对我很好，该照顾我的地方都照顾得很妥帖，真把我当作了一家人，你有的我都有，绝对不搞差别对待。但毕竟我不是许哥负责的艺人，我的经纪约也还在'扬天传媒'，所以我总是期待着，某一天我的电话会响起，电话那头会有个人做自我介绍，说他是我的新经纪人，接下来的两年会和我好好合作。"

　　凌熙抠着手："之前在山上的时候我告诉自己，一定是因为山上信号不好，他联系不到我才这样的。结果今天下山，我明明几天前就托吴哥跟公司说了我今天回去，可是到现在电话都没响过。"

　　安瑞枫见他这副模样真是心疼极了。在他看来，凌熙样样都好，若不是公司太小不会运作，出道时又没找好定位，凌熙现在说不定也能成为一个"情歌王子"之类的人物。他听过他的歌，歌词动人、曲调悠扬，却一直红不起来。

　　"如果你愿意出来自己建立工作室，违约金我帮你搞定，后续宣传也不用着急。"思考良久，安瑞枫终于说出了这句话。他一直不愿和凌熙谈经纪约相关的问题，怕伤到凌熙的自尊心，再加上当时送吴友鹏下山时，吴友鹏很明确地表达出不想让安瑞枫插手的意思，所以安瑞枫这段时间一句话都没有提过。

　　之前凌熙一直表现得对没有经纪人浑不在意的模样，直到现在，他才第一次露出难过的表情。

　　凌熙摇摇头："折腾什么？其实如果没有突然换经纪人的事，我本来准备两年后合约到期就离开娱乐圈的。我看开了，我不是没才华，只是比我有才华的人更多，而且他们不仅有才华，还比我更努力，比我更好看，比我更年轻……你就算拿钱把我砸上去了那也没用，能拿钱买的奖，你给我买了也没用，不能拿钱买的奖，凭我自己的本事也确实拿不到。"

安瑞枫不愿意听他说这么丧气的话："谁说你凭实力拿不到奖？你唱歌那么好听，肯定能拿奖的。"

"那是因为你唱歌太难听，才觉得谁唱歌都好听。"凌熙吐槽着，"我已经在这里混了十一年，自身的不足我看得一清二楚。其实我真的没有那么强的胜负心，给一万个人唱歌和给一百个人唱歌并没有什么区别，我又不是要修仙，还学人家靠信众的念力成佛啊。"

安瑞枫进圈的时间比凌熙短太多，娱乐圈非常残酷，这几年间，他确实见过不少意气风发的年轻人在折腾了几年后，心灰意冷地离开娱乐圈。但凌熙和他们不同，他不是逃避困难，而是急流勇退。他早思考好了自己的退路——转而投身餐饮连锁，连免费的代言人都找好了。

只是"主动退休"和"被动退休"的区别很大，没有哪个艺人在直面被雪藏的未来时还能开心。凌熙还要好好思考一下，回公司后怎么和那帮人斗智斗勇。

就在两人说话时，保姆车的车门被敲响了。

保姆车的车窗贴了全黑色的车膜，内外都看不见。许志强在车门外提高声音喊："安瑞枫、凌熙，编剧来了，你们出来打声招呼！"

门外，笑眯眯的编剧很和善地同他们打了招呼："刚才你们走得太快，道长说有东西忘了给你们，托我带给你们。"说着，他从兜里掏出一个素雅的牛皮纸信封，递到了他俩面前。

道长给的东西？

凌熙很好奇，接到手里前后翻看。信封上寥寥写了一行字——"赠安瑞枫、凌熙两位小友"。

他拆开信封，从中摸出两张宽约七八厘米、长约二十厘米的黄色薄纸，其上好像还萦绕着道观里的香火味道。两张纸上用朱砂画了繁复的道符，下面写着一行疏狂的朱砂红字——

事业顺利符。

没想到道长这么有心。

希望……他们两人真的能事业顺利吧。

第十二章 —

枪

手

—

外景拍摄地的道观是在 N 市下属的某地级市的深山中，他们一早下山乘车，在路上颠簸许久，终于在中午时分抵达了 N 市机场。

因为山上信号极差，网络时有时无，几乎和封闭拍摄没什么两样，许志强没办法频繁登录安瑞枫的微博发布他的消息，这一个月以来，安瑞枫的微博一共就发了三条，其中一条还是凌熙玩手机时上错账号发的。所以这次拍摄结束后，许志强提前向粉丝们透露了安瑞枫将在某日某时于 N 市乘坐飞机回 B 市的消息，许久没见到偶像的粉丝们立即闻风而动，提前聚集到 N 市机场为安瑞枫送机。

在保姆车上，凌熙听说这次又有声势浩大的送机活动，他赶忙说："还是像上次一样把我放路边吧，我一个人进去，要不然让你的粉丝看到了不好。"

"有什么不好？咱们刚拍完同一部戏，又是回同一个城市，一起坐飞机有什么不对？"安瑞枫笑，"而且我还正愁没机会展示你给我做的拉杆箱呢。"他指了指身旁的三文鱼寿司行李箱。这个行李箱自从凌熙送给他后，他虽然一直用着，但一直没机会在公众面前展示。现在他们两人一起乘机，一人拿三文鱼的，一人拿鱼子的，这样所有人都知道他们两人关系匪浅了。

"好。"凌熙猛点头，"其实我就是假客气一下，就算许哥真赶我下车我也不会下的。"

许志强："我为什么总要在你俩之间里扮演王母娘娘？"

车子很快抵达机场出发大厅，翘首以盼的粉丝们在见到熟悉的保姆车停靠在机场外时，声浪差点要掀翻屋顶。凌熙透过窗户缝隙看包围在保姆车外的疯狂粉丝，半是羡慕半是佩服。

　　为了保证安瑞枫的安全，每次在这种场合下，最先下车的永远是跟在后面的保镖和坐在前面的经纪人。许志强深吸了一口气，拉开副驾驶座的车门，带着壮士断腕一般的勇气走下了车。很快，他就被汹涌而来的粉丝淹没了……

　　现在的粉丝们都很舍得下血本，一个个手里都拿着沉重的相机，在拥挤的场合，这种相机往往会成为横扫一片的"夺命武器"，许志强经常被这些热情的粉丝撞得全身青一块紫一块，但他又不敢对粉丝太过强硬，生怕被扣上"安瑞枫经纪人仗势欺人"的大帽子。保镖们围上来，隔开拼命想要触碰偶像的粉丝们，待好不容易隔开大约一平米的空间后，许志强打手势示意安瑞枫可以下车了。

　　车内，安瑞枫帮凌熙整理了一下衣襟，问他："准备好了吗？"

　　凌熙精神奕奕："快快快，我都好久没感受过这种被闪光灯包围的感觉啦！"

　　保姆车的车门向旁边滑开，躁动的空气仿佛停滞了一秒，紧接着绵延不绝的快门声和炫目的闪光灯笼罩住了从车门内踏出的男人。最先出现在众人视线中的是那双包裹在休闲裤里的笔直长腿，紧接着是他精瘦的腰、宽阔的肩以及骨节分明的手指……安瑞枫扶着车门欠身走了出来，他立于车外，向后捋了捋头发，灰色的眼睛扫过在场的粉丝，态度亲和地向她们问了声好。

　　按照常理，向来对粉丝很和善的安瑞枫这时该问大家"等了多久""辛苦不辛苦""是不是请假来的会不会耽误学习工作"之类的问题，大家也都准备好了等着齐声回答他。但这次他居然不按常理出牌，而是回身转向身后的保姆车里，从里面拎出了两个……呃，行李箱？

　　只见安瑞枫左手右手各拎了一个巨型仿真寿司，一个上面覆盖着肥厚鲜美的三文鱼，迷人的橘红色肉质和白色脂肪层让人垂涎欲滴，另一个上面则铺满了通透滚圆的棕红色鱼子，柔软得仿佛上下唇一碰就会化入口中……若不是两个寿司上面各有一个拉手，侧面又有拉链锁的痕迹，恐怕真要被人误以为是什么搞怪模型了呢。

几个月前安瑞枫来 N 市试镜时，曾经为他接机的粉丝们觉得寿司行李箱有些眼熟，却又想不起来在哪里见过。就在他们绞尽脑汁回忆的时候，安瑞枫放下了行李箱，再次转身，对车里说："下车吧。"

随着安瑞枫的引导，藏在保姆车里的身影出现在大家的视野里，一个看着有些眼熟但是又叫不出名字的青年很热情地挥舞着手，从保姆车里钻出来，站到了安瑞枫的身旁。

有粉丝低声议论——

"站在王子身边的是谁，好眼熟！"

"就那个……那个谁！论坛里还有他们的专楼！"

"什么专楼，我怎么没见过？"

"据说是楼里内容太污，被沉帖处理了。"

"这人到底叫什么啊，也是明星？"

"是个唱歌的，叫那个……他那歌还挺有名，但我实在想不起他的名字。"

这种程度的议论对于凌熙来说简直就是家常便饭，他名气太小，总是被粉丝遗忘，他不介意向大家做一次自我介绍。他搞怪地送了个飞吻给议论纷纷的粉丝："Hi，我是和安瑞枫同一个剧组的凌熙，我在剧中演……"

他话音未落，看过定妆照的粉丝们就想起了他的身份，有人抢答："你演那只狗！"

凌熙轻声咳嗽了一声："我演四徒弟。"

安瑞枫憋笑，赶忙扭过头不让凌熙看到自己脸上的笑意。但是在粉丝环绕的接机场合，他的表情还是被镜头捕捉了下来。

　　许志强催促两人赶快进机场，两人一人拎着一个行李箱，艰难地穿过层层粉丝向安检口前进。他们走，粉丝也跟着一起走，在层层包围中，他们就像是被拱卫在蜂群中央的蜂后，周围一圈小蜜蜂"嗡嗡嗡"叫个不停，走到哪里都像是乌云来袭，闲杂人等都退避三舍。

　　安瑞枫签名签到手软，合影合到笑僵，还要谨防某些粉丝偷袭，摸头摸手摸脸已经算是小 case，居然还有粉丝冲上来想要强吻。保镖离得远，眼看着安瑞枫就要被人占便宜，一直跟在他身后的凌熙眼疾手快地冲上来，用自己的手掌隔开了粉丝热情的嘴唇。

　　他们提前三个小时到了机场，却花了两个小时和粉丝互动。N 市距离 S 市不远，很多粉丝是从 S 市慕名赶来，安瑞枫尽量给所有人都签了名，感谢她们的辛苦奔波。待他们好不容易告别粉丝走向 VIP 通道，凌熙累得都快把舌头伸出来散热了。再看周围的几名保镖，也是额头冒汗，累到快虚脱。

　　他们休息了没一会儿就要登机，有安瑞枫在，凌熙自然不用再去挤经济舱。两人在空姐的引导下走进了头等舱中，凌熙心满意足地坐下，拍拍柔软的座椅，喟叹道："我上一次坐头等舱，还是在我刚出道那年呢。"那一年他风头正劲，先是拿了选秀比赛季军，又发行了同名专辑，公司很看好他，出行都给他按照最高标准。可惜他在那个位置上坐了没两个月就灰溜溜地掉下来，从此以后只能和自家经纪人挤在经济舱里。

　　安瑞枫知道他这几年过得辛苦，说："国内航班的头等舱不是最好的，等到圣诞节的时候，我带你去加拿大见我的家人，国际航班的头等舱有那种能完全平躺下来的小隔间，绝对比这个舒服。"

　　凌熙笑了，真没想到，安瑞枫已经在计划把凌熙介绍给他的家人了。

　　可能，这就是真兄弟吧。

　　飞机在天上飞了四个小时，待飞机落地后，他们又接受了 B 市粉丝的热情洗礼。

凌熙跟在安瑞枫旁边，帮他接粉丝递过来的签名板、本子和各种礼物，有粉丝不认识他，见他和安瑞枫同进同退，手里还拎着相似款行李箱，就大胆问他："你是王子的新助理吗？"

凌熙恬不知耻地说："对，我是专门负责他心理健康的助理。"

待他们好不容易突破重围冲上保姆车，太阳都落山了。凌熙咂舌地看看时间，发现他们在机场应付粉丝的时间比飞在空中的时间都要长，他一边拿湿纸巾让精疲力尽的安瑞枫擦手，一边凑过去安抚地摸了摸他的头。

今天看安瑞枫这么辛苦，凌熙半是遗憾半是庆幸。遗憾于自己即将止步于此，这辈子都无法体验有这么多粉丝为他痴为他狂；庆幸于自己即将止步于此，这辈子都不会被狂热粉丝们虎视眈眈地盯着。娱乐圈非常现实，你从它那里获得了多少荣耀，就要为它牺牲多少自我。

这么看来，在合适的时间抽身离开，凌熙的决定并没有错。

安瑞枫本想把凌熙直接带到自己家去，但凌熙考虑了一下，坚持回了经纪公司给他租的公寓。那里距离"扬天传媒"很近，明天一早上他要杀过去，和公司领导大战三百回合，所以今晚他要养精蓄锐，早早休息。

保姆车一直开到凌熙的小区门外才停下，凌熙下车前，安瑞枫对他说："明天加油，我可一直等着当你的奶茶店的合伙人呢。"

第二日一早，凌熙精气神十足地从床上爬起来，站在镜子前一件一件地换衣服。他平日打扮很随意，每次去公司都是 T 袖休闲裤。但今天他是去跟公司上层谈判的，穿着打扮绝对不能让人看轻。他挑出衣柜里最贵的一身西装，想了想，没穿外套，只单穿了西装裤和衬衫，又收住脸上的笑容，镜中的白净青年看着多了点成熟和稳重，只是严肃不过三秒，他又被镜中古板的自己逗得笑出来。

他的经纪公司"扬天传媒"掏钱在距离公司两个街区的小区里租下了几层，作为旗下艺人的宿舍。刚开始艺人少的时候，凌熙一人能独占一间小两居，只是随着艺人增多，旁边的几间屋子都被改成隔断间，他这屋子本来公司也要安排其他人住进来，他愣是咬牙自掏腰包出了一半房租，才能继续独占。之前他还能乐呵呵地安慰自己"就算不当艺人，做其他工作也得租房住"，但现在看来真是鬼迷心窍。

他打电话跟安瑞枫诉苦："我感觉我现在的心理状态有点像和渣前任分手，恋爱时觉得什么都好什么都能忍，觉得'别人不都是这样吗'，现在要分手了，顿时幡然醒悟，所有旧账都翻出来了，越看越觉得前任是个耽误我青春年华的人渣。"

安瑞枫安慰他："没事，谁年轻的时候没遇到过几个人渣啊。"

凌熙挂了电话，出门时哼着小歌，开心得像是要出去采蘑菇的小姑娘。他走到电梯间等电梯，估计身上带了幸运值加持，不到半分钟，电梯就从楼上降下来了。

而最巧的是，电梯门打开，站在电梯中的那个人正是他已经一个多月未见的前经纪人。

当时吴友鹏正背对着电梯门和跟在他身后的几个小姑娘说话，凌熙跟了他十一年，他的背影几乎是印在脑海里的，所以电梯门一打开，他一个飞扑冲进了电梯，四肢并用地把自己挂到了吴友鹏的后背上。

他一迭声地叫："吴哥吴哥吴哥吴哥！"

吴友鹏被他吓了一跳，电梯也被他压得一沉。不过在听到凌熙的声音后，吴友鹏扭过头看他，很自然地拍了下他的屁股："快下来，和师妹们见面就这么不顾形象？"

凌熙早就注意到了电梯里那五个打扮得光鲜亮丽的小姑娘，心里一琢磨就明白她们应该是吴友鹏新带的偶像团体。他规规矩矩地从吴友鹏身上爬下来，很自然地做起了自我介绍。

"你们好啊，我是……"

"凌熙！"几个小姑娘七嘴八舌地说，"我知道你，吴哥带我们回宿舍，直到现在还会偶尔走错楼层。"

"他总说男艺人比较好带，因为你不听话的时候可以直接打你屁股！"

"吴哥好凶啊，他带你时也这样吗？"

她们围在他身边，叽叽喳喳的像几只小麻雀。

这可是凌熙头一次和这么多漂亮姑娘说话，他眼睛都不知道看哪个好了。

吴友鹏一一给他介绍："从左往右，依次是冬冬、希希、楠楠、北北、钟钟……"

凌熙机智地说："我猜她们的团队名一定叫麻将牌乐队。"

吴友鹏："人家是方向组合。"

几位姑娘笑作一团，连称凌熙风趣。

吴友鹏说："看看现在的小姑娘多会说话，以前别人都说你不着调。"

"怎么会？我唱歌从来都在调上。"

几人一边说笑着一边往"扬天传媒"走。他们六个艺人中，一个不出名，五个没出道，倒不用特地乘车避人耳目。几个小姑娘刚入行，正是对未来满怀憧憬的时候，缠着凌熙问了好多关于成为大明星之后的事情。

凌熙说："这问题你要是问几个月之前的我，我肯定都答不出来，但是现在的我可是见过大世面的人啦——你们知道安瑞枫吧，那可是和我穿同一条裤子的好兄弟，我在他身边享受的可是最高规格的待遇，坐个飞机前后都有粉丝接送机。"

吴友鹏心说你们确实是穿同一条裤子的好兄弟，坦荡得根本不会让人想歪。

几人走到公司时，凌熙正是谈兴最浓的时候，吴友鹏打断他的吹嘘，让几个姑娘先上楼，跟她们说自己有事要和凌熙谈。

"扬天传媒"是规模很小的经纪公司，只在某栋写字楼里租下了两层办公，楼上楼下的公司都不知道在这栋写字楼里还隐藏着一个造星公司。待几个姑娘的背影消失在电梯里，吴友鹏原本堆在脸上的笑意消失，转头看着凌熙的表情很是担心："你今天来公司是为了和他们谈判的？"

以他对凌熙的了解，若不是公司召唤，他才不会主动来公司。今天他穿得如此正式，单枪匹马前来公司，看来心中已经做了决定。

"不算谈判，先聊聊，探探口风。"凌熙在他面前没什么好隐瞒的，"昨天我从 N 市回来，公司没有派新经纪人联系我，甚至连机票都是我自己订的，我对扬天是真的没有一点留恋了。"

一年半前，凌熙与公司十年经纪约到期，那时候他就开始萌生退意。那时的他刚刚二十五岁，心里有些不甘心十年努力付之东流，于是在吴友鹏的帮助下，他又与公司续签了三年合约，希望能在这三年里再奋斗一把，若有再进一步的机会固然好，若没有，他也不留遗憾。可现在三年未到，公司对他隐隐有了雪藏的意思，甚至把他的经纪人调走，让他孤立无援。

他今日过来准备和公司谈谈，如果公司真的要舍弃他，那他也不会老老实实地当个受气包，会争取自己的权益。

条条大路通罗马，又不是离开公司就不能写歌唱歌了，现在网络这么发达，到时候发数字专辑也可以嘛。他不贪图有多少粉丝，只希望能有人真心喜欢他的歌。他也不指望写歌赚钱，他写歌纯为了爱，不为了钱。

两人简短地聊了几分钟，凌熙把自己的想法和之后的打算简单地和吴友鹏说了一下，吴友鹏听后叹了一口气，半是欣慰半是落寞地说："以前总觉得你还是个孩子，觉得自己像个老妈子一样照顾你一辈子是理所应当的。之前把你交到安瑞枫手上我还有些不放心，没想到你不过是离开我一个月，就成熟了这么多。"

两个人乘电梯一同到了公司，公司前台小姐见吴友鹏进门，很和善地同他打招呼："吴哥，刚才冬冬她们几个往练舞房去了，你……"她这时才见到跟在后面的凌熙，脸上的表情僵硬了一下，隔了几秒才开口，"凌熙，好久不见，你来公司了。"语气过分地热络。

看她的表现，凌熙心里"咯噔"一声，对自己此行的结果有了更坏的预估——可不要小看一个公司的前台，她们非常懂得察言观色，从普通的扫地大妈到高冷的总裁秘书都能打得火热，往往能获得一手资讯，公司所有的变动她们都心知肚明。

而前台小姐现在略显尴尬的表情，很有可能是已经探听到了公司对凌熙发展方向的决定。

凌熙在公司门口与吴友鹏告别后，顺着长长的走廊走向了位于最后的总经理办公室。这个地方他其实来过多次，从最开始的满怀希望，到后来的意气风发，再到之后的消沉落寞，一直到现在的沉稳果断，每一次凌熙的心情都是不同的。

他敲开门时，总经理办公室的电视正十年如一日地锁定在娱乐频道。四十二寸的液晶电视里，漂亮性感的女主播正在诵读着一条娱乐新闻："……今天是影帝Andrew出道十五周年纪念日，Andrew官方译名是'安德鲁'，拥有二分之一意大利血统，在中国旅游时被星探发掘，从此凭借完美的外表及优秀的表演能力一跃成为当红影星，并斩获影帝桂冠。之后与原经纪公司决裂，带着过亿身家入股"新贵娱乐"公司。就在公众对他未来的发展方向议论纷纷时，当时年仅二十八岁的他突然在如日中天之时销声匿迹，对于他的离开，他的经纪公司选择了沉默。有人说他身患重病，有人说他惨遭雪藏，有人说他成了"新贵娱乐"的幕后控股人……八年过去，就在公众几乎忘记他的存在时，昨天有网友曝光一段偷拍视频，视频内容为美国电影学院导演专业 PHD 毕业典礼，典礼上疑似出现了一位与 Andrew 极为相似的人……"

总经理坐在沙发前，聚精会神地听着这则新闻。没有任何一家娱乐公司不希望自己旗下的艺人中出现像 Andrew 那样的天王巨星，这就像没有一个农妇不希望自己有一只会下金蛋的母鸡一样。见凌熙进来，总经理从白日做梦的状态里清醒过来，有些尴尬地打了声招呼，赶忙关掉了电视。

"凌熙，你来啦？那个什么连续剧的拍摄结束了？"总经理打着官腔。

"昨天晚上到的 B 市。"凌熙语气平淡，只字未提公司没有派人接他的事情。

"好、好。我刚刚还在电视里看到了安瑞枫的接机新闻，看来你最近和他关系不错啊，我看你一直跟在他身边……"总经理狐疑地看着他，"你最近不会是有什么想法吧？"就算他并不重视凌熙，也不代表他能容忍旗下的艺人跳槽到别家公司。

"您放心，我一点都没有投奔其他公司的想法。"凌熙实事求是地回答，"我只是和安瑞枫关系不错，试镜的时候认识的。"

到了这时，总经理也没有让凌熙坐下的意思。若是之前，凌熙站着也就站着了，但他现在懒得顾忌那么多，直接走到总经理对面的沙发上坐下，还自己给自己倒了杯水。

"哦……认识也挺好。"总经理含糊地说了一声。

凌熙倒是没想到他会这么轻易地放过自己，他之前都准备好，如果总经理说出"你和安瑞枫关系这么好可以让他帮帮你"的话，他就用"我们纯洁的友谊容不下利用"的话噎回去。

两人打了半天太极，总经理问了问他在剧组的事情，又问了问他最近有没有创作新的歌曲，一直带着凌熙兜圈子，半点都不往核心问题上靠。

凌熙耐心告罄，开门见山地问他："我想请问一下，公司对我之后的发展方向是怎么定位的？一个月前把和我合作了十一年的经纪人调走了，到现在都没有给我配经纪人，请问这是什么意思？"

总经理喝了口茶，慢条斯理地说："这个嘛……不给你配经纪人的原因有两个，一个是现在人手不足，另一个和你第一个问题有关。"

凌熙心一紧，明白重头戏要来了。

"凌熙，你的创作天分我们都有看到，但是现在娱乐圈人才太多，你也在这个圈子里待了这么些年，该知道的都知道了。以咱们公司和你自身的情况，想让你红，确实不太容易。"

就在凌熙以为总经理要说出把他雪藏的话时，总经理话锋一转，拐向了一个令人意想不到的方向："所以，你有没有考虑过以后转向幕后呢？"

凌熙呆住了，转向幕后他之前也和吴友鹏讨论过，同样是埋头创作，作词作曲的版税和歌手相比几乎一样，只是当歌手以后还有上通告、开演唱会的机会，当幕后就只能老实吃版税。不过对现在的他而言，做幕后确实更合凌熙的心意。

凌熙完全不敢相信在他眼中堪比周扒皮的总经理能有这么好心，简直像是一块大馅儿饼，在他打哈欠的时候"吧唧"一声掉进了他嘴里。

"幕后……是指专心作曲写词？"

"对啊，而且你的能力很强，公司很看好你！你给咱们公司其他艺人写的曲子，公司不会再抽成，也就是说版税你应该拿多少就能拿多少。"周扒皮……啊不，总经理进一步往他嘴里塞馅儿饼。

可他越是殷勤，凌熙心中越是警惕："公司其他艺人？其他艺人指的是？"

总经理又喝了一口茶，放下茶杯，脸上挂着笑容："还能有谁？最近咱们公司正在倾力打造'方向组合'这个偶像团体，就是你以前的经纪人吴哥现在带的那几个小丫头。"说着，他叹了口气，"唉，你也知道，现在偶像团体这么多，一会儿海选，一会儿握手会，一会儿虚拟偶像，一会儿又搞个年度总冠军……单纯靠漂亮脸蛋很难推新人，所以公司决定把她们打造成一个'创作型团队'，主打的宣传语就是专辑里所有歌都是由她们自己作曲自己填词……"

说到这里，总经理意味深长地看了眼凌熙："话不用我说得太明白吧？看在你也算公司老人的份上，版税咱们可以再商量。"

果然，这世上根本没有馅儿饼。

凌熙想都没想就直接拒绝了这个令他恶心至极的提议。

总经理根本没料到凌熙会拒绝这么一个好差事。在他看来，凌熙已经没有更进一步的可能，公司甚至连新的经纪人都没有给他配，而他未来两年还有经纪合约的束缚，他除了认命地给公司写歌以外，根本没有其他出路。

是，他最近几个月在微博上是涨了不少粉丝，还饰演了电视剧里的小角色，但他毕竟是歌手，如果公司硬压着不给他出专辑，停了对他的一切支持，他还能怎么蹦跶？

"你可要想好了，公司一分钱版税不抽。"总经理在钱上着重说道，"现在外面哪个公司能对作词作曲的人这么好？你以前也给别人写过歌，写歌的版税根据合约是要给公司一部分钱的。现在公司给了你这么优渥的条件，你以前又不是没给别人当过枪手，现在装什么清高？"

"这不一样。"凌熙摇头。他以前确实迫于生计给其他"创作型"歌手当过枪手，但那往往是一锤子买卖，偶尔为之。他一直为自己的创作能力自豪，只在特别窘迫的时候才接枪手工作，接之前还要做半天心理建设，毕竟明明是自己写的歌，最后却要署上别人的名，拿"买断稿费"的感觉和卖儿子没有两样。

可现在公司的意思是让他长期当"麻将牌乐队"的枪手，源源不断地为她们写歌，任何一个有自尊有自信的创作人都无法接受，连署名权都要剥夺，那他拿再多的钱又有什么用？

凌熙说："我可以看在公司这十一年栽培的面子上，在她们实在写不出歌时，给她们当一两次枪手救场。但你让我为她们量身写一张专辑，甚至未来还要写两张三张无数张，却都不让我署名的话，那恕我无法接受。"

总经理脸色漆黑："凌熙，我实话跟你说，你出道这么久了，连一张大卖的专辑都没有，商业价值很低，你署名的专辑根本没有爆点，还不如我从音乐学院里找个校草，把他包装一下再让他写歌受到的关注度高……公司能给你开这么高的待遇，已经是非常尊重你了。"

"你们管打压旗下歌手、逼他们当枪手叫尊重？那我现在端过来一盘屎让你吃，是不是可以叫作给你们的谢礼？"

"你别给脸不要脸……"总经理直接把威胁摆在明面上，"你的经纪约还在公司，我给你一天时间，你回去想清楚再回复我吧！当不当枪手，决定权在你手里；但你以后还有没有通告可以上，决定权在我手里！"

凌熙喝完了杯里最后一滴水，离开前轻蔑地看了他一眼："下回威胁人，麻烦你拿出更有力的筹码来。"说得好像他最近几个月有通告可以上一样。

总经理被他气到要中风。

其实相比于用言语打压对方，凌熙更想直接把水杯砸到对方脸上。只是他绝对不能动手，若是动手就成了他理亏，他必须潇洒地离开，用高昂的下巴对抗总经理低劣的安排。只是再怎么告诉自己"不能动手"，在走出办公室时，凌熙还是没忍住重重地撞上了门，门框与门板相合时发出巨大的噪音，挂在墙上的相框"叮叮当当"地砸下，吓了总经理一跳。

凌熙心中不痛快，可他脸上却不能显出一点，公司里那么多双眼睛盯着，他不能让他们通过自己的表情窥探出任何信息。

他埋头走出公司，出门后迅速打了辆车往家的方向开。

等到了车上他才觉得放心，伸出汗津津的手从兜里掏出手机，屏幕上，代表着录音的光点一明一灭，而录音时间长达三十分钟。

"扬天传媒"的总经理看轻了凌熙，觉得这个没有任何发展前景的小艺人就是他手中的傀儡，可任他操控，他绝对想不到这次凌熙是有备而来，在踏进公司前，就打开了手机的录音功能。

这段长约半小时的录音内容非常清晰，冲突点主要集中在最后五分钟里，前面的虚与委蛇没什么价值。他稍加剪辑，把后面五分钟的录音摘出来，第一时间发送给了吴友鹏。

在公事上，他最信任最依赖的人永远是吴友鹏。

五分钟后，听完录音的吴友鹏拨通了他的电话。凌熙还没来得及说一声"喂"，吴友鹏一连串脏话就飙了出来。

"那屎壳郎是不是三个月没拉屎把所有屎都憋回脑袋里了？这种垃圾决定他都说得出口？还让你当枪手？给我一把手枪我先当枪手毙了他！我开枪绝对不冲他头上开，怕把他脑壳打烂了崩出屎来！"

吴哥每次被逼急的时候，他的人身攻击水平都能让凌熙大开眼界。

凌熙光是听他形容都觉得恶心："我原先以为公司一直没给我安排经纪人，说不定会随便提拔一个刚工作半年的助理给我当经纪人。没想到他连做表面功夫的想法都没有，直接让我当枪手，看样子想在最后两年里把我榨干。"

吴友鹏又急又气："我刚开始带组合的时候，公司跟我说给'方向组合'定的路线是创作型团队，但是我看这一个月除了声乐课就是舞蹈课，根本没上过一节填词创作类课程，还以为是时间不到……没想到他们居然把主意打到你身上了！"

凌熙笑："我就猜到吴哥你肯定不清楚公司的安排，要是你比我提早知道了，总经理的人头早就变成猪头了。"

俩人经过讨论，一致决定现在还不到提出解约的时候，现在仅靠这个录音作证据还不够，最好还能有其他的证据，证明在签约期间，"扬天传媒"并没有给凌熙应有的待遇，甚至屡屡在推广方式上出错，这样才能给他打官司增加筹码。

只是现在凌熙和总经理闹得这么僵，很不方便在公司里走动，所以收集证据的事情全都落到了吴友鹏身上。

提及此，凌熙有些愧疚："对不起吴哥，明明现在有了可以让你充分展现才能的艺人组合任你栽培，却让你为了我的事情铤而走险。万一被公司知道了，你好不容易得来的工作机会就没了……"

"这算什么？"吴友鹏道，"一边是我养了十一年的癞皮狗，一边是我刚接手一个月的丑小鸭……就算那几只丑小鸭真的可以变成白天鹅，带我一飞冲天，我还是更舍不得自己养了这么久的傻狗啊！"

离开公司后，凌熙没有去找安瑞枫，而是直接回了公寓休息。今天安瑞枫在城南录制一个访谈节目，预计要一直录到晚上八点多钟，明天在城南的其他演播室还有综艺活动，也需要一大早就赶到。许志强为了方便他们交流，特地把安瑞枫的工作计划提前发给了凌熙，这样凌熙就能清楚地知道何时可以联系安瑞枫，也能督促他及早休息保存体力。

结束今天的工作后，安瑞枫一上保姆车就拨通了凌熙的电话。

"凌熙，昨晚睡得好吗？今天有没有准时吃饭？看到吴哥了吗？你现在在做什么？"

凌熙没有隐瞒，一五一十地把事情复述了一遍。他已经过了最愤慨的时候，谈及那场恶心至极的谈话，他声音平静、情绪冷静。他说自己已经把对方胁迫自己当枪手的事情录音，待收集到足够多的证据后，就会打官司提出解约。

听了他的话，安瑞枫很心疼，他出道几年来背靠大树，顺风顺水，公司跟他签的合约松散得不得了，几页纸上几乎全是权利没有义务。他虽然听说过圈子里很多底层小艺人过得艰苦，但他从没有直接面对过那种困境。

现在听闻自己的好朋友在工作上遭遇如此大的挫折，安瑞枫恨不得立即飞到凌熙身边，逗他开心，帮他解决难题。

凌熙当然不同意："这都多晚了？你明天排了两个综艺一个杂志拍摄，你赶来我这边还剩几个小时能睡觉？再说这种事情也不是一天两天能解决的，这是持久战，待我这边把证据都收集好了，到时候还要让你给我找个擅长打这方面官司的律师。"

安瑞枫执意要去，坚持说自己少睡几个小时也没有关系。凌熙不忍心让他来回奔波，说过几天见面再聊。

两人就此事拉锯了二十分钟，安瑞枫先退一步："凌熙，咱们不要为这事争了。我到底去不去，干脆让上天来决定。"

"啊？上天怎么定？"

"我现在给你发个微信红包，我给你两个选项，你猜里面有多少钱。我先发，你再猜，最后你拆红包，猜中了我就不去，猜不中我就过去。"

凌熙想想这事如果不解决了，两人今天晚上都睡不好，于是他同意了安瑞枫提出的建议。

一分钟后，安瑞枫给凌熙发了个金额未知的微信红包。

安瑞枫："你猜里面有多少钱？六块钱还是八块钱？"

凌熙："我猜是八块钱。"

安瑞枫："那你拆吧。"

凌熙点击了一下红包，金钱洒下的小动图在屏幕上跳动一秒，最后定格在一个数字上。

九块钱。

"安瑞枫你……"

安瑞枫笑眯眯地说:"我已经在前往你家的路上了。"

安瑞枫赶到凌熙家楼下时,夜已经很深了。因为他执意牺牲休息时间来陪凌熙,他的经纪人许志强气得不行,全程黑着脸坐在副驾驶座上,就连安瑞枫同他讨论明天的工作,他都爱搭不理的,问三句才回答一句。

许志强阴阳怪气地说:"你确定不用帮你把明早的工作推了?不就是一个综艺节目吗,违约金咱们付得起。"明明今年已经三十有八,他生气的样子还有点像八岁小朋友。

被自家经纪人挤兑成这样,安瑞枫只能举手投降。他又愧疚又好笑,答应经纪人今晚绝对会保存精力尽早休息,明天以饱满的精神状态迎接早上的工作。

下车前,他嘱咐许志强直接在旁边的酒店开房住下,省得来回奔波影响休息。

"我必须回你的公寓一趟帮你取换洗衣服。"许志强认命地说,"如果你明天直接穿这身衣服去录影棚,估计一个小时之内所有狗仔都知道你夜不归宿没有换衣服了。"

"没事,我就说我去朋友家玩,或者上酒吧也可以。"

"有正当理由也不行。你是一个明星,你不能连续两天穿同样的衣服出现在公众面前。"

见许志强执意要走,安瑞枫无奈地说了实话:"你别折腾了……凌熙那里有我的换洗衣服。我们下山前,我藏了一套衣服在他的行李箱里,以备不时之需。"

要不然这么肆无忌惮,原来早就安排好了!

安瑞枫敲门时,凌熙还在浴室里洗澡,他听到门外有动静,急匆匆地光着屁股从浴室里冲出来,连猫眼都来不及看就把防盗门打开了。

门一开，安瑞枫惊讶地看着门内光溜溜的好友，虽然同是男人，但安瑞枫哪里能想到凌熙居然这么"坦荡"，搞得他眼睛都不知道要看向哪里。

凌熙随口撂下一句"你随便坐啊！"就又冲回了浴室，光着脚丫在地板上留下一个个鲜明的水痕。

十分钟后，收拾干净的凌熙一边擦着头发一边从浴室走出来，刚洗完澡的他身上有着很好闻的沐浴乳香味，身上的睡衣扣子一直严实地扣到锁骨处。直到这时，安瑞枫才有机会仔细端详凌熙的住处。这里处处都有着凌熙的影子，让他觉得格外亲切。

他是除了凌熙的经纪人和父母以外，第一次踏足这个房间的人。凌熙兴奋地给他介绍自己的屋子，这间公司分配的房子虽然是两室一厅，但面积并不大，只有五十几平方米，客厅小而精致，一张沙发一个茶几一排唱片柜就把小小的房间挤得满满当当。

两间卧室中，小的那一间摆了张宽度一米二的床，床旁是一个四门的大衣柜，凌熙背靠着柜门不让安瑞枫看，可他欲盖弥彰的态度让安瑞枫更好奇了。安瑞枫一手制住凌熙，一手去拉柜门——哗啦啦，一堆堆懒得整理的衣服从柜里倾泻而下，在地上堆了半米多高。这件衣服皱巴巴，那件衣服脏兮兮，凌熙不好意思地说："之前巡演回来没来得及整理就去山上拍戏，这些衣服堆了两个月，你还是别碰了。"

稍微大一点的房间被凌熙改装成了琴房，因为这里是居民区，房间四周贴着的吸音材料都是最好的，琴房正中间摆着一架气派的三角钢琴，黑色的漆面不染纤尘，连一个指纹都没有，在灯光下反射着柔和的光线。旁边的架子上放着凌熙常用的两把吉他，每一把都擦得干干净净，地上连头发都看不到。这间房间和卧室简直是两个极端，光是看这间房间的整洁程度，就可以知道凌熙有多爱音乐，多爱他的乐器。

凌熙指着这屋里的乐器，一一给安瑞枫解释。这把吉他是他拿选秀第三名的奖金买的，那把吉他是他出道五年后攒钱买的，最重要的是那架钢琴，因为太大了搬不进来，直接拆掉阳台推拉门，用起重机吊进来的，到现在钢琴的贷款还没有还完……

谈及自己心爱的乐器，凌熙滔滔不绝。安瑞枫最喜欢的就是他这副精神十足的模样，光是听他手舞足蹈地说话，好像就能从他身上获取源源不断的能量。

因为这套房子里只有一间卧室，凌熙就打了个地铺。睡前，他们聊了很多事情。

凌熙说："你真不用折腾这么一趟特地过来，明天一早你还要赶到录影棚录综艺，我看时间表上写，你七点就要到那里，那么算，你只能睡五个小时了。"

"那怎么行？"安瑞枫侧躺在被窝里。虽然屋里关了灯，但他那双熠熠生辉的眼眸依然清晰可见，"我知道你有多看重你的工作，你有多喜欢音乐。没有一个创作人甘愿被人当作枪手，一辈子只能藏在别人背后贡献自己的能力。"

"嗯。我当时非常生气，他说完之后，我觉得我脑袋里'嗡'的一声。你不知道我当时多想把水泼在他脸上，但是不行。"这一天里，他反复回想着总经理说话的语气、动作、神态，在回忆一遍遍的冲刷下，他现在可以心平气和地重新面对这件事，"早在吴哥被调走的时候，我就有一种很不祥的预感，但我以为公司是要放弃我，结果没想到他们比我想的更加卑鄙。"

安瑞枫没有体验过凌熙经历过的一切，他既没有出道十一年籍籍无名，也没有遭遇过歌友会卖不出去票，更不会被公司撤走资源，强迫他给新出道的组合当枪手……这一桩桩一件件，若是落在旁人身上，恐怕早就心怀怨怼，对一切都敏感而多疑。就连安瑞枫也不敢保证，自己能在这种打击下仍然保持初心。

但凌熙做到了，他仍然爱着他的音乐，仍然爱着他的粉丝，他身上一直有一股向上的劲头，支持他在一片草丛中开出属于自己的花。

凌熙虽然嘴上埋怨安瑞枫深夜跑过来浪费精力，其实心里高兴得不得了，在自己难过低落的时候，好兄弟能够牺牲休息时间来陪伴你，还有什么比这更棒的呢？

"安安，我准备解约。"

"我知道。之后有想法了吗？是开个独立工作室，还是直接来'新贵娱乐'？"

"都不是。"凌熙抬眼看他，第一次向他谈及自己之后的想法，"这次退了，就真的退了。我不想再发唱片，不想再上综艺节目，不想出一首歌后被迫和其他歌手去争什么'一周新歌榜'了。"

他这个回答大大出乎了安瑞枫的意料。凌熙萌生退意的心思他一直知道，但凌熙从未和他说过这次解约后就不再当歌手了。尤其在他看到凌熙那一屋子乐器后，他更想不到凌熙会有这么一个破釜沉舟的决定。

"你以后都不唱歌了吗？"安瑞枫哑声问。

"唱。当然会唱。"凌熙坚定地回答，"但是我宁可重新起一个艺名发网络专辑，也不愿再在复杂的娱乐圈里拼杀了。我喜欢唱歌，但我只喜欢简单地唱歌，我希望听我歌的人是真的爱我的音乐，而不是爱我被经纪公司包装出来的形象。"

他停了停："安安，我……我和你不同。我骨子里只是个普通的小人物，被太多人喜欢或者被太多人讨厌都是我承受不来的，这给了我太大压力。我有时候会想，为什么我的粉丝只有这么一点点，为什么我的歌永远拿不到冠单，是不是我还不够努力？但其实我最开始同意签约，只是为了以歌会友罢了。"

安瑞枫默契地接下去："所以你现在准备退后一步？"

"没错，这是我最好的选择。当我不把工作当成工作，才会打破桎梏，有更进一步的发展。我攒了一些钱，准备之后把我的奶茶店开起来，你可要给我免费代言呀。"

他说的道理安瑞枫都能明白，但一想到身边的人将要从这个圈子里离开，安瑞枫还是不免为他感到遗憾。

见安瑞枫情绪低落，凌熙转而安慰起他："安安，别看你我同样都是艺人，但终究是不同的。你是挂在天上持续发光的恒星，而我撑死了算是一块近地陨石，只在擦过大气层时发出了一点火光，便再不留痕迹。"

安瑞枫不愿意听他这么妄自菲薄，他觉得嘴里涩涩的："谁说你是陨石？如果你愿意，我完全可以把你打造成我身边的另一颗恒星。你不缺才华，缺的仅是一些机遇。你看，你最近的工作明明有所好转……"

凌熙打断了他："真的不用了。在我划过你的时候，你用你的引力抓住了我，让我从一颗陨石变成了你的卫星，能这么一直围绕在你身边，这对于我来说已经足够了。"

第二日一早，许志强来接安瑞枫，凌熙睡眼蒙胧地爬起来送他们出了门。在玄关处告别时，凌熙困得眼睛都睁不开，贴在门框上，点着头打瞌睡。

"好了，小卫星，快回去睡觉吧。"安瑞枫拍拍他的脑袋，催促他赶快回去休息。

"好的，大恒星，今天加油哦！"凌熙摆摆手，梦游般地飘回了卧室。

在旁看了全程的许志强真是要被闪瞎了。

等坐上车后，许志强没忍住，问："什么小卫星大恒星的，听着怪腻味的。"

安瑞枫正愁没地方显摆，许志强一问，他便得意地把两人昨晚的对话复述了一遍。他先描述了一遍凌熙介绍乐器时的自豪，又讲了凌熙说要离开娱乐圈的平静，最后花费大量口舌详述了凌熙的"陨石恒星卫星"论。

　　他语气里满满都是自豪："凌熙不愧是搞创作的人，信手拈来的比喻都这么优美。"

　　许志强听后，笑得都快要从椅子上跌下去了。

　　"难道你也不懂常识吗？先不说陨石被引力吸成卫星的可能性有多小，单说卫星和恒星的关系……拜托，围绕着行星转的才是卫星，恒星哪里有卫星啊！"

　　见他笑得喘不过来气，安瑞枫没有搭话，而是安静地靠在座位上沉默地看着许志强狂笑。许志强笑了好久才注意到安瑞枫的目光，他抖了抖，问安瑞枫为什么那么看他。

　　安瑞枫含笑反问了他一个风马牛不相及的问题："许哥，你现在知道为什么你朋友那么少了吗？"

　　"啊？"

第十三章 ————

影帝与视帝

　　一个月后，凌熙委托律师向法院提交了起诉书，申请与所属的经纪公司"扬天传媒"的合约无效。在起诉书中，凌熙提供了多个证据，证明在自己签约期间，公司在多件营销事件中处理失误，致使他人气受损，而且在续约时公司故意压价，让他的出场费一跌再跌。在他同时提交的一段五分钟录音中，公司总经理对他威逼利诱，指使他成为公司新人乐队的枪手，并以雪藏威胁。

　　凌熙的律师以这关键证据为由，不仅要求解约，还要求公司赔偿凌熙精神损失费两百万元。

　　"扬天传媒"的反应速度非常快，他们同时向法院递交了申诉书，证明公司在凌熙的宣传路线上没有问题，续约压价也经过凌熙同意。至于凌熙提交的录音证据，公司的律师辩解，因为凌熙出道多年人气下滑，销量下跌明显，公司给他提出了解决办法，保证了他的全额版权收入，完全是出于体贴艺人的想法，并非威胁。而且凌熙之前也给其他艺人当过枪手，又与女团的新经纪人感情深厚，主观上有自愿动机。

　　"扬天传媒"的律师声明，如果凌熙执意解约，需要他赔付高额违约金，并且承担总经理的名誉损失费。

　　凌熙真是从未见过如此厚颜无耻之人。

　　官司进入了双方举证的拉锯阶段，凌熙的所有社交媒体账号都被经纪公司封停，公司第一时间派人去他房子"请他谈谈"，不过等他们赶到时，已经人去楼空，干净得像是从来没有人入住一样。

　　住在凌熙楼上的其他艺人回忆："昨天……哦，前天晚上，好像有一辆起重机开到楼下，从屋里吊走了一架钢琴……"

总经理听了气得摔了手机。

毕竟是小艺人和小公司，凌熙的解约风波并没有闹得太大，除了几个小报登了他的解约官司外，绝大多数人都不知道他的这番动静。因为他的微博账号被公司拿走了控制权，导致好长时间没有更新，有关心他的铁杆粉丝前来询问，却无人回答。

事情发展得很快也很隐蔽。凌熙有好长一段时间没出过新歌，《剑绝天下》现在在进行后期制作，他之前也不是常上综艺的人，于是就这么神不知鬼不觉地淡出了公众的视线，除了与他关系亲近的人，几乎没人注意到他的消失。

凌熙乐得低调。很多艺人在解约时大加炒作，都是因为艺人之后会换更加大牌的经纪公司，而且往往在解约后几个月之内，就会出唱片、拍电影、爆绯闻。解约对于很多艺人来说是人气上升的踏板，但凌熙只想安安静静地离开这个圈子，拿着赔偿金去当他快乐的奶茶店小老板。

为了增加筹码，安瑞枫花大价钱帮他找了一位很有经验的律师，据说当年影帝 Andrew 从老东家解约后加入股"新贵娱乐"时，请的就是这位律师帮他打官司。

凌熙听后半喜半疑："你连这么大牌的律师都请得到？这要多少钱？"

安瑞枫说："钱不是问题，你能顺利解约才是我关心的。你放心，那位律师和我哥哥很熟，为人很和气，你有什么需要都可以和他说。"

他这么一说，凌熙心中疑虑更重。他还在公司做练习生那几年，正是 Andrew 风头正劲的时候，有着意大利血统的他几乎成了全国女性观众的梦中情人，班上的小女生们疯狂地迷恋着这位有演技有脸蛋的男演员，他演的片子她们不仅组团去看，还拉着班上的男生帮偶像一起刷票房。只是几年后，刚拿下影帝的 Andrew 却突然销声匿迹，如今八年过去，娱乐圈能人辈出，渐渐地，这个名字就很少被人提起了。

　　一个多月前，有人在美国的电影学院毕业典礼上看到了疑似他的毕业生，这件事还闹上了娱乐新闻，所以最近一段时间 Andrew 的名字被人反复提起，他曾经的作品也被粉丝们翻出来重温。

　　结果这么一重温，就有好事人把 Andrew 和安瑞枫放在一起比较。两人都是混血儿，都有着俊美的外貌和精湛的演技，虽然两人的眼睛瞳色不同，一个是深灰色一个是深蓝色，但眉、眼、鼻的排布有着微妙的相似之处，所以就有粉丝私下管安瑞枫叫"小 Andrew"。这种称呼，对于任何一个有野心有实力的演员来说，都是难以忍受的。

　　但凌熙是他的好兄弟，掌握的信息比别人多一些——安瑞枫有一个偶尔会挂在嘴边提及的"哥哥"。

　　"之前也听你提到过你哥哥，好像吴哥也认识他？"凌熙大胆猜测，"不会那个影帝 Andrew，就是你口中的哥哥吧？"

　　不等安瑞枫回答，凌熙自问自答："一定是！毕竟你姓安，他也姓 An ！"

　　安瑞枫脱力："我头一次听闻这么独特的攀亲戚方式。"

　　凌熙的解约风波只在圈子里翻出来一点点水花，他提交的关键证据中有公司领导强迫他当枪手的录音，"扬天传媒"不愿意家丑外扬，但仍然不受控制地外泄了一点风声，惹得圈内的小经纪公司人心惶惶。只是这份不安很快就被冲淡了——因为一年一度的金熊猫奖即将开幕，大家的注意力瞬间被吸引了过去。

　　金熊猫奖是中国唯一的国家级电视艺术综合奖，采用观众投票加评委点评的评奖方式，受选影视作品包括电视剧、综艺节目、纪录片等。其中"最受观众喜爱的男／女主角"奖就是人人争抢的视帝、视后的奖项，安瑞枫出道三年，今年是第二次被提名。

　　除了被提名的演员及他的经纪团队外，其他能获得入场邀请函的演员无一不是在圈内声名显赫的艺人。像是凌熙这种十二线小歌手根本不可能进场，不过安瑞枫这次的呼声很高，凭他的面子，直接帮凌熙要来一张邀请函完全是小菜一碟。

但凌熙想了想还是拒绝了："现在我的经纪公司瞪大了眼睛找我的错处想要让我败诉，我还是不要这么明显地在他们鼻子底下晃悠了。"

"可是我想让你陪我去啊。"安瑞枫故意装作一副失落的样子，"我想让你在台下看到我捧起视帝奖杯的模样……"

"你这次能拿视帝？消息准确吗？"一听安瑞枫获奖有望，凌熙一骨碌从沙发上坐起来，眼睛里闪耀着崇拜的光芒，"是评委告诉你的？"

安瑞枫摇头："金熊猫的评委嘴巴很严，这种风声是漏不出来的……"他自信极了，"不过这次提名的五个男演员里就我出演的那部剧收视率最高，而且我的观众投票最多，如果我不获奖，那才是暗箱操作！"

这种大话如果从其他演员嘴里说出来绝对会被嘲笑，但安瑞枫确实有如此自信的资本。他入行三年多，又高产又高质，人气节节攀升，演技飞速提高，可谓娱乐圈势头最劲的偶像男演员。

这次他被提名的是去年的一部旧作，他在里面扮演一个初出校门的年轻大学生，没毕业前是校草级人物，毕业后做过销售、搞过互联网，最后创业成功，是一部励志偶像剧。这部剧的时间维度跨越十五年，男主角从校门里的青涩懵懂到创业后的成熟世故，很考验演技。

这部剧一播出就大受关注，放映权卖了一个又一个电视台，男主角在剧中最爱穿的白衬衫一度席卷工科学院，改变了众多理工男只穿格子衬衫和连帽卫衣的穿衣习惯。

这部电视剧凌熙最近刚补完，之前金熊猫奖在观众投票阶段时，他特地注册了八个账号给安瑞枫投票，还联系了自己认识的所有人给安瑞枫投票。现在听说他极有可能凭借这部电视剧获得视帝称号，凌熙表现得比安瑞枫还要兴奋。

只是他实在不方便大张旗鼓地陪安瑞枫进场，他灵机一动，说："要不这样吧，我装作你的助理，和你的团队一起入场！"

三日后，金熊猫奖颁奖典礼在晚上八点准时开幕。这还是凌熙第一次亲临现场，而不是像以前一样在网络上看直播。他难掩兴奋，偷偷摸摸地拿出手机想要多拍几张，被坐在他旁边的许志强一把按住了。

"许哥……"

许志强铁面无私："老实点，你现在可是坐在安瑞枫的助理团队的席位上，要是让人家看到安瑞枫的助理这么没眼界，看到几个明星就上蹿下跳的，太给他丢脸了！"

凌熙只能老老实实地坐下，眼巴巴地看着其他明星在前面谈笑风生。在那些明星中，被众人围在中间的安瑞枫永远是最亮的那一颗，一想到他可以捧得视帝桂冠，凌熙就由衷地为他高兴。

好友捧起视帝奖杯，凌熙说不眼馋那是不可能的。他从未像现在这样希望自己能在音乐上有所建树，这样就能让安瑞枫也替他开心开心了。

安瑞枫和让他获得提名的电视剧的团队坐在最前面，凌熙不能陪在他身边，只能和许志强坐在第二梯队的坐席处。不过这里距离舞台也不远，凭借凌熙的好视力，依旧能清楚地看到台上女主持人衣服上绣的大牡丹。

前面几个奖项都是不痛不痒的小奖，还有几个是颁给导演、摄影、剧本等的专业奖，凌熙翻了翻流程表，这才发现重头戏视帝视后是放在最后颁发的，而前面的奖项大概要花费一个半小时。

他熬啊熬啊熬，终于熬到了视帝大奖的颁发。

每一次视帝的颁奖人都是上届的视帝，因为视帝有不连任的传统，所以不用担心撞车。上一届的视帝是一位年过五十却依然气度潇洒的老戏骨，他不仅得过三届视帝，还在今年获得了更有分量的影帝奖项，由这样的大前辈颁奖，更衬得他手中的奖杯极有分量。

颁奖前，颁奖人照旧闲聊两句，摄像头扫过在场被提名的数位男艺人，同时大屏幕播放十秒的电视剧片花。凌熙紧张得都快不能呼吸，一旁的许志强比他沉着多了，打趣他："又不是你被提名，这么紧张做什么？"

凌熙说："若是我被提名，我反而不紧张了。我知道以安瑞枫的演技，这个奖项十拿九稳，但我仍然担心会出现十分之一的偏差。我不想他失望，一点点都不行。"

台上的颁奖嘉宾打开手中的颁奖卡，他一笑，停顿十秒，吊够了大家胃口才说："这位视帝的名字我去年也见过，那时候我们一同入围了这个奖，只是上一届让我抢先一步拿下了这个头衔。我还记得他刚出道的时候，很多影评人断言，说他的眼睛虽然很迷人，但也给他带去了一定的局限性，让他可以挑选的剧本很少。但如今，他凭借他的演技，让无数编剧、导演主动修改剧本细节，就为了让他的灰眸在剧中出现。是的，我想你们都猜到了这个名字，欢迎我们的新晋视帝——安瑞枫！"

在说到"眼睛"时，大家都已经猜出了这次的视帝花落谁家，凌熙都快笑晕过去了，手拍得通红。嘿，安瑞枫是视帝啦，他这个做朋友的都连带着脸上有光，今天回去奖励他一顿红烧肉吃！

坐在他身旁的许志强长舒了一口气，安瑞枫是他倾力培养出来的艺人，自己的艺人受到肯定，身为经纪人的他也面上有光。他在"新贵娱乐"待了十五年，带起过一个影帝、两个小花旦，上面漏出口风来，只要安瑞枫再拿下一个影帝，就会提拔他为艺人管理部的 VP。现在安瑞枫已经手握视帝，又开始接拍电影，真正做到从偶像派向实力派的转变，他相信不久的将来，影帝的桂冠终将戴在安瑞枫头上。

在镜头的锁定下，安瑞枫风度翩翩地起身，与周围的电视剧剧组人员拥抱，并与其他被提名的男演员握手，然后脚步轻快地走上台，从上一届视帝手中接过了那座金灿灿的熊猫奖杯，把它举过了头顶。

获奖词他早就想好了。

"感谢各位评委、感谢各位支持我的粉丝，谢谢你们对我演技还有我的脸的肯定。"他的话引起了场内的一片笑声，"大家不要笑啊，其实长得帅并不像大家想的那么好。就像前辈说的那样，我的外貌在我入行初期确实给我带来了很多便利，但这份便利渐渐地变成了阻力，阻碍了我踏入更广阔的天地。感谢我的经纪人许哥，帮我渡过了那段难挨的时间，是他鼓励我挑战自我，尝试更多的题材。也感谢我的妈妈和我的哥哥，感谢他们支持我踏上这条路。"

他目视前方，柔声说："当然，我还要感谢一个人，他会为了让我的支持率上升，发动认识的所有人帮我投票，会在得知我进入提名阶段后，开心得翻跟头，会在我获奖前的一个晚上，辗转反侧，祈祷我能拿到这个奖项——我要感谢的人，就是你。"说着，他用手指向了观众席。

因为他正面不远处便是摄像机摇臂，这深情款款的一幕在电视机前的观众看来，便被理所当然地误认为是向支持他的粉丝表示感谢。在获奖时感谢粉丝支持的明星有那么多，唯有安瑞枫把感谢说得像告白一样，短短几分钟内，他的个人粉丝站流量激增，服务器差点被挤爆。

粉丝们哪里知道，真正被他感谢的人，正在他面前的台下坐着呢。

明明这个感谢不点名不道姓，但凌熙清楚地知道安瑞枫的那段话是给自己的。安瑞枫看着凌熙，在台上笑得更为畅快了，他再一次高举手中的奖杯，向评委席深深鞠躬，离开了这个让他荣耀加身的舞台。

颁奖典礼后就是庆功宴，安瑞枫无心在这种场合和其他人应酬，因为他知道还有一场他期待已久的庆功宴在等着他。他端着一杯酒，和场内的评委及其他艺人简单聊了几句后，便随口找了个理由离开。

场外等待已久的记者见新出炉的视帝出现，一窝蜂地围上去，恨不得把话筒塞到他嘴巴里。凌熙混在其他助理中，手拉手在安瑞枫身边围城人墙，在经纪人的带领下，护着安瑞枫往保姆车的方向缓缓移动。只是在场的娱乐记者的人数远远超过保护安瑞枫的人的数量，凌熙被挤得东倒西歪，鼻子上挂着的挡脸用的大眼镜甚至断了一只腿，模样十分狼狈。

记者们面对这位俊美的混血儿视帝，肚子里的问题一个接一个地抛出来。

"请问安瑞枫你获得视帝心情怎么样？"

"心情很好、很激动，很想和朋友分享这份喜悦。"

"请你评价一下其他入围男演员！"

"大家的实力都很棒，这次能和这么多优秀的男演员共同角逐这个奖项，我感觉很荣幸。"

"你的经纪人透露，以后你会渐渐减少电视剧的拍摄工作，专心投入电影的拍摄中，请问是真的吗？"

"是的，我觉得是时候踏上更广阔的舞台了，希望大家能一如既往地支持我。我手里的视帝奖杯仅仅是个开始。"

在这一片热火朝天的气氛中，突然有个突兀的声音在人群中响起。

"请问安视帝，最近有粉丝把你和八年前的影帝 Andrew 互相比较，称你为'小 Andrew'，请问你会生气吗？"

这问题问得十分冒昧，在这种大喜的时候，居然有人拿这种称呼询问安瑞枫，甚至故意加重"视帝""影帝"的声调，明显就是觉得安瑞枫处处不如 Andrew。

但在场的记者其实心中都想知道这个问题的答案——一个刚刚斩获视帝头衔的男演员，该怎么面对自己和影帝的比较？

大家屏气凝神，但手中的话筒距离安瑞枫更近了。

"我当然不会生气了。"安瑞枫双手插兜，语气是一贯的和缓，"我怎么会生气呢，毕竟 Andrew 是我的亲哥哥，小时候我和哥哥一起去打篮球的时候，他的同学都是这么叫我的呢。"

一时间，世界好像静止了……刚刚还争先恐后往前挤的记者们同时失声，连绵不断的快门声也瞬间消失。

安瑞枫见大家都是一副被玩坏的表情，心情大好，故意说道："我和他的关系有这么难猜吗？你们看，我姓安，他也姓 An 呢！"

凌熙：你之前还说这攀亲戚的方式很独特呢！

时间回到一小时前。

B 市国际机场的接机大厅里，吴友鹏手里举着一个牌子，上书"Mr. An"，他面色焦急地看向熙熙攘攘的人群，眼睛不停地从一个个人的脸上划过。刚刚落地的这架班机从加拿大起飞，于晚上九点半降落 B 市，吴友鹏受了安瑞枫的嘱托，来机场接他从加拿大飞来探亲的哥哥。

自从凌熙向法院提交了诉讼书意图解约后，"扬天传媒"就想尽办法要逼迫凌熙撤诉，同时要求凌熙就录音一事向公司高层道歉。凌熙机灵得很，在他们找上门前就一溜烟跑了，临走前还把父母送出国旅游，现在他们一家三口都属于失联状态。公司没办法，就掉转矛头对准吴友鹏，每天找他谈话，说来说去就一件事——你不是凌熙的前经纪人吗，你和他有十一年的交情，你一定能联系到他，你让他撤诉！

吴友鹏心志坚定，一口咬定自己也联系不上凌熙，结果恼羞成怒的经纪公司居然暂停了吴友鹏的一切工作，把他刚刚带上轨道的"方向组合"从他手里抢过来，分给了别的经纪人带。

之前离开凌熙时，吴友鹏在那一个月里确实把心血都倾注在了"方向组合"身上，但在他得知公司居然安排凌熙给她们当枪手后，他再也无法回到原本的心态。虽然他心里清楚，她们五个人根本不知道公司的计划，但他依旧没有办法面对她们。

毕竟亲疏有别。

吴友鹏早做好了会被公司连坐的心理准备，所以在接到公司的通知后，他平静地整理好"方向组合"的资料，把她们交接给了新的经纪人。

原本他以为他会这么无所事事好长一段时间，结果在昨天晚上，他居然接到了安瑞枫的电话。安瑞枫对他非常客气，寒暄了几句后进入正题："吴哥，你最近的工作情况我听凌熙说了，我最近手上确实有一份工作……不，也不能说是工作，应该说我想请你帮我个忙。"

"什么事？"

"我哥哥明天晚上从加拿大飞过来探亲，这次回来不确定要待多长时间。不过他说他需要一个人负责帮他处理国内的事情，我就想到了你。"

吴友鹏有些迟疑："处理什么事？不会是投资或者艺术之类的吧，那些我可不懂。"

"不不不，"安瑞枫含糊的声音从听筒里传来，"他就需要你这样的。"

正是因为安瑞枫含糊其辞的态度，吴友鹏对这份工作有了兴趣。圈里没人知道三年前空降娱乐圈的安瑞枫到底是什么背景，连他家里几口人他都没有透露过，但他能一路顺风顺水，肯定是有人在后面保驾护航。现在安瑞枫的哥哥来到国内，他神秘的家世便要向吴友鹏揭开面纱了。

吴友鹏内心的八卦欲望熊熊燃烧，没多想就接下了这份工作。今天他准时来到机场接机，还听从安瑞枫的建议做了个写着"Mr.An"的小牌子，可是他在接机口等了半天，却根本没有看到长相同安瑞枫相似的男人。

他正伸着脖子四处张望，忽然一个高瘦的男人在他面前停下，和周围行李繁多的人相比，这个男人手里只拿着一只小得不能再小的手包，看着十分突兀。

男人看着比安瑞枫还要高一点点，宽肩窄腰，光看身材十分吸引人。不过往上看去，他头发乱蓬蓬的，眉毛杂乱，脸上胡子密布，虽然还不到络腮的程度，但长长的胡子仍然爬满了他一整个下巴，连嘴唇上方也被盖住了。

唯有那一双深邃的深蓝色眼睛，猛然看上去和安瑞枫有一点神似。

吴友鹏被这位不修边幅的大哥吓了一跳，试探性地问："请问您是……"

"是我。"男人直接打断吴友鹏的话，"我现在很困，没有时间同你聊天。"他的骨骼和眼睛颜色能明显看出来是混血儿，而他的中文水平却好得出乎吴友鹏的意料。

这种怪咖吴友鹏以前也接待过，只是他没想到温和有礼的安瑞枫会有这么没礼貌的哥哥，一时间有些接受不了这种落差："呃，你的行李呢？我帮你搬上车。"

"我没行李，我带着银行卡就够了。"

听了这话，吴友鹏真恨不得抱着他的大腿叫干爹。

吴友鹏领着 An 往停车场走，两人初见，彼此陌生，吴友鹏便从两人都熟悉的内容下手，想要挑起话题："安瑞枫很厉害，今天他去参加金熊猫奖的颁奖典礼了，应该再过几分钟，本届视帝就要揭晓了，你弟弟是呼声最高的一个男演员。"

An 迈开长腿往前走，根本不管身边人跟不跟得上。他语气笃定地说："现在他已经是视帝了。"

"啊？你听错了，现在应该还在评委点评阶段……"吴友鹏话音未落，手机响了一声，是凌熙向他发来的新信息。

怪盗凌凌熙：吴哥吴哥，我现在是视帝的好兄弟啦！

吴友鹏："他现在确实是视帝了。"

五分钟后，两人抵达停车场取车，An 长腿一迈进了后座，指了一个方向示意吴友鹏往那边开。

在吴友鹏的计划中，他这个时候应该把 An 送回酒店才对，经过路上将近二十个小时的奔波，An 会很疲惫，肯定需要倒时差，可谁料 An 却要求他开向了与酒店完全不同的方向。

"现在很晚了，咱们一定要今天去吗？"

An 看了看时间："我必须在一个小时之内赶到那里，并且在半个小时内处理完事情，如果今天不去的话，以后我就不能去了。"

在故弄玄虚这方面，An 的功力远远超过他弟弟。吴友鹏问他目的地是哪里，An 报出了一个拳击馆的名字，然后便靠在了后座上闭目养神。

后座的顶灯没有开，An 的脸笼罩在黑暗之中，只有偶然经过路灯时才能照亮他的脸庞。吴友鹏偷偷通过后视镜窥探 An 的神色，却连他是醒是睡都不知道。

在还有二十分钟到达目的地的时候，坐在后座的 An 突然开口提出了一个要求——升起车中部的"遮挡板"。

吴友鹏："不好意思啊，我租的车没有遮挡板。"

An 很嫌弃地"啧"了一声，从脖子上解下围巾，围巾角直接系在了后排车窗上方的顶部拉手上，宽大的围巾像是一扇帘子，遮住了吴友鹏的视线，把车厢前后分成了两个部分。

吴友鹏照顾惯了好养活的凌熙，头一次见到这么难伺候的人："你是要换衣服吗？都是男人，你在后座换就是了，我不看你。"

"我不换衣服，"An 的声音从围巾帘子后传来，"我要化妆。"

二十分钟后，车停到了拳击馆外，吴友鹏扫了一眼时间，发现时间已经将近十点了，这个时间来拳击馆，总不可能是来练拳吧？这个疑问盘旋在他心里，可他却不方便问出口。

安瑞枫客气又和善，他的哥哥却冷淡又高傲，真不知这兄弟俩的性格怎么如此截然不同。待车停稳后，吴友鹏下车走到后排车门处，先敲了敲窗户示意，然后为 An 打开了车门。

停车的位置刚好在一个路灯下，明亮温暖的黄色灯光从头顶洒下，落在后车门外的空地上，像是在那里用光画了一个直径半米的圆。车门打开，一双包裹在牛仔裤中的笔直的腿落在了光环之中，紧接着是挺直的脊背，修长的脖颈……从车中迈步走出的人姿态放松，他插着兜站在路灯下，给人的感觉却像是出现在聚光灯的包围中一样。

明明二十分钟前坐在后座的还是一个风尘仆仆不修边幅的普通男人，但现在出现在吴友鹏面前的 An 却有着让人窒息的魅力。他下巴光洁、鼻梁高耸、剑眉横挑、碎发柔顺而服帖地垂在脸侧，一双深蓝色的眼睛像是盛满了千言万语，让人光是与他对视便耗尽了勇气。

这哪里是化妆，明明是易容！

吴友鹏瞪大眼睛，连话都说不利落了："你……你是 An、Andr……"

An 冷淡地扫了他一眼："怎么，没见过影帝啊？"

不等吴友鹏回话，An 便快步向拳击馆的入口走去。吴友鹏现在脑子发蒙，也不知道做什么好了，干脆当个小尾巴跟着他一块儿往入口跑。他实在太好奇了，消失多年的影帝深夜拜访拳击馆到底是要做什么？An 身高腿长，吴友鹏虽然也有一米七八，和他相比却成了短腿一族，An 越走越快，吴友鹏跟在他身后都快跑起来了。

这是一家外观非常朴实、里面装修更加朴实的拳击馆，很有年代感的白色墙面，绿色墙围上遍布着星星点点的霉斑，地面是最平常不过的水泥地。因为现在已经是接近十点，三三两两的壮硕男人一边低声交谈着一边往外走，见到与这里氛围明显格格不入的 An，都不约而同地侧头看了他好几眼。

An 早就习惯了别人的注视，他目不斜视地走到前台，敲了敲桌子，惊醒了猫在桌子后面偷偷看连续剧的前台小姐，吴友鹏眼尖地发现她看的连续剧刚好是安瑞枫主演的，这真是一个奇妙的巧合。

原本前台小姐正聚精会神地看着电视，突然被人打断令她十分生气，她刚要发火，见打扰她的居然是一个蓝眼睛的大帅哥，当即从座位上蹦起来，连手里的瓜子都顾不上嗑了："哈喽，May……May I……呃，May……"

刚刚在车里犹如冷面煞神的 An，这时候却表现出了他和善的一面，只见他微微低头，眼睫下垂，视线飘在前台小姐嘴巴和鼻子的位置，双颊透出一点微妙的红意，声音轻柔中透出一丝腼腆："不好意思，是朋友叫我来的，但是我忘了他的房间号，你能不能告诉我？"

前台小姐被他迷得满眼冒桃心："好好好，你的朋友叫什么名字？"

An 笑弯了眼睛，语调轻快地说："王立力，我朋友叫王立力。"

"原来是力哥！"前台小姐惊叫了一声，又赶忙压下，"也对，除了他的朋友，谁会知道他每周五都要来我们这种小馆子开个房间练沙袋？啊，你是力哥的朋友，你是不是也是明星？"

An 羞涩地摇头："哪里算明星，我现在只是跑跑龙套，承蒙力哥看得起。"

"哎呀，你别谦虚了，我觉得你长得有点像最近特别火的安瑞枫，力哥人那么好，让他多带你演演戏，说不定你真能成为第二个安瑞枫呢！"

"谢谢。"An 点点头，认真地说，"我也想多和力哥演演戏呢。"

在旁边围观了这一切的吴友鹏牙都要酸倒了，影帝不愧是影帝，高冷和亲民之间切换得天衣无缝，谎话更是信手拈来，说得一点都不心虚。他把小姑娘骗得团团转，居然就这么稀里糊涂地泄露了客人的隐私。

不过话说回来，An 是怎么认识的王立力？

王立力这人吴友鹏见过，是圈子里的黄金男配，早年是演话剧的，后来据说是和剧团团长生了间隙，才跑出来演电影，从跑龙套做起，一步步爬上来的。但他因为长相平凡，性格又闷，得不到大投资人的赏识，十几年来专演配角，最高奖项不过是某一年拿下过最佳男配。远了不说，就说最近他参演的《侠盗记》，就是给安瑞枫配戏，在片中演了个男二号，对手戏还不少。

算算时间，Andrew 在国内活跃的那几年，王立力刚从话剧转电影，如果是那时候就认识了，倒是说得过去。

在打听清楚王立力的房间号后，腼腆羞涩的 An 婉拒了前台小姐热情的带路邀请，脚步匆匆地向着最后面一排房间走去，吴友鹏赶忙跟上，他极想知道 An 为何一落地就急着找王立力。

这时 An 的脸上重新恢复了冰山一般冷酷的神色，他的唇紧紧抿着，眉毛微皱，整个人像是一张拉满的弓，只需一个轻轻的助力，弓上的利箭便会破空而去，直刺目标中心。他本来面相年轻，但配上此时严肃的表情，生生变得成熟不少。

这个老旧的拳击馆是由一个废旧的矮厂房改建而成，挑高十米，从前台旁边的小门进去后，便到了正式的拳击场，六平米见方的拳击台错落有致地摆放在宽大的厂房里，绝大多数台子上已经没人了。An 并没有在这里停留，而是穿过这些拳击台，向着厂房最后面一排标着数字的小房间前进，那些既不隔音又不隔热的小房间，就是这个捉襟见肘的拳击馆的"VIP"室，每个房间内都有配套的拳击沙袋、拳击球，足够做一些基础的训练。

王立力所在的房间是五号，An 站在门外，眼睛盯着门上那大大的数字，眼中眷恋的神色一闪而过。他呆立在那里，过了许久才敲响了房门。

屋内的王立力不知该说是毫无戒心还是粗枝大叶，居然没有提前问门外的人是谁，直接从内打开了房门锁。因为高强度的拳击训练，他浑身被汗浸得湿淋淋。他一手开门，一手拎起衣角去擦额头上的汗，口中问："谁……"

之后，所有话语都被咽回口中。

An敏捷得很，愣是仗着身材纤瘦，从王立力打开的门缝里钻了进去，吴友鹏本想跟上，大门却在他面前毫不留情地关上。吴友鹏被这活生生的八卦急得抓心挠肺，干脆一不做二不休，把脑袋贴在门板上，开始偷听里面的对话。

对话一开始极为平静。

"你……你怎么回来了？"问完这句话，力哥忽然笑了一声，"我早该猜到的，最近网上一直在热炒你出现在美国电影学院毕业典礼上的视频，你的粉丝们也开始活跃起来，各种回忆集合、精彩视频层出不穷。怎么看怎么像是在为你回来造势。"

"嗯，到了回来的时候，我肯定要回来。"

"这次回来待多久？"

An语气平静："这取决于你想让我待多久。"

这句话像是导火线，猛然点燃了力哥心中的怒火："我想让你待多久？我跟你什么关系，我还能左右你的想法？你当初说走就走，连个联系方式都没留，我不就是拒绝了出演你新电影的男二号吗，你居然第二天就出国，一跑七八年？"

力哥越说越是激动："还有你那个好弟弟，安瑞枫是吧？我也不知道那些娱记是不是在装傻，那双眼睛明明跟你长得这么像，我第一次在电视上见到他的时候，还以为你去哪里整容了！拍戏的时候我本来根本不想和他多说话，结果他一次次往我面前凑，跟你那时候一模一样！"

"'那时候'？"An轻叹一声，"没想到连那么久以前的事你都记得。"

"我倒宁愿不记得。"

力哥的声音决绝，像是要把An赶出他的领地："你走吧，就像你当年那样走吧。我宁可相信那个跟我称兄道弟的好朋友不知死在哪里了，也不想在事隔这么多年后见到你一脸坦然地出现在我面前。"

吴友鹏清楚地听到屋里传来了衣料摩擦的声音，估计是王立力拽着An 的衣服想要把他推出门。推搡时，两人刚开始声音很低，隐隐约约能听到"你给我滚""我不走""你滚""我不"的争吵，随着声音渐渐加大，两人也越来越靠近门的方向。

只听"嘭"的一声，An 的后背重重地撞上了门板。

就在吴友鹏以为 An 会这样被推出房间的时候，An 开了口。他并没有提高声音歇斯底里地喊，他像是在叹息，又像是倾诉。

"立力，当年你郁郁寡欢，处处碰壁，每天奔波在片场，死拧着不肯回剧团，非要演电影。我请你在我的新戏里和我演对手戏，你担心被人说你走后门不肯来，甚至你都不准让我那时候的经纪人知道咱们认识！你说要靠自己的努力打动导演，让导演请你做男一……好，我现在是导演了，我被你打动了，我请你做我的男一，你愿不愿意？"

待这句话说完，屋内陷入了一片寂静。吴友鹏拼命地支着耳朵听啊听，可是什么都听不见。

渐渐地，细碎的啜泣声在门里响起，那声音像是在人心上最软的地方轻轻搔挠，光是听着，就让人恨不得把自己的心剖出来送到他面前，只求他展颜一笑。

果不其然，随着 An 隐隐约约的哭声，力哥尴尬的声音响起："你、你别哭啦……好歹是一个三十六岁的大男人，你、你这动不动就哭像什么样子。"

但他越说，An 哭得越厉害。An 并不是号啕大哭，而是真的很委屈很痛苦，他的声音闷闷的，听上去像是把头抵在了力哥的肩膀上，不愿意示弱一样。

吴友鹏都能想象出来王立力有多手足无措。

力哥苦恼地说："你……你哭个什么呀，我还想哭呢！你当年也没跟我说理由，说走就走，发个信息问你的情况还得通过你公司转交。我还以为你是看不上我，不想和我做朋友了。"

"怎么会呢？我在离开的这几年，一直有给你发邮件，不回的明明是你！"

"邮件？哪个邮箱？"力哥问。

"你的私人邮箱啊！"An控诉，"你一封都没回！"

力哥郁闷地说："邮箱我们早都不用了，最近几年我们只用QQ和微信。"

吴友鹏差点笑出声，他简直想要给这久别重逢的一幕戏起名为《被时代阻隔的两人》了。

他正要继续偷听下去，裤兜里的手机震动了起来。他掏出来一看，居然又是凌熙发来的信息。

> 怪盗凌凌熙：吴哥！你肯定不信，刚刚庆功宴散场，安安他居然对着在场几十家媒体承认他哥哥是影帝Andrew！天哪！我现在不仅认识视帝，还即将认识影帝啦！

吴友鹏心想，你再等一段时间，说不定你还能认识最佳男配呢……

他正攥着手机组织语言准备恭喜凌熙，VIP拳击房的门突然开了，吴友鹏本来靠在门上，门一开差点栽进去。An从门内低着头走出来，王立力没有追，而是留在了房间内，背对着房门看不到他脸上的表情，也不知在思考些什么。

见An越走越快，吴友鹏也顾不上回信了，赶忙追上去跟着他。

吴友鹏盯着对方通红的眼圈和苍白的脸色，不知这时候该不该安慰他，又该怎么安慰他。他摸摸裤兜，他记得刚刚上厕所的时候，他留了一段手纸还没用，只是不知道An能不能接受用皱巴巴的手纸擦眼泪……

见吴友鹏一直盯着自己，An便转过头大大方方地让他看。这时的他脸上不见一丝脆弱，根本不像是刚刚经过一场撕心裂肺地哭泣。

An擦了擦眼角，嗤笑一声："怎么，没见过影帝啊？"

当吴友鹏把An送回酒店时，夜已经很深了。An下车时，从随身的手包里摸出一副超大的蛤蟆镜架在鼻子上，生怕别人看不出他是明星。他一举手一投足都散发着无尽的荷尔蒙，处处彰显高调，就连为他开门的门童，他都随手给了人家一百块钱小费。

现在虽然时间已晚，但他这番随意又做作的表演，轻易就把酒店大堂里的其他客人的目光都吸引到了自己身上，再加上他戴着墨镜也遮掩不了的俊帅面容，很多人盯着他的身影都移不开眼睛。

吴友鹏眼尖地看到有几位女客人偷偷用手机拍下了An的侧脸，他正在犹豫要不要上前阻止，An转头小声说："让她们拍，拍的人越多越好。"

办完入住手续，吴友鹏把An送到了房间后准备离开。

An叫住他："我准备回国内发展，初步预计至少待五年，准备拍三部电影——不是以艺人，而是以导演的身份。我以前的经纪人现在在我弟身边帮忙，我觉得你人不错，有没有兴趣来我身边工作？"

如果这个问题在昨天的这个时候摆在吴友鹏面前，他一定毫不犹豫地点头同意。不想成为导演的影帝不是好演员，面对这么一个要实力有实力、要野心有野心的艺人，哪个经纪人不开心？

可吴友鹏刚刚见证了他出神入化的变脸技术，就连在娱乐圈里沉浮了那么多年的王立力都被他骗过，可见他的演技有多么高超。

人都有趋利避害的本能，吴友鹏恨不得现在就脚底抹油地从这个"影帝"身边逃开。

他赶忙掏出一个冠冕堂皇的理由："可是我和公司还有合约在，我是从属于公司的职业经纪人，在合约未结束前，不能随便跳槽的。"

An 挑挑眉："违约金我帮你付了。你什么时候能到岗？"

吴友鹏："我还需要和原公司谈谈，并不是我说辞职就能辞职的……"

"好，那说定了，你后天来上班。"

吴友鹏简直要被这个噩耗击倒了。

见吴友鹏呆立在那儿，An 又补了一句："对了，我听我弟弟说，你之前是凌熙的经纪人？你帮我把他约过来吃顿饭。"

"安安，我有点紧张。"凌熙坐在酒店下面的停车场里，紧紧抓住安瑞枫的手不愿意松开。距离他和 An 约好的见面时间还有半个小时，他蜷缩在车后座上不敢下车。

在他刚得知安瑞枫的哥哥是那个鼎鼎有名的影帝 Andrew 时，他是非常兴奋的。像他这种十二线小艺人，只在综艺节目上有幸见过几次影帝，而且他连一句话都没说上就被别的明星挤到了最后一排。现在有个影帝从天而降落，到了他触手可及的地方，而且还是他兄弟的哥哥，他真是骄傲得下一秒就要飞上月亮了。

但是昨天晚上吴友鹏的一个电话，生生把他压成了碎渣。

在吴友鹏的形容中，Andrew 根本不及安瑞枫万分之一的和善温柔，他高冷又富有心机，凌熙落在他手里，简直像是白雪公主与后妈。

安瑞枫见他紧张，安慰他："要不然我陪你上去？"

不等凌熙回话，坐在副驾驶座上的许志强先炸了："不行！按照行程表，你中午十二点才能来找他，然后你们会在楼下的餐厅共进午餐。我让人十一点在微博上放出 Andrew 入住这家酒店的消息，预计最快十一点半记者会到门口守着，你现在就上去，他们拍不到你进酒店的照片怎么行？"

其实所有媒体都被这对兄弟要了，从 Andrew 的毕业视频被人传到网上，再到安瑞枫获奖时向他提问的那个"记者"，这些全都是他们自导自演的宣传方式。毕竟 Andrew 淡出圈子这么久，如果不炒热话题，很难获取足够的关注。一切看似自然而然，其实步步为营，节奏卡得刚刚好。

听到许志强的强硬抗议，安瑞枫挑眉："我现在不上去也行，要不许哥你陪凌熙上去？反正你好几年没见哥哥了，他可是你带的第一个艺人，你们肯定有好多话想说。"

许志强泄了气："算了，还是你陪他上去吧。"

在凌熙眼中堪比王母娘娘的许哥，在听到 Andrew 的名字后也乖得像小绵羊，这鲜明的对比让凌熙更紧张了。

安瑞枫无奈道："我哥哥又不会吃人，你们这么怕他做什么？"

"是啊，他确实不会吃人，"许志强吐槽，"但是他偏偏有本事让你觉得，他不吃你还是你的过错。"

为了打消凌熙的紧张，安瑞枫决定给他讲讲自己的家庭。之前他从未说过自己家人的事情，毕竟他们在一起的时间那么少，哪有时间介绍家庭呢？

安瑞枫的家庭成员很少，他妈妈是一代移民，父母去世后一个人去了加拿大。因为她与周围格格不入的黑发黑眼，还要独自抚养两个相差八岁的儿子，刚开始的日子过得非常辛苦。不过等 Andrew 上学后，长相俊美、头脑聪明的他成了孩子王，甚至帮助他的妈妈打开了社交圈。再后来安瑞枫也上了学，兄弟俩几乎每天都要被高年级的女生拦住告白，一般告白的套路是这样的——

"An，你做我男朋友吧？什么，你不愿意？那算了，你弟弟也行。没事，我不介意他刚上小学。"

再之后的事情就如八卦杂志上写的那样，二十一岁刚刚大学毕业的 Andrew 来中国旅游，结果被星探发掘，从此走上了人生巅峰。后来他突发奇想，抛下了国内的显赫名声跑去学导演，一学就是八年。在这八年间，安瑞枫跟随他哥哥的步伐也来到了中国发展，虽然他起步比Andrew晚很多，但势头更猛，出道仅三年就拿下了视帝的奖杯。

安瑞枫说来说去，话题只围绕在哥哥和妈妈身上，只字不提父亲的存在。他不说，凌熙更不好意思问，毕竟安瑞枫和Andrew两个人虽然都是混血儿，但是安瑞枫是中国和加拿大混血，而Andrew是中国和意大利混血，两人必然父亲不同，想必安妈妈肯定有过两段刻骨铭心的经历。

见凌熙眼神飘忽，神色惆怅，安瑞枫一下就猜中了他的心事："你是不是在想我们爸爸的事情？实话说，我和哥哥都不知道父亲是谁。"

凌熙恨不得把"I feel sorry"刻在脸上。

"其实事情没你想象的那么复杂。"安瑞枫说，"我妈妈是个万事靠自己的人，不愿被爱情束缚，所以一直没有恋爱对象，更没有组建家庭。但是她十分喜欢孩子，我和哥哥都是她去精子库亲自挑选的。"

凌熙听完这一切，默默伸出了大拇指："这明明比我想象的复杂多了。"

拜安瑞枫所赐，凌熙的紧张感逐渐消失了。现在他想起Andrew，再也不是狼外婆的形象，而是变成了一个帅一点的精子。精子嘛，哪个男人都有，区别就是淡一点浓一点，弱一点强一点，尾巴短一点长一点，脑袋小一点大一点……

凌熙拒绝了安瑞枫的陪同，独自一个人踏上了找寻影帝的道路。

Andrew的套房位于酒店的顶层，那里有一个种满花草的露台，视野极好，足以俯瞰酒店外的泳池和花园。凌熙住酒店从来都是住经济双人间，哪里见过这种浴缸比标间还大的套房，若不是场合不对，他真想冲到浴缸里好好游个泳。

当他进门时，Andrew正在看娱乐新闻，女主持人用一种极为夸张的语气介绍着昨天晚上安瑞枫在记者的包围中是如何揭露身世的。自从三年前安瑞枫出道以来，对于他背景的猜测就没停过，最热的猜测莫过于他和经纪公司的上层"有不清不楚的关系"，现在真相一出，果真是有"关系"的！

娱乐新闻的主持人都是见过大世面的人，但谈及这对传奇兄弟，仍然兴奋得两眼发光，她把两人从外貌到演技层层对比，若不是节目时长有限，她可能一直要讲好几个小时。在节目最后，她用意犹未尽的语气说："相信电视前的粉丝们一定像我一样期待，希望能看到这对兄弟一起出现在大银幕上。"

Andrew 听了结尾语笑了一下，喃喃自语："我回来可不是为了和我弟弟拍戏的。"然后伸手按下了遥控器的关机键。

坐在对面沙发上的凌熙正襟危坐，明明在心里说了无数遍"Andrew就是个放大的精子"，但在面对他时，仍然紧张得两眼发直。

不过他越是束手束脚，Andrew 就越喜欢。

Andrew 释放自己的善意："凌熙，你别紧张。毕竟他年纪这么大了，即使他不顾身份找了个十八线小演员当朋友，我也不能像他小时候一样把他打一顿了。

"我和瑞枫年纪相差几岁，因为忙各自的事业也很久没有见面了。但是你的事情我都有听他说。我看过你参加综艺的视频，我最喜欢的就是你出演的那期'惊吓 suprise'，没想到我弟弟居然会扮成龙虾，你被吓到时抱着吉他滚下台真是太可爱了。"

凌熙在心里大喊：安瑞枫！你哥是个变态，我要回家！

"我听说你最近在和你现在的经纪公司打解约官司，导致所有通告都暂停？不如你一会儿陪我下去喝杯咖啡，多让人拍几张照片，也算是增加曝光率的一个方法。"

谈到这个话题，凌熙从木头人的状态中清醒过来，死命摇头："不了不了。我这次解约后是真的打算退出娱乐圈了，不是玩那些以退为进的花招。我只希望曝光越少越好，要是被公司知道我都能和你喝咖啡了，估计他们更不愿意让我胜诉了。"

见凌熙主意已定，Andrew 也不强人所难，而是顺着话题问他之后的发展方向。说到赚钱，凌熙双眼放光，手舞足蹈地描绘了一遍在他心目中宏伟的奶茶帝国。他准备从 B 城开始，先成立十家奶茶店，然后就这样做有丝分裂，最终让他的零零熙奶茶店遍地开花。

"我已经和安安说好啦，他会给我做免费代言人，还会时不时地来我店里喝奶茶，这样他的粉丝们蜂拥而至，我的奶茶就可以达到年产量绕地球一圈的目标啦！"

Andrew 点点头："那好，到时候他的代言广告由我来拍，保证让你的奶茶年产量绕太阳系一圈。"

凌熙忽然觉得，这个大精子还是挺善解人意的嘛。

十二点一晃就到，安瑞枫在记者的闪光灯下突破重围，终于抵达 Andrew 的套房。他原以为凌熙和他的哥哥会相顾无言默默喝茶，没想到两人居然聊得很开怀，一点都不冷场。

明明一个小时前在停车场里，凌熙提到 Andrew 的名字还抖如筛糠，现在却亲得像一家人，还拍着胸脯答应给 Andrew 做两只寿司行李箱，一个上面放甜虾，另一个则放北极贝。

安瑞枫装作吃醋的样子问凌熙："两个？你才给我做了一个，怎么给哥哥做了两个？"

凌熙理所应当地回答："你哥哥长得这么帅，出门在外，衣服当然比你多啊。"

安瑞枫觉得自尊心大受打击。

Andrew 津津有味地看了会儿他们拌嘴，插话道："瑞枫，我觉得你和凌熙挺互补的。你从小老成，见谁都一副笑脸，其实没几个幽默细胞，以前跟你讲个笑话都怕你 CPU 过载。现在你和凌熙做朋友，用他之长补你之短，挺好的。"

凌熙羞红了脸："哪里哪里。"

安瑞枫笑了："我也觉得我自从认识他之后进步很大，至少这种笑话我都听得懂了。"

根据计划，十分钟之后，Andrew 会和安瑞枫一同下楼用餐，楼下的餐厅里早就遍布闻风而来的记者，每个人都想拍到独家照片，拿到明日头条。这种所有人心知肚明的"偷拍"是 Andrew 重回娱乐圈的踏板之一，他绝对不能大意。为了抢时间，他昨晚从加拿大直飞中国，除了随身的化妆品，什么衣服都没带，还好安瑞枫和他体型差不多，还特地拿了一身干净衣服给他送过来。

Andrew 去卧室换衣服，安瑞枫跟凌熙闲聊。

"今天你见了我哥哥，什么时候让我见见你爸妈？"安瑞枫问。

凌熙一摊手："我也想让你赶快见见他们，可是他们现在还在外面旅游，预计还要有两个月才能回来。"

为了逃避经纪公司的骚扰，凌熙一早就给父母报了个环游世界八十天的旅游团，从北极到非洲，安爸安妈玩得特别爽，昨天还给凌熙发来了他们的旅行照片，其中有一张照片是他们举着护照拍的，一本护照上满满都是签证和出入境印章，看得凌熙羡慕极了。

说起护照，凌熙忽然想起来："对了，待会儿等你哥出来，我想看看他的护照。"

"看护照做什么？"

"我想看看，到底是因为他叫 Andrew，所以你们的中国名字才姓安，还是因为你们都姓安，所以他的英文名才叫 Andrew……"

安瑞枫觉得他这个问题实在是太可爱了："你直接问我不就好了？其实这真的只是一个巧合，我们随母姓，都姓安。他的英文名是当时我妈妈随手翻人名字典找的，全名是 Andrew An。"

凌熙追问："那你的英文名叫什么？"

"我就叫 Ruifeng An。"安瑞枫回答。

见凌熙不信，他特地翻出手机里的证件照片指给他看，凌熙仔细瞅了半天，见证件上确实只简单地写着 Ruifeng An，顿时失落不已。亏他还幻想了好久安瑞枫的外文名是 Angel 呢……

"你的姓名怎么这么不时髦？"

安瑞枫机智地回答："没关系，我的长相很时髦啊。"

长得好看果然是可以为所欲为的。

自从 Andrew 回国，娱乐新闻的头条就没出现过除了他们兄弟俩以外的人。

Andrew 天生就是发光体，最擅长制造新闻，第一个月，他把各大谈话节目上了一个遍。在节目上，他眼眶含泪地讲他在最顶峰的时候急流勇退，离开舆论中心去读书，这一切都是因为他认识到了自己的不足，想要进一步提升自己。与此同时，电视台轮番播放他几年前的经典电影，这使得他的粉丝团重新集结，为他加油助威。

第二个月，他先是被 ×× 电影学院聘为客座教授，然后又被 ×× 电影节请去当评委。就在大家猜测他何时接拍电影重归大银幕时，他又通过经纪公司放出话，说他这次回来并非为了当演员，而是会以导演身份拍摄处女作。第一个剧本已经选好，选角工作即将开启。

为了配合 Andrew 的新闻轰炸，安瑞枫亲自下场为亲哥哥造势。在一次媒体采访中，他透露自己为了 An 的新电影推掉了之后的片约，对拿到男主角一事自信满满。结果过几天就有工作人员透露安瑞枫落选男主角，脸色很不好看。就在媒体纷纷猜测他们是否是兄弟阋墙之时，安瑞枫和 Andrew 一同乘坐游艇出海垂钓的新闻又曝光了。

作为兄弟俩的经纪人的许志强和吴友鹏几乎忙得脚不点地，但越是忙碌，他们越是开心，毕竟没有一个经纪人不希望他们手下的艺人熠熠发光，处于所有人的视线中心。

这对兄弟几乎不费吹灰之力，就把媒体的所有注意力都吸引在了自己身上。本来他们任何一人拿出来都足以让粉丝疯狂，现在两人同时出现，造成的影响绝对比一加一还要大。

在这样密集的媒体攻势下，娱乐圈其他艺人都被他们的光芒罩住，不管是离婚劈腿，还是发新专辑，都登不上娱乐版的头条。凌熙的解约官司，更是连报纸的小角落都登不上去。

而就在这种没什么关注度的时候，凌熙的解约官司静悄悄地打赢了。

现在所有娱乐公司都在想方设法地从安家两兄弟手里抢曝光、抢资源，凌熙的老东家"扬天传媒"也不例外。公司上层本想趁着假期推出"方向组合"，可该约该买的PR资源全都拿不下来，焦头烂额之际，哪有心力和凌熙打官司？再加上凌熙拿出的录音证据确实无可辩驳，再打下去只能白白浪费人力物力，所以"扬天传媒"只能认尿。不过凌熙解约可以，两百万元的赔偿金他们不认，于是现在官司进展到赔偿金拉锯阶段，但总的来说，凌熙的解约诉求已经达成了。

从最开始生出离开的心思，到现在真的解约成功，凌熙的心态有了很大变化。因为之前已经做了足够的心理准备，所以当他得知结果时，并没有因为离开而感到失落，反而觉得轻松了不少。

他的主微博因为被公司把控，早就不能登录了，但是他仍然登上小号，把所有的微博评论都看了一遍。离开这个圈子，他唯一感到抱歉的便是这些陪伴他的粉丝，很遗憾他直至最后都无法成为一颗耀眼的星星。

他正对着电脑网页伤春悲秋时，放在一旁的手机响了起来。

他拿过来一看，发现居然是许久不见的朱琳琳。原本他和朱琳琳是一见面就要掐架的敌人，但随着深入了解，他发现朱琳琳其实面恶心善，根本不像他以前想的那么凶神恶煞，所以两人的关系渐渐变好，偶尔也会打个电话联络一下感情。

不过最近凌熙因为忙解约，与朱琳琳联系没那么勤了，这次她主动打来电话，凌熙还是蛮开心的。

他接起电话，还没来得及问好，朱琳琳便"噼里啪啦"地砸下了一大串话："我听说你解约成功了？之后打算怎么发展？你要不要来我的经纪公司，你知道，我爸特地给我开了个经纪公司，现在只有我一个艺人，你要是过来了你就是第二个？哦不对，安瑞枫这么厉害，你是不是打算投奔他啊？"

凌熙没想到朱琳琳居然这么惦记自己，感动之余又觉得有些好笑，他清清嗓子把自己之后的计划和盘托出："谢谢你啊琳琳，但是我不打算再当艺人了。解约之后我想做点小生意，准备开几个连锁店卖奶茶，地址都选好了，现在正在跑商标注册和卫生许可证的事情。"

这件事他之前没和朱琳琳说过，因为他实在不知道该怎么开口。当初他们两个是同一场选秀出身，一个第二名一个第三名，当年的冠军早就淡出了这个圈子，只有他们两个人坚持着，即使籍籍无名也仍然努力拼搏。但现在，他也决定离开了，只剩朱琳琳继续在这里挣扎。

朱琳琳非常好强，即使名声不显也从没有过一秒想要退出，唱歌不行那就演戏，演戏不行那就接综艺，她喜欢娱乐圈，喜欢到不愿离开。

乍然听到凌熙的决定，朱琳琳说不吃惊那是假的："你……你真的要走？可是我看你最近工作很有起色，之前在《剑绝天下》里导演不是还主动给你加戏了吗？这部连续剧虽然没还开播，但是我想等播出了，你的人气肯定会提升的。你现在就走，到时候一定会后悔的！"

"有什么可后悔的呢？"凌熙笑了，"我在这个圈子里努力过、奋斗过，有过几首热门的单曲，也发过卖不出去的专辑。我结识了对我帮助极大的经纪人，也有化敌为友的朋友，最主要的是，我遇到了一个真正懂我的朋友……我已经没有什么遗憾，所有的酸甜苦辣我都尝遍，何不急流勇退，找找别的出路呢？"

听了他的解释，朱琳琳沉默良久，久到凌熙以为电话故障了，她才开口说话："我还有最后一个问题——你说的化敌为友的朋友不会指的是我吧？"

"是啊。"

"我什么时候给了你这种错觉，让你把咱们之间的关系定义为朋友了？"

凌熙无奈："琳琳，你知不知道傲娇是找不到对象的？"

被戳中了痛处的朱琳琳傲慢地哼了一声，换了一个话题："说离开就离开，你还蛮拿得起放得下的。"

虽然知道她看不见，但电话这头的凌熙还是喜滋滋地点了点头："那是，我长这么大，唯一拿得起却放不下的就只有筷子啦。"

第十四章 ——

金熊猫奖

"品美食，看美景，知风土人情，聊街头巷闻，欢迎各位观众收看 B市电视台旅游卫视《您吃了吗》节目！我是主持人倩倩！"漂亮的女主持人在摄像机前眨了眨眼睛，小扇子一样的假睫毛忽闪忽闪，站在镜头外的凌熙都担心她的睫毛掉下来。

"今天倩倩我带您来到一家连锁奶茶店，电视机前的您一定要问了：奶茶店有什么特殊的啊？以前我们节目都是走街串巷找小吃，怎么今天会把镜头对准这家连锁店呢？嘿，其实这家店可真不一般。"主持人声情并茂地介绍着，"一年前，这家奶茶店突然在国内几座城市同时开张，老板财大气粗，声势浩大地吸引了不少目光。奶茶价格不贵，而且味道极好，据说是从香港岛直接空运来的茶包，牛奶也是从绵羊国进口……"

女主持人站在店门口一阵狂夸，一杯普通的奶茶从原料到手法到包装都被她表扬遍了，凌熙在旁边听得都有些脸红。

在与经纪公司解约后，凌熙依照计划把零零熙奶茶店推向市场，原本他想先占领一两个城市，安瑞枫主动投资，让他有底气同时在几座城市推广。他的奶茶售价比市面上一般的连锁饮料店平均贵了五元钱，但胜在原料讲究，再加上一点点明星效应，所以销售额还算稳定。等到由 An 拍摄、安瑞枫主演的广告片开始投放后，销售额的上涨便完全无法抑制了。

零零熙奶茶店一共有两种连锁形式，一种是街头巷边都有的奶茶店，顾客不可停留、买完就走；还有一种是类似咖啡厅的形式，搭配甜点蛋糕一起售卖，消费更高，可让顾客在店内享用美味。

一年过去，虽然投资的钱还没有完全收回来，但距离回本也很接近了。预计再过几个月，他的店铺就要进入盈利阶段，一年的纯利非常可观，现在他的身价比当初的走穴小艺人翻了好几倍。

"您吃了吗"是一档收视率非常高的旅游美食类节目，节目组找过凌熙好几次，想要采访他，凌熙推脱了多次，后来他们直接找到他以前的经纪人吴友鹏来说情，凌熙才勉强答应。他以前当艺人的时候就怕现场采访，每次对着黑洞洞的摄像头就没话可说。

女主持人把凌熙拉进镜头，问了他好几个问题。

她提的问题事先都和凌熙交流过，凌熙像背书似的一板一眼地把答案背出来，谁料在采访即将结束之时，主持人居然问了一个并没有提前沟通过的问题。

主持人问："凌熙啊，不知道我能不能再多问一个问题呢？这个问题我相信电视机前的观众们都非常好奇，大家都猜了好久了，希望凌老板今天能够给我们一个答案。"

凌熙耐着性子说："什么问题？涉及商业机密可不行。"

"绝对不是商业机密！"女主持人伸出三根手指头发誓，"我看到网上很多粉丝都在猜测，说零零熙奶茶店有视帝安瑞枫的股份，所以他才会免费为零零熙奶茶店拍广告、做代言，请问今天能在我们节目里回答一下吗，这件事是不是真的？"

若不是顾及面前的摄像机，凌熙真想翻个白眼。现在的节目为了抢收视率真是什么招数都用得出来，好好的美食节目都要来探听明星八卦，还能不能让人愉快地卖奶茶了？

凌熙露出一个得体的微笑，在镜头前耸耸肩："看来要让大家失望了。零零熙奶茶店是我独资的连锁店，安瑞枫完全是作为朋友义务帮忙，并没有股份。"

这次开店，安瑞枫的确给了凌熙一笔钱作启动资金，凌熙本想给他等值股份，但安瑞枫拒绝了，只说当作是借给他。话说到这份上，再矫情反倒显得生分，凌熙也就接受了。

　　打发走八卦的美食节目组,凌熙伸了个懒腰回到了店里。今天《您吃了吗》实地探店选择了一家甜品和奶茶一同售卖的分店,采访的时间特地避开了人流高峰,可是当采访结束后,不到八十平方米的店铺内已经坐满了人,门口还有不少年轻女生在排队。

　　凌熙看了看表,叫来一名店员询问:"现在才四点多,怎么人这么多?"

　　店员用"还不是你这个磨人的老妖精惹的祸"的眼神看着他,幽幽叹气:"老板,你说你叫电视台过来做什么采访?刚才摄像机一进来,有粉丝误以为一会儿安瑞枫会来这家店,跑到安瑞枫的粉丝站上发了帖子,结果呼啦啦来了一群人,站在门口请都请不走,我们一过去就招呼我们点单——我们总不能把买了东西的客人赶走吧。"

　　真不怪别人误会零零熙有安瑞枫的股份,实在是安瑞枫对这家店异常喜爱,粉丝们无数次拍到安瑞枫进出路边的零零熙奶茶店,就连去外景地拍摄期间,也会让当地的零零熙每周送几十杯奶茶、几十份甜点到剧组去,当作剧组的茶歇。

　　曾和他在同一个剧组的某女星抱怨:"别人拍戏都是累得掉肉,只有我们组大家都在长胖,实在是安瑞枫叫来的茶歇太好吃了,我看剧本时不知不觉就会喝完一杯奶茶,那热量太多,我都不敢算!"

　　所以今天摄像机一扛进来,就有粉丝误解了,以为电视台是来这里采访安瑞枫的。

　　她们越这么想,越觉得这家店可疑。这家店以前她们也来过,怎么只有今天地面干净得闪闪发亮,怎么只有今天柜台里的蛋糕摆得像标尺,怎么只有今天连老板凌熙都出现了?肯定是安瑞枫要来!

　　她们仿佛化身福尔摩斯,一寸一寸地找寻着她们眼中的证据——看,店里的电视机正循环播放安瑞枫为零零熙奶茶店做的广告。这是一个非常巧妙的第一人称视角的广告,在满天大雪的冬季,安瑞枫身着挺括的呢子大衣,一步步踏雪而来,他的视线穿过镜头,好像凝视恋人一般,幸福而满足地一笑。镜头外的"恋人"伸手递来一杯奶茶，安瑞枫低头啜饮一口，呼出一口白茫茫的热气，低头摸摸"恋人"的脸颊，然后牵着"恋人"的手缓步离开。

从头至尾，安瑞枫都没有一句台词，与他搭戏的人也没有出现在镜头中，可是仅靠他的眼神就俘虏了所有观众，让她们产生他正在与她们谈恋爱的感觉。

伴随着安瑞枫渐渐淡去的身影，由凌熙亲自填词作曲演唱的广告主题曲在此时插入——

> 你看过的风景那么多，我是不是出现在你梦里的那一个。
> 你见过的人那么多，我是不是你最爱的那一个。
> 我的愿望很大，我希望你非我不可。

"零零熙奶茶，只为有缘人。"

当初，这句虐死"单身狗"的广告话一出，女粉丝们纷纷倒地，她们一边高喊着"安瑞枫你下辈子要娶我"一边冲进奶茶店，横扫了所有的奶茶。安瑞枫知道自己的广告反响这么大以后，还特地在一次采访中感谢粉丝们支持了他朋友凌熙的生意。

粉丝们都知道安瑞枫和凌熙好得跟亲哥俩一样，而且今天种种迹象都那么地不同寻常，这让她们认定安瑞枫今天一定会出现在这家店里！

凌熙哭笑不得地给店员下达指令："你去跟他们好好解释一下，安瑞枫今天要去拍杂志硬照，不会来这儿的。"

他话音刚落，就听店外的粉丝们忽然爆发出一阵极为热烈的欢呼声，那声音几乎能掀翻屋顶。他下意识地向着声音来源处回头望去，却看到那个自己笃定不会出现在这里的人，在保镖和助理的护送下，站在店门口向他挥手致意。

好不容易等安瑞枫给门口的粉丝们都签完名，凌熙赶忙拉着他到了后面的员工休息间。

凌熙："你怎么来了？"

安瑞枫问他："你电话静音了吧，我给你打了十几个电话都不接。"凌熙拿出手机一看，果然屏幕上显示着十五个未接来电。

"急事吗？值得你亲自跑一趟？"

"不是急事，是好事。今天上午金熊猫奖的入围名单出来了……《剑绝天下》获得了十二项提名，几乎囊括了电视剧分项目中的所有重要奖项，而且最主要的是，你为《剑绝天下》写的同名片尾曲入围了'最受观众喜爱的电视配乐奖'！"安瑞枫开心极了，他以前获得视帝大奖时都没有如此激动，现在凌熙仅仅获得了提名，他就兴奋地冲过来想要第一时间把这个好消息分享给他。

"哦。"凌熙对这个消息倒是反应平平，提名又不代表能最终获奖，金熊猫奖的入围提名有五个，凌熙实在不觉得自己能有获奖的可能。

《剑绝天下》在半年前开播了，正如朱琳琳所料，这部剧一经播出，为电视剧献唱片尾曲且在剧中扮演了狗妖的凌熙理所当然地火了。萌萌的狗耳、憨憨的性格、软软的声音，让凌熙一时间成为众多女粉丝的心头宝，就连妈妈们都爱他爱得不行，据说他死在师尊怀里的那一幕，生生让粉丝们哭湿了一条枕巾。

同名片尾曲《剑绝天下》因为旋律优美感情真挚，传唱度很高，但依旧难逃凌熙"两元店小歌王"的诅咒，这首歌曲频繁出现在两块钱买不了吃亏买不了上当的店铺内，几乎走到哪里都能听到它的旋律。

片尾曲能获得提名算是意料之中的事情，但是凌熙实在不敢对此抱太大希望——他没离开娱乐圈时写过那么多首歌，没有一首获过奖，总不可能他离开娱乐圈后反而获奖了吧？能够提名已经证明了他的实力，他没有拉票、没有刷票，还能获得这么高的观众支持率，说明这首歌真的很受人欢迎。

两人认识了这么久，安瑞枫看他表情就能猜出他心中的想法。他很认真地说："凌熙，我在第一次被提名的时候，许哥就跟我说：不要去考虑到底能不能获奖，先把获奖词写好。如果能获奖，那固然好……"

"如果获不了奖呢？"

"如果获不了奖，那就把词收起来明年再用。"

"噗！"

一年一度的金熊猫奖颁奖典礼，群星璀璨。去年这个时候，凌熙装成安瑞枫的助理，跟着他的助理团队混进了场地，那时候他穿着一身统一分发的黑西装，还要偷偷摸摸地从小门进入。但如今，他堂堂正正地与剧组的其他演职人员一同站在了红毯的起始处，等待着踏上红毯，去签名板上签名留影。

能在这么大的典礼上走红毯，甚至还能获得一个提名，对于凌熙来说是从没有过的体验。如果这件事发生在几年前，恐怕他会因为这个大馅儿饼兴奋得一晚上睡不着觉。可现在他已经离开了娱乐圈，安心地当他的大老板，如今踏上这片红毯时，他居然一点都没有兴奋、紧张的感觉，反而非常放松。看着周围熙熙攘攘的人群，心中只有一丝淡淡的怀念。

这次一同来参加颁奖典礼的演员不少，曾与凌熙有很大矛盾的鲍辉也在其中。他是这部剧的男主角，因为收视率长红，他入围了"最受观众喜爱的男主角"奖项，若他获奖，身为上一届视帝的安瑞枫就会亲手为他颁发奖杯。

昨晚凌熙和安瑞枫讨论过这个问题，他们一致认为，以鲍辉的演技和出道年限，让他入围完全是为了让粉丝投票，他的演技一般，评委组是不会真的把视帝大奖颁给他的。

凌熙与鲍辉遥遥站在剧组人群两端，视线交汇时，互相给了对方一个微笑。

鲍辉：你不是开奶茶店去了吗？

凌熙：这傻子怎么还没被人整出圈子？

凌熙懒得理他，往左一看，刚好见朱琳琳脱下外套交给她的经纪人，露出一袭正红色拖地礼服，亭亭玉立，十分优雅。凌熙走过去同她打招呼："琳琳，听说你最近发展势头不错啊！"

"是啊，还是托了安瑞枫的福。"朱琳琳点点头，满脸的春风得意。当初她与凌熙化敌为友，安瑞枫便也照顾了她一些，这一年来帮她牵线介绍了几个工作。朱琳琳抓住机会，参演了一个时下最火的户外综艺节目，她敢拼又努力，不像一般女明星那样娇滴滴的，原本只是陪衬的她现在成了当之无愧的节目中心。

原本他们同是挣扎在圈中最底层的小虾米，如今一个是综艺女王，一个是餐饮业新贵。现在回头想想，曾经的针锋相对实在是幼稚又可笑。

朱琳琳和凌熙正在聊天，安瑞枫刚好结束了和导演的讨论，便走过来加入了他们。他们寒暄了几句，安瑞枫开门见山地说："对了琳琳，我哥执导的电影《狗肺之徒》现在拍摄完毕，正在进行后期剪辑。他前几天跟我说，希望我为他介绍一名歌手演唱主题曲，但是对音域跨度要求较高，凌熙说当初你参加选秀时曾以海豚音震惊评委，如果你有兴趣的话，我可以把你推荐过去。"

《狗肺之徒》因为是前影帝 Andrew 的导演处女作，关注度极高，主角是电影圈黄金男配王立力。这是王立力第一部独挑大梁的电影作品，与他配戏的都是资深名角儿，以朱琳琳的演技想在里面混个出场不容易，所以安瑞枫并未在选角时为她开后门，而是为她争取了献唱主题曲的好差事。他情商极高，给朱琳琳介绍这么好的工作，绝不会用"施舍"的口吻，让人听在耳朵里极为妥帖。

朱琳琳心思通透，明白他的心思，更知道自己能获得安瑞枫的一再帮助全部源于她与凌熙的交好。她没有推拒，应下了这份邀约。

三人正聊着天，忽然一阵狗叫声自旁边响起，凌熙心里一动，往声音的方向看过去，果然见"小祖宗"正坐在它专属的狗笼中，被它的训导员拎在手里。本届金熊猫奖，《剑绝天下》是被提名最多的剧组，受到无数关注，所有的演员和主创都来到了现场，自然不能少了片中可爱的狗演员"小祖宗"。

凌熙好久没见过"小祖宗"了，原本还担心"小祖宗"忘了他，没想到隔着这么老远，它就闻到了他的味道。它在笼子里焦急地走来走去，小爪子搭在笼门上，两只黑葡萄一般的眼睛眨都不眨地望着他。见凌熙回望，"小祖宗"更兴奋了，仰起脖子叫了一声，尾巴左右摆动着，"啪啪"地敲击着狗笼。

""小祖宗"！"凌熙快步走过去，蹲下身打开笼门，"小祖宗"像是一支箭一样，"刺溜"一下就扎进了他怀里，狐狸一样蓬松的大尾巴拼命摇摆着，吓得凌熙赶快扶住它的屁股，担心它把尾巴摇断。

安瑞枫也很喜欢"小祖宗"，站在凌熙身旁用手指逗弄它。"小祖宗"不会咬人，伸出粉红色的小舌头"啪嗒啪嗒"去舔安瑞枫的手指。

两人正和狗狗玩着，工作人员过来通知大家可以准备上红毯了。按照原本的安排，"小祖宗"应该放在笼子里由训导员走小门直接带进现场，但凌熙不愿放手，强烈要求由他抱着上红毯。

导演不同意："这闪光灯那么多，要是狗受惊了从你怀里跳出去乱跑怎么办？"

凌熙："训导员说了，它见过的闪光灯比我见过的多多了。您担心它受惊乱跑，还不如担心我受惊乱跑怎么办……"

安瑞枫拍拍他肩膀："没事，我在这儿，会帮你看着它的。"

最终，凌熙还是抱着"小祖宗"一起走了红毯。他们在剧中本来就是一体，一样的活泼可爱，都有一颗稚子之心。"小祖宗"极有大将风范，凌熙抱着它刚一踏上红毯，这特殊的组合便被不少相机锁定了，此起彼伏的快门声没有停下来过，刺眼的闪光灯连成一片，就连凌熙都很难保持微笑，他怀中的小狗反而一直很乖。

安瑞枫特地走慢了一些陪着他们，毕竟这是凌熙第一次走这么大场合的红毯，他担心凌熙出意外。结果越担心什么越来什么，凌熙被闪光灯晃了眼，走路没注意地面，居然被红毯上的褶皱绊倒了，他怀里抱着一只狗掌握不住平衡，眼看要摔倒，安瑞枫连忙揽住他的肩膀，把他往自己方向一带，避免了他在红毯上出丑。

凌熙被这个突发的变故吓了一跳，立在那里心"怦怦"狂跳，安瑞枫停下来低声问他还好吗，他定定神，看向安瑞枫做了个 OK 的口型。

乖萌的小狗趴在凌熙怀里，傻傻地吐着舌头，而抱着它的凌熙抬头与安瑞枫对视。这组两人一狗同行的照片被多家媒体转载，被称为"金熊猫颁奖典礼上最温馨一幕""金熊猫颁奖典礼上最萌组合"。

走过红毯区后便是签名区，凌熙接过笔，在一人多高的展板上签下了自己的名字，这是他第一次恐怕也是最后一次出现在这样的颁奖典礼上，所以他这个名字签得异常认真，一笔一画甚至比当初在公司法人代表一栏上签字还要用心。

安瑞枫早早签完名，从他怀里接过"小祖宗"，也不催他，静静地等待他签完。凌熙在落下最后一个点后，对着那力透纸背的两个字足足看了有一分钟，才放下手中的笔。

"走吧。"他释然了。

他早已选择离开，即使留有遗憾，也不会后悔当初的选择。

安瑞枫点点头，和他一同走进了场内。

每一届金熊猫奖的主题都很相似，颁奖大厅内处处都是金熊猫的小装饰，就连受邀嘉宾的椅子上都印着熊猫的头像。去年凌熙坐在后排，椅子又窄又硬，如今他能舒服地坐在贴着他名字的缎面软椅上等候颁奖，那感觉真是美好。

凌熙抱着狗狗坐下，舒服地动了动屁股，赞叹道："光是能坐在这上面，我就觉得心满意足了。"

灯光渐渐暗了下来，场控人员过来通知颁奖典礼即将开始，通知各位安静入座。

金熊猫奖历年的主持人都是固定搭配，两位主持界的资深主持人已经主持过数年的颁奖典礼，这次他们一上台，就开着玩笑说起他们在后台看到了入围名单，发现某部电视剧的提名频繁出现，势头很猛。

随着他们的介绍，灯光师把聚光灯指向了最靠近颁奖台的《剑绝天下》剧组，导演很高兴地站起身来，带着身旁的几位演员和主创向周围的其他剧组挥手致意，风头无两。

金熊猫奖是中国电视节目的最高荣誉大奖，共四大门类五十五个奖项，在电视剧门类就有十七种奖项，而这次《剑绝天下》剧组获得了其中十二项提名，虽然提名并不代表就能获奖，但能充分说明观众的喜爱程度。导演和主创团队合作数年，他们虽已经不是第一次坐在这里领奖了，但绝对是第一次获得这么多项提名。

这一年，安瑞枫一部连续剧都没有接，但仍然凭借《剑绝天下》里仅出场十集的师尊角色获得了"最受观众喜爱的男配角"提名，不过他知道，不论从哪方面考虑，评委组都不可能为他颁发这个奖项，所以这十二项提名中已经有一个奖项从获奖名单上提前被删掉了。如果再算上并不占优势的美术奖、特效奖、灯光奖，其实真正能获奖的依旧是核心的那几个。

即使已经做好了心理准备，导演在听到一个个奖项花落别人家的时候，脸上的表情依然无法轻松，尤其当他十分自信能拿到的剪辑奖居然落到了另外一个剧组手里时，导演的表情越发难看了。

隐隐地，周围的剧组看向他们的眼光都带上了同情——以前也不是没有过剧组连获好几项提名，结果最后只拿了一两个奖项的情况，这样的剧组往往是靠明星撑起来的，收视率高，但距离获奖的标准还很远。

还好编剧大人顺利拿下最佳原创剧本奖，稍微挽回了一些《剑绝天下》的颜面，否则导演都想当场就带人离开了。

奖项一个个宣布、一个个颁下去，过程十分枯燥又十分无聊，凌熙刚开始还挺精神，听到后来便疲倦了，奖项都落到了别人剧组，想必他获得提名的"最受观众喜爱的电视配乐奖"也没有多大希望。

他无聊，怀里的"小祖宗"更无聊。它安静地在凌熙怀里待了半个多小时，现在正是最烦躁的时候，在他怀里不住地蹬腿，想要跳下去玩耍。

凌熙哪儿敢松手，他跟导演打了包票，保证"小祖宗"会乖乖地在他这里待着，绝对不能食言。但是他把"小祖宗"抱得越紧，它就越折腾，它越折腾，他抱得越紧。一人一狗差点打起来，"小祖宗"气愤地伸出两只前爪，"啪啪"地拍他的脸。

"下一个奖项可是和音乐有关，要我说，入围的几部电视剧的主题曲都很动听，而获奖的这一首更是传唱度极高，就连我家楼下的小商店都在循环播放。"

到了这时，凌熙哪里分得出注意力去管台上在颁发什么奖项，所有的精力都放到了小狗身上，努力地把它往怀里按。

"现在，就让我们来欣赏一下这首美妙的主题曲——恭喜《剑绝天下》剧组，恭喜创作人，获得'最受观众喜爱的电视配乐奖'！"

主持人话音未落，让凌熙倍感熟悉的乐曲便飘荡在场中。干净清爽的男声配上悠扬的曲调，瞬间把人带回《剑绝天下》的剧情里，众人眼前仿佛出现了一个遗世独立的剑仙，催使宝剑，划过天际，去追寻大道。

当摄像机摇到凌熙面前时，正好照到他张牙舞爪地把"小祖宗"按在怀里的模样。

他的窘态出现在大屏幕上，就连其他几位候选人都忍不住笑了。众人一边善意地笑着一边鼓掌，凌熙茫然地环视一周，脑袋一片空白。最后他的视线落在了身旁的安瑞枫身上，那双眼睛正骄傲地看着他。

"恭喜你，"安瑞枫鼓掌，"凌熙，你获奖了。"

凌熙懵懵懂懂地站起身，向着舞台走了几步，直到耳边听到众人的哄笑，才意识到有什么不对劲！他怀里还抱着狗呢！可路都走了一半了，再退回去把狗放下又不合适，他只能硬着头皮，抱着"小祖宗"三步并作两步地跑上了领奖台。

主持人从没见过如此特立独行的获奖者，可规定里也没说不能抱着狗上台，所以主持人大笑着把奖杯递到了凌熙手中。

凌熙一只手拿着奖杯，一只手抱着狗，语无伦次地说："呃……谢谢大家……呃，谢谢。"明明早就提前准备好了获奖词，甚至这段时间他每天晚上都会在洗澡时对着花洒练习自己的获奖词，可当他真的获得这个奖时，他却连一句话都回忆不起来。

他已经太久没有站在聚光灯下，太久没在写出一首歌后盼望获奖了。他曾经那么渴望自己的努力能受到肯定，可这个肯定却在他离开这个圈子那么久后才落在他怀里，久到他对这个奖已经不觉得兴奋，只觉得莫名。

他，就这么获奖了？

这个奖的含金量不高不低，凌熙捧着这座奖杯心情复杂。他结束了历届获奖人中最短的获奖感言，托着狗屁股往上抱了抱，向台下的各位观众鞠了个足有九十度的躬，快步向台下走去。

但是他走到一半，又在众人诧异的目光中忽然折返回来，重新站到了麦克风前。这番变故，连经验丰富的主持人都无法处理。

不过凌熙也不需要主持人做什么，他站在麦克风前，深深吸了一口气，忽然高举奖杯，开口说道："去年的这个时候，我坐在台下，看别人领奖，为别人鼓掌，替别人高兴。我当时无比希望自己也能获奖，这样就可以让我爱的人和爱我的人感到开心和自豪。我要感谢金熊猫，让我在完全意外的情况下获得了这样的奖杯——我的零零熙奶茶店里，正好缺这么一个金灿灿的摆设！"

所有人都被凌熙不按常理出牌的致辞逗笑了，之前的获奖者，上台时总要客套一番，感谢评委，感谢剧组，感谢观众，再说说自己的心路历程。只有凌熙不走寻常路，居然还借机给自己的奶茶店打广告。

这个颁奖典礼是直播，收视率极高，他可真会做生意啊！

当他抱着奖杯，晕乎乎地走下颁奖台后，安瑞枫第一个站起身与他拥抱。

"恭喜你。"安瑞枫祝福他，"还记得去年拍摄期间我和你说过什么吗？你唱歌那么好听，肯定能拿奖的。"

他一直知道凌熙有个心结——他的付出没有获得他预想中的收获。即使他离开了娱乐圈，在餐饮界做得风生水起，也无法弥补心头的这个空洞。但今日，这个奖项恰恰填补了这片空白，让他心中最后一个遗憾也消失了。

虽然嘴上说着对拿奖不抱希望，但当奖杯在怀时，凌熙还是开心得像被流星砸中一样。他用奖杯逗着"小祖宗"，"小祖宗"好奇地盯了一会儿，突然"啊呜"一声要去咬奖杯上的小熊猫，心疼得凌熙赶忙收回了手。

玩着玩着，凌熙忽然停下了手中的动作，怔怔地看了会儿奖杯，又抬起头用狐疑的眼光盯住安瑞枫的脸，审视良久，才压低声音问："安安，你实话跟我讲，这个奖是不是你帮我买的？"

安瑞枫没有直接回答，而是含糊地误导他："这个奖是我买的怎样，不是我买的又怎样？"

凌熙并没有因为这个回答露出什么过于沮丧或者过于自信的表情，而是故意挑剔地开口："其实，我更想拿个青年企业家奖呀。"

安瑞枫失笑，他想，他有足够漫长的时光，去陪凌熙摘下他看上的所有花蕾。

【完】

番外一 —— 小生有礼

　　凌熙正式和公司解约后的第二个月，生活异常忙碌，开一家奶茶店，尤其开一家连锁奶茶店所需要的东西远比他想象的多。安瑞枫见他每天早出晚归，比自己拍戏都要辛苦，便劝他歇一歇，放慢脚步，慢慢弄那些手续。

　　话是这么说，但其实安瑞枫比凌熙还要辛苦。许志强给他接了一个新代言，是某全球著名防寒衣品牌，这一次冬季广告企划案准备摒弃常见的雪山滑雪场景，转向神秘的雪地冰屋。但现在不过九月，很多国家都没有下雪，即使下雪，雪的密度和质量也远远做不成冰屋，所以外景拍摄直接被搬到了芬兰的冰雪岛。

　　一星期后，安瑞枫结束了在冰雪岛的拍摄，与同行的工作人员一起踏上了回国的航班。冰雪岛虽然占地面积大，但由于气候及地形原因，并不适合修建大型机场，如果要回国，就必须先乘坐小型飞机到芬兰，再转乘国际航班。

　　安瑞枫归心似箭，本来工作人员给他安排了几天的芬兰游玩行程，他推说之后还有工作，便婉拒了。待他登上国际航班等待起飞时，坐在他旁边的许志强长吁短叹，说好好的公费旅游就这么泡汤了。

　　两人正在聊天，忽然见头等舱里又进来两名乘客，两人五十多岁的年纪，发鬓微白，满脸阳光灿烂，看着应该是一对夫妻。这对夫妻皆是黑发黑眼，嘴里说着的也是中文，肯定是同胞。

　　安瑞枫在中国是人尽皆知的大明星，坐国内航班都要包下整个头等舱，但这是国际航班，品牌公司只给安瑞枫和许志强买了两张头等舱，其他随行人员都安置在了公务舱。见有同胞上来，许志强下意识地就想翻墨镜让安瑞枫戴上。

那对夫妻没注意到他们，两人喜气洋洋地在头等舱看来看去，活像刘姥姥初进大观园。

妻子说："老凌，你看我没说错吧。只要肯掏钱，导游肯定有办法给咱升到头等舱！咱环游地球八十天，得有四十天是在经济舱里坐着，这最后一程要飞十几个小时，再坐我可受不了了……"

丈夫说："对对对，老婆说得都对。早就听说好多国际航班的头等舱是能完全躺平的小隔间，这次咱们能休息好了。"

"对了，你把接机时间告诉儿子了吗？"

"啊，不是你说吗？"

两人站在过道中间大眼瞪小眼，直到空姐催促，两人才慌忙坐下，坐下后，他们开始互相指责。

妻子说："好不容易出来玩，我忙着拍景色，哪有时间把行程告诉曦曦？你还说我，你在忙什么？"

丈夫道："我在忙着拍你啊！"

一句话就化险为夷，把太太的埋怨挡了回去。

老婆被他哄得一脸喜色，明明已经五十多岁，但她看着他时，眼神依旧像二十多岁的明媚少女。

两人的座位刚好在过道那边，许志强竖着耳朵听着，听到后来竖起一根大拇指。男人嘴甜疼老婆不是什么本事，能一辈子嘴甜疼老婆才是真本事。

他一转头，见安瑞枫眼神定定地望着那对夫妻，吓得赶忙拉他："你盯着他们做什么，不怕被他们认出你是谁啊？"

安瑞枫转回头，如梦吟一般开口："我见过他们。"

"咦？在哪里？"

"在凌熙的手机相册里……他们是凌熙的父母，我见过无数次。"

许志强闻言一惊，仔细看了看那对夫妻的相貌，越看越觉得他们和凌熙有几分相似。尤其是凌父哄凌母时那股熟悉的腻歪劲儿，他曾多次在凌熙身上闻到……真是家风严谨，甜言蜜语刻在了遗传里。

凌熙小小年纪就进了娱乐圈打拼，遇到大事小事都不会找父母商量。这次在和公司打解约官司前，他怕公司派人去骚扰父母，掏钱给老两口报了环游世界八十天的豪华旅行团，而他自己则包袱款款地搬到了安瑞枫家躲风头。

哪承想这么巧，安瑞枫居然在回中国的飞机上遇到了凌家父母。他敢打赌，以凌家人表现出来的特质，凌父凌母忘了通知凌熙接机，凌熙也肯定想不起来去翻翻行程单看父母是什么时候回国。

这一家子实在太随性了，好像所有的生存技能点都长到了说情话上。

不等安瑞枫主动打招呼，凌妈妈已经先一步发现他了。

她拉拉凌爸的袖子，压低声音紧张地问："老凌你快看，坐在咱旁边的是不是电视里的那个白衬衫总裁？"

"什么白衬衫总裁？坐得起头等舱的都得是总裁吧……"

"你这记性！我说的是演过白衬衫总裁的那个明星！"凌妈妈，"我之前追电视剧的时候你也在旁边一块乐滋滋地看呢。"

"我一个大老爷们儿哪会看电视剧，我那是怕你一边看电视剧一边削苹果伤了手，才勉为其难地陪你看了几集……什么剧情都没记住！"凌爸爸仔细往安瑞枫的方向看了看，"虽然长相没记住，但我看他长这么帅，应该是个明星。"

两人说的虽是悄悄话，但两排座椅间的距离有限，安瑞枫又一直关注着他们的动态，所以很清楚地听到了两人的对话。听到他们讨论自己的长相，他故作冷静地翻了一页杂志，心中庆幸：还好我天生就是发光体，不用做什么就让伯父伯母注意到了自己。

凌妈妈一生顺遂，几乎没为任何事操过心，这让她难得地保留了一份少女心，见到长相俊朗的男明星，她雀跃不已，开开心心地翻出随身的小本子，准备让安瑞枫签名。

搭话前她踟蹰了："要不我还是别去了，人家做明星也不容易，走到哪里都有粉丝围着签名，现在是他的私人时间，我过去是不是不太好？"

凌爸爸点点头："是这个理。我看他旁边的人应该是他经纪人，估计你过去了也要被经纪人拦下。你还是别去给人家添麻烦了。"

安瑞枫听后心急，担心凌妈妈不肯过来索要签名，他干脆选择主动出击。他放下手中的杂志，转过头用他最完美的正面朝向她，接着轻轻颔首，露出一个亲民但又不失身份的微笑："怎么会是添麻烦呢？这么漂亮的女士向我要签名，我求之不得呢。"

凌妈妈短促地轻叫了一声，开心得不得了。等到飞机平稳飞行后，她赶忙解开安全带，起身走到安瑞枫身边，把手中的小本子递到了他面前。

每个明星的签名根据场合不同会有很多种，安瑞枫惯常给粉丝签的是那种一笔写下来、几乎字都认不出来的签名，但现如今他是给凌熙的妈妈签名，待遇自然不同。他接过本子放在膝上，用走红毯时在签名板上留名用的字体认真地写下了自己的名字，工整又不失潇洒，想了想他又在旁边补画了一片枫叶。

凌妈妈拿到签名跟宝贝一样，左看右看，抚摸着那片枫叶赞叹："没想到你不仅演戏好，画画也这么棒，看这座山画得多像！"

她兴奋地举起签名让凌爸爸给他俩合影，安瑞枫忙站起身来，轻声说了句"抱歉"，然后把手虚虚地搭在了她的腰上。

凌妈妈幸福得要晕倒了，说她环游世界八十天，最开心的就是这　天。

安瑞枫谦虚地笑起来，提议："让您先生也站到我身边来吧，我可以让我的经纪人给咱们三个人合影。"

凌妈妈惊诧地道："什么先生？我还没有结婚呢，这是我旅行时认识的驴友，我连他名字叫什么、年纪多大了都不知道。"

凌爸爸："啊？"

许志强差点笑场，他算是知道凌熙的天马行空到底是像谁了。

安瑞枫顺着她的话说："那是我误会了，我刚才好像听到你们在讨论儿子熙熙……"

"你听错啦，我还没结婚，哪里有儿子。"

这次连安瑞枫都憋不住转头咳嗽了几声，好压住笑意。

凌妈妈见自己并不高明的谎言被在座的几人识破，只能无奈承认："我刚才是开了个玩笑，他是我爱人。我儿子可孝顺啦，特地给我们老两口报了个团，出国旅行。"每个父母心中都有炫耀自己孩子的想法，凌妈妈话匣子一打开就停不下来，她特地翻出自己的护照，指着上面一页页的签证和海关印，显摆自己的儿子有多孝顺。

就连之前没怎么开过口的凌爸爸也在旁帮腔："是啊，我儿子又乖又懂事，唱歌还好听，你们算是半个同行，他是歌手！你平常听不听歌？我送你一张他的专辑！"

凌妈妈啐了一口："你什么记性啦，你出门带的那几张专辑这里送送那里送送，早送光啦！最后一张上飞机之前你塞给了开旅游大巴的司机，非让人家下次再接中国旅行团的时候放给游客听……"

听了夫妇俩的话，安瑞枫心中泛暖，他想，他终于明白为何凌熙从不担心自己做什么决定的时候会遇到阻力了。因为不管凌熙处于什么位置，凌爸凌妈永远是他最忠实的粉丝、最坚实的拥趸。安瑞枫何其有幸，能认识这么温暖的家庭。

他轻声"啊"了一下，眉头舒展，表情惊喜，演技一时间飙到了顶峰："其实我刚刚就觉得两位面善，您说儿子是歌手我终于想通了——您的儿子是不是凌熙？唱过《心有凌熙》和《ZERO》的凌熙？"

演员的经纪人也是演员。许志强在旁连连点头："我刚才也瞧着二位眼熟，原来你们是凌熙的父母啊！凌熙可是个好孩子，我家安瑞枫和他情同兄弟呢！"

　　他们的话是老两口没有想到的，他们惊异地问："你认识凌熙？"

　　娱乐圈真不可思议，粉丝数量差那么多的两个人都能产生友谊。

　　现成的好理由安瑞枫信手拈来："您不知道吗？我们几个月前合拍了一部连续剧《剑绝天下》，我们在里面扮演师徒，一来二去就熟悉了。上个月放映权刚卖给熊猫电视台，没搞错的话，下个月就会在电视上播放了。"

　　凌妈妈恍然大悟："几个月前我听他说过他去拍戏了，当时还封闭了一个月，手机没有信号，没办法联系，但我也没详细问过他拍什么戏……我当时还以为他要转型当演员了，结果他拍完一部就不拍了，之后又忽然送我们出国旅游三个月，我们都没时间上网看他的近况，也不知他现在有没有在准备新专辑。"

　　当时凌熙怕父母担心，在解约前就把父母送出去旅游了，所以直到今天凌爸凌妈都不知道他已经退出娱乐圈了。安瑞枫明白凌熙想自己亲口和父母说，所以这时也没有告诉他们结果，而是打了几句哈哈，绕过了这个话题。

　　好在凌家父母见到大明星后注意力就被夺走了，凌妈妈对拍戏很好奇，接连问了安瑞枫好几个问题，有些问题真的很初级，但安瑞枫仍然很详尽地一一认真回答。

　　作为交换，凌妈妈也给安瑞枫讲了凌熙小时候的几个趣事。

　　"不知你有没有听过一个寓言故事？说的是古代有个父亲，给了自己三个儿子一人一锭银子，让他们去买东西填满一间屋子。前两个儿子一个买石砖、一个买稻草，都没有填满屋子，最小的儿子买了一支蜡烛，用烛光填满了整个房间。我把这个寓言讲给了当时还在上小学的凌熙听，然后给了他十块钱，让他再想出一个办法填满一个房间。"凌妈妈卖了个关子，"你知道他怎么回答的吗？"

　　许志强以他对凌熙智商的了解，想出了一个答案："我猜他去买了一个电灯泡？"

安瑞枫以他对凌熙才情的了解，想出了一个答案："他是不是用歌声填满了整个房间？"

凌爸爸摇头："你们都猜错了。那天下班后，我发现他一个人坐在客厅里吃东西，吃的还是我逢年过节才会给他买的一种巧克力。我就问他为什么拿钱去买了巧克力，而不是去完成任务。他回答我'我只要坐在这里，就可以用快乐和幸福填满一间屋子，而这块巧克力，是我对自己一直这么快乐和幸福的奖励'。"

"当时老凌都被气笑了。"凌妈妈接话，"这孩子从小就乐观，还有点小聪明，而且很容易满足。这在大多数时候是好的品质，能让他一直保持着一个向上乐观的心态，每天都开开心心的。但同时，他可能一辈子也不会有什么大出息，因为他的性格限制了他，他稍微往上爬一点，达成了自己的目标，或者比他的目标低一些，他就满足了、快乐了，不会想着再往上蹿一蹿。亦或者他连目标的一半都没达到，在尝试过发现此路真的不通时，他也能毫无心理压力地放弃，因为他在这个过程中得到过快乐，遇到过有意思的人。"

不得不承认，凌妈妈的分析句句在理。

聊天的时间过得很快，等到空姐过来提示要吃晚餐时，凌妈妈才被凌爸爸拉回了座位里。头等舱的餐点比普通舱好很多，两人大快朵颐一番后，凌妈妈又想过去找安瑞枫闲聊。

凌爸爸按住她："你上飞机前就说要补觉，怎么到现在都没见你休息？"

凌妈妈："有那么帅的一个大明星，我看着他，眼睛就算休息啦。"

"你不休息人家也要休息，刚才经纪人都说了，安瑞枫不是来度假的，是来工作的，你看他累得黑眼圈都出来了，别去打扰了。"

安瑞枫确实疲惫不堪，他之前抵达冰雪岛后，没有倒时差便开始工作，就为了抢时间赶快回去和凌熙团聚。回程的飞机又遇上凌父凌母，神经绷得紧紧的，聊了几个小时的天，实在撑不住了。他在入睡前殷勤地同凌家爸妈说："我和凌熙非常熟，之前就一直说要登门去拜访叔叔阿姨。等再过几天凌熙不忙了，我一定同他过去看望二位，您到时候可不要嫌我烦啊。"

"怎么会怎么会？我可喜欢你这孩子了，一点都没大明星架子！"凌妈妈捂住嘴咯咯笑，"要我当时生的是女孩就好了……话说你有没有妹妹？我们凌熙别的不行，说情话疼老婆绝对能拿满分，十岁时就给他们学校的体育老师出谋划策，帮他追到了美术老师。"

"没有，我只有一个哥哥。"

"可惜了，"凌妈妈喃喃自语，"我还蛮喜欢混血宝宝的。"

原本安瑞枫只想小睡一会儿，但他之前的工作实在太累了，再加上遇到凌家爸妈让他心情大好，所以这一觉睡得又香又沉，待睁眼时飞机已经在落地滑行了。

他不可思议地看看窗外，发现他真的已经落地了。他原以为这一路上的十几个小时很难打发，没想到一觉就睡到了回国。

飞机与廊桥连接后，机舱里响起了送别的广播声，位于头等舱的乘客拥有优先下机的权利，大家纷纷起身收拾行李。安瑞枫没有急着下机，而是先帮凌妈妈把行李箱从置物架上拿了下来。

凌爸凌妈的手机都放在了随身的小行李箱内，结果他们一打开行李箱，浓浓的洗发水味道就蔓延出来。"哎呀！手机！"凌爸惊呼，原来他们随身的小包装洗发水没有拧紧盖子，所有洗发水都倒了出来，刚好洒在了手机上，经过机上十几个小时的颠簸，洗发水都从手机的缝隙里钻了进去，整个手机都被洗发水泡了。

看样子，两台手机都报废了。刚刚两人还在商量，落地后第一件事就是给凌熙打电话报个平安，然后他们俩自己打车回家就好，现在手机被泡得连开机都开不了，更别提打电话了。

安瑞枫忙道："有我在，哪有让叔叔阿姨打车的道理？你们旅游这么多天，行李肯定非常多，我的保姆车就在停车场等着，保姆车很宽敞，多少东西都放得下。"现在可是他献殷勤的好时候，"电话也不用担心，我和凌熙这么熟，我手机里就有他的电话，你们直接打就成。"他一边说一边把手机交到了凌爸爸手里。

在安瑞枫的手机里，凌熙的名字被存为"007"。

凌爸爸一看通讯录就笑了："007……嘿，这名字有意思！"

安瑞枫说："凌熙也很喜欢这个昵称。"

他正说着话，电话"嘟"的一声接通了。也不知凌爸爸按到了哪个键，凌熙睡意朦胧的声音通过手机话筒清晰地功放了出来。

"喂，安安……"

凌爸爸乐呵呵接口："傻儿子，你猜猜我是谁啊？"

凌熙惊叫："老爸？你怎么和安瑞枫在一起？"

凌妈妈："这就叫'缘，妙不可言'！"

安瑞枫暗叹：这一家三口，可真是太像了啊！

养狗那些事儿

凌熙离开娱乐圈的第三年，零零熙奶茶店越做越大，现在已经成了国内最负盛名的休闲茶吧，开在步行街上的奶茶店生意爆满，不管什么时候都有人大排长龙。

凌熙把自己的零零熙奶茶帝国直接托管，请了专业经理人帮他打理，每天都躺在家里安心地等着数钱。

与此同时，安瑞枫已经坐稳了实力演员的位子，工作量节节攀升，预计近两年就要冲击影帝奖杯了。

不对等的工作量导致凌熙一个人极度无聊，每天看着安瑞枫忙进忙出，他自己闲得抠脚实在无聊。

于是凌熙提出了自己的烦恼，他需要一个烦人的可爱的眼睛大大地会向他撒娇的小东西来缓解寂寞，更通俗点来说——他想养狗。

想来想去，他想到了新晋狗爸吴友鹏。

吴友鹏是凌熙以前的经纪人，后来凌熙离开娱乐圈，吴友鹏从老东家跳槽，跑到安瑞枫的哥哥 Andrew 那里工作。随着安家兄弟的名气越来越大，吴友鹏身上的担子也越来越重，按理说像他这样的工作性质并不适合养狗，但养狗和找对象一样，不知道什么时候，那个毛茸茸的小东西就会撞进你的心里——三个月之前，吴友鹏稀里糊涂地从车库里捡到一只狗，然后成了一个傻乎乎的狗爸。

凌熙约了吴友鹏见面，吴友鹏行程紧，抽不出时间来见他，就让凌熙到摄影棚找他。

凌熙没有空手去，去之前先驾车去零零熙奶茶店要了五十杯奶茶，他现在是土财主，不管去哪个剧组探班都带着一股奶茶香。

Andrew 回国三年，慢工出细活，电影只拍了两部，现在正是第二部电影的宣传期，Andrew 带着同他第二次合作的主演王立力接受某男性时尚杂志的专访。凌熙的奶茶带得足够多，摄影棚里人人有份，杂志社的负责编辑爽快地让大家中场休息，喝完奶茶再继续工作。

吴友鹏和他家狗狗正是热恋期，手机里十张照片中有八张是小狗的卖萌照，圆头圆脑的汪星人睁着一双水润润的眼睛看着屏幕，即使再冷血的硬汉在这种目光下都要软化。凌熙明明是来向他讨教养狗经验的，结果被迫欣赏了十分钟的萌宠视频。

看完了手机里的小视频和照片，吴友鹏忽然面露愁容："哎，你别看它这么萌，其实闹起来的时候也够糟心的。今天咬沙发，明天尿地板，它比较傻，怎么教都教不会……人家的狗会作揖、握手、叼拖鞋，我家的这只傻狗，不去吃屎就算好的了。"

凌熙听了颇为心疼："养这么一只狗，很累吧？"

吴友鹏看他一眼："还行，没养你的时候累。"

这时 Andrew 在沙发上坐下，问凌熙怎么想起来今天探班。

凌熙说："我想养只狗，但是身边没人有经验。吴哥最近不是养狗了嘛，我过来向他咨询一下。"

Andrew 挺赞同的："养狗好，狗和你挺像的，性格活泼又恋家。你想养什么狗？"

凌熙说："没想好"。

Andrew："要不然养柯基吧，这种狗最近几年挺火的，又傻又可爱。"

王立力喝着奶茶从旁边经过，满脸惊讶："这是什么狗？"

凌熙有选择恐惧症，他最开始只是想养狗，但等到真正了解了才知道原来养狗有这么多门道，光是在狗狗品种的选择上他就左右摇摆了好久。

选来选去，他准备养一只阿富汗猎犬。这种狗喜欢的人是真喜欢，觉得它身高腿长造型靓，而讨厌的人也是真讨厌，觉得它腰太细脸太长。

不管别人怎么说，凌熙第一次见到这种狗就喜欢上了，他觉得它有一种巨星范儿，身姿优雅、气质高贵，很像安瑞枫。

但是在下手前他又犹豫了，因为他听说这种狗智商不高，估计买回来比吴友鹏的狗还难教。

安瑞枫无奈："你对狗的智商要求到底有多高？"

凌熙说："不高不高，最好是能自己遛弯，自己洗澡，自己收拾玩具，自己从狗粮袋里掏狗粮。"

安瑞枫："智商这么高的狗，我就见过你一个。"

这么选来选去，凌熙的养狗大业就耽误下来了，正是这么一耽误，凌熙居然真的遇到了一只符合他期望的智商超高的狗——四年前，他在连续剧《剑绝天下》里合作过的狗演员"小祖宗"。

凌熙接到"小祖宗"训导员的电话时是非常诧异的。当时同剧组的演员互相留了电话，"小祖宗"没有电话，全靠训导员代为联系。只是片子结束后两人已经很久没联络了，凌熙把对方的名字都忘了。

训导员自我介绍时很尴尬，好在凌熙很快就想起了他是谁。

"凌先生，是这样的，我最近听圈里的朋友说，您想养一只聪明乖巧的狗是吗？不知您还记不记得"小祖宗"？它年纪大了，要退休了，我记得您挺喜欢它的，虽然它不能像当年一样跳火圈、翻跟头，但它还是能给您带去不少乐趣的，您有没有兴趣领养它？"

凌熙有些诧异："退休？它才多大？"

"过完年就十岁了，去年它拍戏的时候摔断了腿，休养了大半年，复出后好久都接不到工作。上面说养不了它了，让我问问有没有人能够领养。"训导员叹了口气，"这个圈子时时都有新的动物演员出道，而且现在不流行串儿狗了，大家都喜欢萌萌的泰迪和傻傻的哈士奇。"

凌熙听着都觉得心疼，狗演员也要吃青春饭，淡出公众视线一段时间，就会被新狗顶下去："可以，没问题，我什么时候能去接它？"

"越快越好，我们当天就能办领养手续。"

凌熙听了，挂了电话就直接去了动物演员学校。他家里有现成的狗粮和狗窝，就差只狗住进去。他想，吴友鹏说的是对的，你永远都不知道什么时候就会有一只毛茸茸的小家伙撞进你心里。

动物演员学校在 B 市郊区，凌熙赶到时是下午，训导员正领着狗狗们绕着操场跑步。即使这么多年没见，凌熙仍然一眼就认出了那个黄背白腹大尾巴立耳朵的身影，"小祖宗"跟在队伍的最后，跑得不紧不慢，在一群纯种狗里面显得格格不入。

见凌熙来了，训导员让其他狗狗原地坐下休息，领着"小祖宗"过来同他打招呼。这么久没见，"小祖宗"居然还记得凌熙的味道，凌熙蹲下身让它闻了闻自己的手指，"小祖宗"就像他们四年前第一次见面时那样跳进了他的怀里。

凌熙抱着它起身，觉得这真是一只自己梦想中的狗狗。

"你说它去年摔断了腿？"凌熙怜惜地亲了亲它的小爪子，"我觉得它挺好啊，刚才看它跑步也没有问题。"

训导员摇头："平地跑还行，但是它现在连这个，"他拍了拍身旁一米高的矮墙，"它现在连这么矮的墙都跳不过去了。"

凌熙："这么高我都跳不过去好吗？"

十岁的狗算是老狗了，即使动物学校的伙食、医疗条件都很好，但"小祖宗"的鼻子依旧掉色了很多，没有年轻时那么黑了。"小祖宗"伤好后一直接不到工作，现在连狗粮广告里的群演都抢不到了，动物学校不养闲狗，所以上面才下达命令，让训导员把"小祖宗"送走。

凌熙不在乎"小祖宗"有没有名气，它像他这样离开娱乐圈也挺好的。

办完领养手续，凌熙抱着"小祖宗"告别了训导员。"小祖宗"像是早知道它会被送走一样，很安静地舔了舔训导员的手指，头都不回地跟着凌熙上了车，乖乖坐在了副驾驶座上。

凌熙正要开车，"小祖宗"忽然跳到他腿上，伸嘴拉下车门上的安全带插头，示意他插上。凌熙赶忙把这一幕拍下来发给安瑞枫。

安瑞枫："要不你坐副驾驶座吧，我觉得它才是老司机。"

番外三 —— 心有凌曦

故事发生在凌熙七岁那年的夏天。

那时候凌熙名字的第二个字还写作"曦"。"曦"字代表阳光、光明、希望，也代表当别的小朋友已经开始答卷了，而小凌曦还在委委屈屈地写名字。

小凌曦从小就机灵，可再聪明的小朋友也写不清楚这个字啊，笔画又多又复杂，小凌曦练了无数遍，最终只能写成一个黑疙瘩。

于是他大胆地向父母提出，他要改名字。

凌妈问："改什么？"

小凌曦："改成凌凌七！"

凌妈无语。

小凌曦振臂高呼："这样以后我的女朋友就是'七女郎'啦！"

凌妈一听，提着凌爸的耳朵就骂开了："说过多少遍，他这个年纪看看《海尔兄弟》就好了，你带他看什么詹姆斯·邦德！还七女郎，你看你儿子他妈像不像七女郎！"

凌爸赶忙求饶："唉唉唉，当着孩子的面儿，不要这么说！"

父母这关过不去，小凌曦胆大包天，直接偷偷拿了家里的户口本，颠颠地跑到派出所去了！

小凌曦发育晚，班里的女生都比他高一个头了，而他呢，踮着脚尖还没派出所的办公柜台高。

当天值班的是一位女民警，四十多岁的年纪，比凌妈还要大几岁。

小凌曦眼睛都不眨地叫："民警姐姐，您能不能帮我一个忙呀？"

女民警被这个大宝贝哄得喜笑颜开，问他："小朋友你怎么一个人来派出所啊，你家里人呢？”

小凌曦：“我有困难啦，我来找您帮忙。”

“什么困难呀？”

“我想改名！”

女民警温柔地哄他：“改名要拿着户口本的。”

“我带啦！我带啦！”小凌曦知道户口本是很重要的东西，所以他特地贴身放着——他掀开 T 恤，露出一片雪白的小肚皮，在松紧带做成的裤腰里，正紧紧箍着一个暗红色的硬壳小本本。

小凌曦“唰”的一声把硬壳小本本掏了出来，酷炫的动作像极了电影里掏枪的詹姆斯·邦德。

小凌曦把户口本拍在桌面上，一脸严肃地翻到自己那页，短粗白嫩的手指点着自己名字上糊成小疙瘩的“曦”字，大声说：“民警姐姐，我的名字太难写啦，要改名字！”

女民警哪想得到他是有备而来，只能无奈地告诉他：“小朋友你叫凌曦是吧？名字不是随便改的，需要监护人的同意才可以。你家大人来了吗？他们同意你改名吗？”

小凌曦噘起了嘴巴，转移话题问：“只能大人才可以改名吗？那等我变成大人了，是不是就可以想改什么名字就改什么名字了？”

“也不是的。”女民警耐心地解释，“成年人往往会有多个银行账户、各种技能证书啊、学位证书之类的，还会牵扯到人事档案、社会保险等方面，如果改了名字，这些东西都会随之变动，非常麻烦。所以成年人改名必须慎重考虑，向公安机关出具书面申请，审批后才能改名。”

她每说一句话，小凌曦的嘴巴就张大一分，到最后他的嘴巴已经大到能塞下一个苹果，两条小眉毛也打了结，整张脸透着两个字——忧愁。

没想到改名字这么复杂，难道他要一辈子顶着这个黑疙瘩了吗？

还记得上次他和同桌上课偷偷说话，班主任老师罚他们各抄一百遍名字。同桌的名字加起来一共才十画，人家早早写完回家了，他却哭哭啼啼地从放学一直抄到晚上七点。结果错过了《小神龙俱乐部》，只剩下新闻联播了。

不行！他一定要改名！

小凌曦执拗地问："民警姐姐，人能不能有两个名字啊？"

女民警觉得他有趣，倒还真帮他出谋划策起来："小朋友，你可以当作家呀。作家都是有两个名字的，一个是真名，一个是笔名。比如金庸、古龙……"

小凌曦更愁了。

他爱说话没错，可是他不爱写字啊！语文老师让他们每周写一篇一百字的周记（可以用汉语拼音），他周周都写不出来，坐在书桌前左扭右扭，一会儿抠抠手，一会儿挠挠头，面前的铅笔仿佛变成了毛毛虫，碰一下都蓥手。

当作家还是算了吧，不可能的！

小凌曦红着脸说："我连作文都写不好，当不了作家的。"

他本就长得玉雪可爱，两丸葡萄般的大眼睛，睫毛忽闪忽闪地扇动着，配上两片红脸蛋，真是比电视上的童星还要好看。

女民警也是做妈妈的，见到这么鬼马精灵的小朋友，再想想自家那个混世魔王，一颗心不自觉地就往小凌曦身上偏了过去。

女民警逗他："不做作家也可以啊，凌曦你长得这么好看，长大了可以去做明星啊。"

"明星？"小凌曦微微侧过头，好奇地重复着这两个字。

"是啊，歌手啊，演员啊，他们都可以取艺名的。你也可以取艺名，这样叫什么都可以了。"

小凌曦一听，立即兴奋起来，两只肉肉的小手紧紧扒住柜台边缘，简直要长出毛茸茸的耳朵和尾巴来了："那我叫凌凌七也可以吗？

"我可以有好多女朋友吗？

"我可以拿枪 biu biu biu 坏人吗？

"我可以……"

"不，你不可以。"女民警说，"说了这么久，小朋友，你家大人呢？"

这次，换小凌曦语塞了。

他赶忙把桌上的户口本收起来，重新塞回裤腰里。两只圆溜溜的眼珠子一转，眼看就要溜之大吉。

这时的他哪里还像一只讨人欢心的小奶狗，明明是一只满肚子小算盘的小狐狸呀！

别看他腿短，但是他跑得快，而且身体灵活地不得了，一溜烟就向外蹿了出去。可惜他再怎么跑，也跑不过一个成年人。女民警从工作台后冲出来，三步并作两步地追上他，两只大手按住他的肩膀，居然就这样把他提到了半空中！

小凌曦：呜呜呜，难道民警阿姨是抓娃娃机吗？快放开他啦！

女民警问他："小朋友，难道你是离家出走？就为了……改名字？"

小凌曦哼哼唧唧，不肯说实话。

女民警严肃起来："你住在这附近？你是自己走到派出所的吗？"

小凌曦还是不吭声。

不过他身上还带着家里的户口本，女民警撩开他的衣服，从他的小肚子上取下那个硬壳小本，很快就找到了户主一栏。

那个时候，移动电话还没有普及。像凌家这样的普通人家自然是配不起大哥大的，座机倒是有，可怎么也打不通……好在民警可以通过户籍记录查到凌家的地址，所幸离得不远，她赶忙让下面的协警去通知粗心的家属。

而小凌曦就被女民警留在了派出所。

别看这间派出所很小，但五脏俱全，里面的办公室里还放了一台大肚电视，可以收看好几个频道，每天中午十二点准时播放央视的新闻节目，一整个派出所的民警都要端着饭碗坐在电视前学习。

小凌曦来得巧，正好赶上中午十二点的这档节目。

他手里举着一根冰棍，一边吸溜吸溜地吃，一边看电视。

这期节目播出了一条长达五分钟的重磅新闻———周前，我国的外交使团远赴加拿大沟通交流，当地的华人社团举行了别开生面的欢迎活动，并且举办了一场联欢晚会，欢迎同胞们的到来。

这则新闻的前两分钟都是大人物和大人物握手、交谈、合影，小凌曦看得昏昏欲睡，忽然画面一转，镜头对准了联欢晚会的舞台，一个出人意料的身影出现在了全国观众的面前。

那是一个看起来比小凌曦大不了几岁的男孩。男孩有着明显的混血儿特征，高鼻深目、皮肤雪白，一头长发过肩，用一根深灰色的丝绒缎带整齐地束了起来，俊俏至极，可以想象若是他再年长几岁，绝对足以让万千少女为他魂牵梦萦。

他穿着一身量身定做的小西装，脚下是擦得锃亮的小皮鞋，面前架着一只麦克风。面对台下的数百名观众、数十盏闪光灯，他态度自然，落落大方，双手捧着一本小开本的书，为台下的各位观众送上了一首中英文长诗。尚未变声的童音徐徐传递到每一个人耳边，凌熙听不懂英文，但是他能听出来，这个小哥哥的声音好好听啊。

如此俊美的男孩，天生就是镜头的宠儿。记者毫不犹豫地推近镜头，给了男孩一个定格五秒的特写。当镜头拉近时，男孩身上的自信气质表露无遗，那双深灰色的眼睛剔透清澈，即使电视屏幕有些许的失真，也无法掩盖他身上的卓然气质。

小凌曦完全忘了手里还举着一根冰棍，化掉的甜水顺着他的小胖手往下流，很快就落到了地上。若是往常，他绝对要心疼地哇哇叫了，可这时他所有的注意力都集中在了电视里那个漂亮的小哥哥身上，根本移不开目光——他听不懂他在念什么，他也不知道他的名字，但是小凌曦永远记住了电视里那个闪闪发亮的少年。

他喃喃道："他是外国的王子吗？"

小凌曦觉得只有童话里的王子，才有这样出众的相貌、过人的谈吐、优雅的气质。舞台上只有他一个人实在太孤单了，他的白马呢，他的宝剑呢？

和这位小王子相比，詹姆斯·邦德又算得了什么？

凌凌七不需要和他过招，就已经输啦。

女民警摇头："这是加拿大，不像英国，有女王，有王子，加拿大只有总理。"

"那他是谁啊？"

"我也不知道。"女民警也答不上来。

倒是其他几位民警交头接耳地议论起来。

"这个小男孩长得好看，又不怯场，说不定是个童星呢！"

"我看有可能，长得这么好看，就算现在当不了明星，以后也一定能当明星！"

"哈哈，也不知道他有没有什么哥哥之类的，也让咱们看看，这么一个小帅哥长大之后是不是能变成大帅哥啊？"

小凌曦听懂了他们口中的"明星"——原来，像小哥哥这样的人才能当明星啊！

那如果他也去当明星的话，是不是以后就能见到小哥哥啦？

当天下午，趁着爸妈不注意偷跑出家门的小凌曦，被接回家后迎来了一顿长长的批评。小凌曦被骂得直掉眼泪，不仅被罚了一个月的零食，还被迫抄写姓名三百遍。

凌妈气呼呼地问他："知错了吗？"

　　心软的凌爸在后面做口型，提醒他：知错了。

　　小凌曦鹦鹉学舌："知错了。"

　　凌妈："以后还乱跑吗？"

　　凌爸继续做口型，提醒他：不乱跑了。

　　小凌曦："不乱跑了。"

　　凌妈："那你未来要做什么？"

　　凌爸第三次做口型：做个乖孩子。

　　小凌曦："未来我要做个大明星！"

　　凌妈、凌爸没跟上他的思路。

　　小凌曦："因为做了明星，我就能改名，还能见到小哥哥啦！"

　　凌妈、凌爸一头雾水。

　　这个念头犹如一颗稚嫩的种子，深深埋在了小凌曦心里。即使随着成长，那次胆大妄为的离家出走、那条令人昏昏欲睡的午间新闻、那个在电视上惊鸿一瞥的小哥哥都很快就被他遗忘在了脑后，但是在他的内心深处，一直有个隐隐的声音，推着他在人生的道路上不断前进。

　　最终，他选择了唱歌作为他的事业。

　　最终，他如愿以偿地改了艺名。

　　最终，他在娱乐圈里沉浮多年，在即将退出乐坛之际，遇到了安瑞枫。

　　只不过，那是很久之后的故事了。

　　这一刻，距离他们相遇，还有十七年。

后记

初次见面以及再次见面还有不知第几次见面的小伙伴们，大家好。

没想到这篇 2015 年完结的作品还能有机会出版，非常感谢出版社和编辑能给我这个机会！

这次我从头到尾修了一遍文，虽然以前的文字十分稚嫩，有些笑点也过时了，但现在重新看来，这仍然是一部让我非常喜欢的作品。

这几年来，我有了很多成长，写过的题材不再局限于娱乐圈，不再局限于小说。当初写下这篇文的我，是绝对想不到现在的我会勇敢地成为全职作家，每天用文字去织造一个又一个梦境的。

《心有凌熙》其实是一篇没有什么远大志向的文，主人公凌熙是一个很认真的小歌手，他努力过，奋斗过，一炮而红过，也籍籍无名过。我最喜欢他的一点，莫过于该认真的时候认真，该放弃的时候放弃，而且无论何时他都乐天开朗，即使被人拔了气门芯，他也能给自己打气。

安瑞枫则和凌熙不同，他有着先天的好相貌、好运气，后天的好资源、好演技，他是一个努力向上攀越的人，但也绝不会忽略沿途的美丽风景。

"桥上的你在看风景，桥下的人在看你"，对于他们来说，就像是站在桥上，一边开开心心地看风景，一边自自在在地成为别人的风景。

其实我写文时，总是会不自觉地代入自己的想法、观点。这篇文也是一样。

写这篇文时，我在游戏行业工作，每天和数据、玩家、媒体打交道，游戏行业虽然工资高，但是工作强度特别大，那时候每天都觉得好累啊，每天都想辞职回家躺着。

凌熙这么一个"知足常乐、赚了钱就想回家开奶茶店"的小明星身上，也有一部分我的影子。

这么多年过去，我再回头看"凌熙"身上的一些想法，发现……我果然多年来没有变过啊！我还是想赶快赚够钱退休开奶茶店，哈哈哈！

不过那时候奶茶店的花样还不多，没有奶盖，没有"一点点"，没有"喜茶"，没有"脏脏茶"……不能说了，再说口水就要下来了。

希望我能尽快赚大钱吧。

最开始写这篇文时，我只想写一个短短的、令人非常开心的小故事。

结果一不小心，就把它写成了一篇又粗又长的、令人非常开心的大故事。

感谢开心果一样的凌熙。

感谢住在开心果心里的安瑞枫。

感谢"吴妈妈"、"许婆婆"、"力哥"、Andrew、"小祖宗"、老道长、朱琳琳还有"枫林细语"。

感谢本书的各位 staff，包括但不仅限于画手、设计、校对、排版和我的责任编辑。

感谢购买本书的你。

感谢才华横溢、妙语连珠、心有萌污的我自己。

莫里

图书在版编目（CIP）数据

心有凌熙 / 莫里著 . -- 南京 : 江苏凤凰文艺出版
社 , 2021.2
ISBN 978-7-5594-5320-4

Ⅰ . ①心… Ⅱ . ①莫… Ⅲ . ①长篇小说 – 中国 – 当代
Ⅳ . ① I247.5

中国版本图书馆 CIP 数据核字 (2020) 第 207007 号

心有凌熙

莫里 著

责任编辑　王昕宁

特约编辑　马春雪　夏君仪

装帧设计　苏　涛

责任印制　刘　巍

出版发行　江苏凤凰文艺出版社

　　　　　南京市中央路 165 号，邮编：210009

网　　址　http://www.jswenyi.com

印　　刷　天津鑫旭阳印刷有限公司

开　　本　880 毫米 × 1230 毫米 1/32

印　　张　9.75

字　　数　250 千字

版　　次　2021 年 2 月第 1 版

印　　次　2021 年 2 月第 1 次印刷

书　　号　ISBN 978-7-5594-5320-4

定　　价　42.00 元